Sternenhimmel über Afrika

ANNA-MARIA MEYER

Sternenhimmel über Afrika

Bibliografische Information der Deutschen Nationalbibliothek: Die Deutsche Nationalbibliothek verzeichnet diese Publikation in der Deutschen Nationalbibliografie; detaillierte bibliografische Daten sind im Internet über dnb.dnb.de abrufbar.

Umschlaggestaltung, Satz, Herstellung und Verlag:
BoD – Books on Demand, Norderstedt

ISBN: 978-3-7526-8161-1

Inhalt

Und plötzlich weißt du:
Es ist Zeit,
etwas Neues zu beginnen
und dem Zauber
des Anfangs
zu
vertrauen!

(Meister Eckhart)

Die wichtigen Dinge im Leben geschehen immer zufällig …

Die Berge der Nordkette über Innsbruck erstrahlten in der Wintersonne in ihrem schönsten Kleid. Tiefverschneit hoben sie sich wie ein Gemälde vom dunkelblauen Himmel ab. Schöner als die letzten Tage konnte sich Innsbruck kaum präsentieren.

Über Nacht hatte sich das kitschig anmutende Bild der Stadt radikal verändert. Die märchenhafte Winterlandschaft war einem tristen Grau gewichen. Sämtliche Gipfel verschwanden in einer Nebeldecke, ihre Schönheit ließ sich nicht einmal mehr erahnen. Einer der berühmt berüchtigten Föhneinbrüche hatte warme Luft von Italien mitgebracht. Mit ihr kam auch der Regen und setzte die Stadt förmlich unter Wasser.

Der Tag, an dem ich meine große Liebe traf, fing somit denkbar schlecht an. Schon beim ersten Schritt aus der Wohnungstür landete ich direkt in einer knöcheltiefen Pfütze. Beim verzweifelten Versuch, mich mit einem Sprung aus dem eiskalten Wasser zu retten, gelangte ich buchstäblich vom Regen in die Traufe: Ein knapp am Gehsteig vorbeifahrender Wagen erwischte die Pfütze genau so, dass ich klatschnass wie ein begossener Pudel am Straßenrand zurückblieb. Nasse Füße waren nicht mehr mein einziges Problem. Perfekter Start in den Tag!

Die alte Karre stoppte augenblicklich und ein junger Mann lief auf mich zu. Durch das Wasser, das mir übers Gesicht rann, konnte ich kaum etwas erkennen.

So ein Idiot! Ich wischte mir mit dem Ärmel die nassen Strähnen aus dem Gesicht, als er vor mir stand und sich stammelnd entschuldigte:

»Ach du Scheiße, das wollte ich nicht! Sorry! He, tut mir echt leid!«

Ich schüttelte mich, um nicht mehr triefend dazustehen. Erfolglos. Mit ungeschickten Bewegungen versuchte der Typ, mich in meinen Bemühungen zu unterstützen.

»Lass nur, ich geh mich umziehen. Ich wohne hier!«

Dabei deutete ich zu dem Haus, vor dem wir standen. Obwohl ich stinksauer war, entging mir nicht, wie verdammt gut er aussah. Trotz oder vielleicht sogar wegen der Verzweiflung, die ihm ins Gesicht geschrieben stand.

»Ich hab mich noch nicht einmal vorgestellt! Ich bin Leo.«

Mit diesen Worten streckte er mir seine Hand entgegen.

»Eliza. Kein Problem, ich geh dann mal wieder rein.«

Während ich unter der Dusche stand, amüsierte ich mich noch immer über den Vorfall. Dieser Leo hatte völlig verzweifelt gewirkt und ich konnte ihm nicht böse sein. Als ich mich nach einiger Zeit trocken und deutlich vorsichtiger als zuvor auf die Straße wagte, staunte ich nicht schlecht: Da stand er. Immer noch! Der Regen hatte inzwischen etwas nachgelassen, dennoch tropfte das Wasser über seine Stirn.

»Hi! Wie wär's mit einem Kaffee zur Entschuldigung?«

Die Gedanken rasten durch meinen Kopf. Eigentlich sollte ich längst in der Vorlesung sein, doch was soll's! Ich war eh schon zu spät und Leo war, triefnass wie er vor mir stand, viel zu süß, um ihm eine Absage zu erteilen.

»Wenn da ein Kaffee mal reicht!«, erwiderte ich mit einem Augenzwinkern.

Der silberne Polo stand immer noch achtlos abgestellt auf dem Gehsteig, als wir nach mehr als fünf Stunden zurückkamen, die Windschutzscheibe geschmückt mit drei saftigen Strafzetteln. Lachend steckte Leo sie in seine Jackentasche und strahlte mit der Sonne um die Wette, die sich mittlerweile einen Platz zwischen den Wolken erkämpft hatte.

»Dann bleibt es dabei, Eliza. Ich hol dich am Sonntag ab und wir gehen Schifahren? Mal sehen, was ihr Tiroler Mädels so draufhabt!«

»Du wirst dich wundern!«

Sein schelmisches Grinsen, gepaart mit dem Vorarlberger Dialekt, hatte mich sofort in seinen Bann geschlagen. Es war verrückt, ich verliebte mich praktisch im ersten Moment in ihn! Es gab sie also doch, die Liebe auf den ersten Blick. Ich konnte es kaum abwarten, meinen Freundinnen von diesem Erlebnis zu erzählen.

Im Café um die Ecke war schon nach wenigen Worten die Welt um uns herum verschwommen. Wir hatten geredet, gelacht, geplaudert … und wären am liebsten bis in die Nacht sitzengeblieben. Doch Leo musste seinen Dienst im Restaurant antreten, wo er jeden Freitagabend jobbte, um sich sein Wirtschaftsstudium zu finanzieren.

Von diesem Sonntag im Dezember an, waren wir unzertrennlich. Schon bald zog Leo bei mir ein und wir teilten uns das kleine Zimmer in der WG. Alles war perfekt! Mein Leben schien wie ein Traum: Das Mädchen vom Lande hatte ihren Traumprinzen gefunden.

Leo kam aus gutem Hause. Nur seinen Eltern zum Trotz jobbte er neben dem Studium. Er tat alles, um nicht auf ihre Gunst angewiesen zu sein, wollte unabhängig sein. Da auch ich mir in der Klinik ein Zubrot mit Sitzwachen bei schwerkranken, alleinstehenden Menschen verdiente, konnten wir uns bald eine kleine Wohnung leisten.

Ich war glücklich wie nie zuvor. Meine Freundinnen beneideten mich, und obwohl sie mich kaum noch zu Gesicht bekamen, freuten sie sich mit mir.

Leo wollte nicht, dass ich mit den Mädels aus der Krankenpflegeschule feiern ging. Mich störte das nicht, ich verbrachte sowieso jede freie Minute am liebsten mit ihm. Im Gegenteil, ich fühlte mich durch seine ritterliche Art geschmeichelt, wollte nur ihm gehören. Als er mir nach wenigen Monaten einen romantischen Antrag machte, sagte ich ohne zu zögern JA!

Meine Eltern waren bestürzt, versuchten, mir die Flausen auszureden, wie meine Mutter sagte. Erst viel später, kurz vor ihrem Tod, verriet sie mir, dass Papa damals fast durchgedreht sei. Seine kleine Prinzessin war plötzlich weg, quasi verloren, zudem hatte er Leo nie recht gemocht. Zugegeben, aus seiner Sicht war das verständlich. Dass sie dagegen waren, stärkte mich nur in meinem Entschluss. Gemeinsam mit Leos Studienfreund und meiner besten Freundin fuhren wir zum Standesamt und ließen uns heimlich trauen. Die »richtige« Hochzeit wollten wir nach dem Studium mit unseren Familien nachholen. Bis dahin würden sie sich beruhigt haben.

Schon bei unserer ersten Begegnung mit seiner Familie wurde mir schmerzlich bewusst, dass sie mich nie akzeptieren würde. Sie hatte sich für den Erben einer der renommiertesten Familien der Region eine deutlich bessere Partie als eine kleine Krankenschwester erhofft. Meine Eltern hingegen gewöhnten sich mit der Zeit an ihn, auch wenn sie nicht unbedingt glücklich über unsere Verbindung waren. Irgendetwas schien sie an Leo zu stören.

Zwischen Leo und mir lief alles super. Obwohl etliche Hürden zu meistern waren, schlossen wir unsere Ausbildungen mit Auszeichnung ab und begannen, uns eine gemeinsame Existenz aufzubauen.

Leo fand mit seinem Wirtschaftsabschluss rasch eine Stellung in einer sehr angesehenen Firma in Innsbruck und ich konnte meinen Traumberuf Krankenschwester endlich an der Klinik ausüben. Schon nach kurzer Zeit hatten wir genügend Geld angespart, um uns eine teure Eigentumswohnung leisten zu können. Leo knüpfte immer mehr Kontakte und unser Freundeskreis wuchs. Zeitweise hatte ich das Gefühl, in einem Zug zu sitzen, der immer mehr an Fahrt zulegte. Eine Party jagte die nächste und wir verbrachten etliche Wochenenden am Gardasee oder in den schönsten Hotels der Umgebung. Wenn wir nicht gerade arbeiteten wie die Tiere, genossen wir in der Freizeit das Leben in vollen Zügen.

Irgendwann, den Zeitpunkt konnte ich unmöglich festhalten, begannen wir, trotz des fast perfekten Zusammenlebens, uns aus den Augen zu verlieren. Es verlief schleichend, sodass ich nicht sagen konnte, wann es begonnen hatte.

Mehr und mehr hatte ich das Gefühl, dass sich bei Leo nur noch alles ums Geld drehte. Er schien wie besessen davon, seiner Familie zu zeigen, dass er es schaffte, auch ohne ihre Hilfe erfolgreich zu sein. Leo hatte jede Menge einflussreiche Freunde, mit denen wir die meiste Zeit verbrachten. Er merkte oft gar nicht, dass ich da war und mich bei den Gesprächen über die aktuellen Börsenkurse endlos langweilte. Unser gemeinsames Traumschloss bekam allmählich Risse.

Es gab Zeiten, da hatte ich sogar Angst, er würde mich betrügen. Nachts drehte er sich von mir weg, wollte oft nicht mal mehr mit mir schlafen. Zu Hause war er ständig müde. Mein Wunsch nach einer gemeinsamen Familie rückte in weite Ferne. Falls er sich mal die Zeit nahm, den Tag mit mir zu verbringen, wirkte er angespannt und abwesend.

Vergessen schienen die Sommerabende, an denen wir mit unseren Fahrrädern an den Inn gefahren waren, um dort am Ufer auf einer Decke zu sitzen und von unserer gemeinsamen Zukunft zu träumen. Von den Kindern, die wir einmal haben würden, und all unseren Plänen. Damals waren wir glücklich …

Dass wir uns immer weiter voneinander entfernten, zerriss mir das Herz. Der Leo, den ich kennengelernt hatte, fehlte mir.

Reisestart

Der Flug war gebucht, alle nötigen Impfungen vorgenommen. Es konnte losgehen.

Vor dem Fenster erwachte der Tag. Das Wetter hatte in der Nacht umgeschlagen und im Licht des beginnenden Tages erkannte ich die Bergspitzen am Horizont. Wir hatten Glück, es schien ein wunderbarer Herbsttag zu werden.

Während der vergangenen Nacht hatte ich kaum ein Auge zugetan. Viel zu groß war die Aufregung und die Angst vor dem, was mich erwartete. Noch nie waren Leo und ich auf diese Art verreist. Er hatte im Grunde nicht viel übrig für Abenteuer. Leo liebte Struktur und bemühte sich immer um Ordnung in seinem Tagesablauf. Ich konnte mir nicht vorstellen, wie das funktionieren würde. Mir war bewusst, dass wir an einem Wendepunkt in unserem Leben angekommen waren. Leo würde im kommenden Jahr seinen fünfundvierzigsten Geburtstag feiern. Ich war zwar fünf Jahre jünger, doch sollten wir uns jetzt langsam entscheiden, was wir im Leben noch erreichen wollten.

Immer wieder hatte ich versucht, mich abzulenken, doch die Gedanken kreisten unaufhörlich. Klar, ich freute mich. Trotzdem machte mir die Ungewissheit Angst. Auf dem Weg zum Flughafen steigerte sich meine Anspannung minütlich.

Weder Überkopfwegweiser noch große Flieger in der Luft deuteten darauf hin, dass hier irgendwo ein

Flughafen war. Seit wir die Autobahn verlassen hatten, fuhren wir auf Landstraßen durch große Felder.

Ich wusste, wir würden unsere Reise an keinem der üblichen Flughäfen in der Nähe starten wie Zürich oder München. Nun hatte ich jedoch eher den Eindruck, auf einer Landpartie zu sein. Leichter Bodennebel, der vom Rhein kommend über den Feldern lag, schien sich mit den ersten Sonnenstrahlen in flüssiges Gold zu verwandeln. Die Gräser waren feucht vom Morgentau. Ringsum weideten Kühe und glotzten uns nach, als wir langsam auf einen Schotterweg einbogen.

»Denkst du nicht, dass wir hier falsch sind?«

Beim Briefing vor der Reise konnte ich nicht dabei sein, ich musste an dem Wochenende arbeiten. Typisch! Es hatte mich kaum gewundert, dass Leo mich am Abend vage abfertigte.

»Das ist so ein kleiner Provinzflughafen, du weißt schon. Nichts Besonderes, doch ganz okay. Lass dich überraschen«, hatte er gesagt.

Die »Überraschung« traf mich wie ein Faustschlag in die Magengrube, als wir eine kleine Schranke mit einer Tafel passierten:

ACHTUNG FLUGBETRIEB! Beim Überqueren des Rollfeldes auf startende und landende Flugzeuge achten.

Vor uns lag eine asphaltierte Fläche, die sich bei näherer Betrachtung als Landebahn entpuppte. Auf der gegenüberliegenden Seite befand sich ein großes Gebäude aus Wellblech. Das Rolltor an der Vorderseite stand offen und gab den Blick auf mehrere, kleine Sportflugzeuge frei. Nie im Leben würde mich jemand dazu bringen, in so ein Ding einzusteigen! Dafür war meine Flugangst viel zu groß. Gott sei Dank, wir würden mit einem Privatjet fliegen, extra für diese Reise gechartert. Offensichtlich war unser Flugzeug jedoch noch nicht hier.

Leo parkte seinen Wagen direkt hinter dem Hangar. Eine kleine Gruppe Männer stand wartend in einiger Entfernung, jeder bepackt mit Rucksack und Foto-ausrüstung. Das war also unsere Gruppe. Na bravo! Die Hälfte von ihnen schien uralt zu sein. Grauhaarige Männer im Safarilook. Ich unterdrückte ein Lachen. Einer von ihnen wirkte so behäbig, dass ich mir nicht vorstellen konnte, dass er die Strapazen einer solchen Reise meistern würde.

»Wann kommt denn die Maschine, Leo? Ich dachte, sie ist schon hier.«

»Ist sie auch, siehst du, dahinten steht sie. Die weiße Cessna Caravan mit der Kennung N 208 PC. Unsere zweite Heimat für die nächsten drei Wochen.«

Beim Anblick des winzigen Fliegers wurde mir übel vor Angst. Ich wollte schreiend davonlaufen. Das Ganze war wohl ein schlechter Scherz. »Privatflugzeug« hatte er immer gesagt, von einer fliegenden Schuhschachtel war nie die Rede gewesen.

Möglich, dass ich zu Träumereien neigte, doch mit *Privatflugzeug* hatte *ich Jet* assoziiert – für mich bedeu-tete das bislang Luxus pur. So etwas sah man normaler-weise im Fernsehen: auf Ledersesseln, mit Champagner und leiser Musik durch die Lüfte gleiten. So oder ähn-lich hatte ich mir das vorgestellt. Zugegeben, ich hatte mich schon etwas gewundert, dass es einen Jet gab, der auf den recht kurzen *Airstrips* landen konnte.

Bis letzte Woche war kaum Zeit geblieben, um mich mit der bevorstehenden Reise zu befassen, was sich jetzt als fataler Fehler entpuppte. Die Idee hatten wir spontan gefasst. Leo hatte mich eines Abends bei der Arbeit angerufen und erzählt, dass unerwarteterweise zwei Plätze frei geworden seien. Von der Hektik in der Notaufnahme abgelenkt, stimmte ich zu, ohne groß darüber nachzudenken. Wie naiv das von mir gewesen war, stellte sich nun heraus.

»Sieh nur, Steffen und Harald sind schon bei der Maschine und checken alles.«

Die beiden Männer wandten sich uns zu und winkten. Harald kannte ich schon etwas länger, er war einer von Leos Segelfreunde. Wir hatten uns schon mehrmals flüchtig getroffen.

Steffen, ein enger Freund aus Leo's Studienzeiten, würde uns die kommenden Wochen, hoffentlich sicher, durch die Lüfte geleiten. Schließlich flog er in seiner Freizeit schon seit vielen Jahren leidenschaftlich gern. Er war in diesem Jahr fünfzig geworden und betrieb ein riesiges Architekturbüro. Steffen war beruflich sehr erfolgreich, doch privat lief es für ihn derzeit nicht nach Plan. Seine Frau war gerade ausgezogen.

Harald, unser zweiter Pilot, genoss seit Kurzem den Ruhestand mit seiner erst knapp dreißigjährigen Frau. Nach ihrem letzten Segeltörn konnte Leo gar nicht mehr aufhören zu betonen, wie vernarrt Harald in sie war. Die beiden hatten im Sommer überstürzt geheiratet. Ich war schon gespannt darauf sie kennenzulernen, schließlich war sie auf dieser Reise meine einzige weibliche Begleitung.

Vor uns auf dem Rollfeld machten sich die beiden Männer am Vorderrad des Flugzeugs zu schaffen. Was war da bitte los? Hatte dieses Ding etwa einen Platten? Mir verschlug es die Sprache.

Betont lässig schlenderte ich hinter Leo her, um mir nichts anmerken zu lassen, er hingegen strahlte übers ganze Gesicht. Normalerweise hätte ich ihn angeschrien und wäre postwendend nach Hause gefahren, aber seit gestern Abend lagen die Dinge anders. Ich hatte mitbekommen, dass Leo einem Freund am Telefon gegenüber die Bemerkung fallenließ, wie wichtig und richtungsweisend diese Reise für unsere Ehe sei.

Wir lebten schon länger mehr schlecht als recht nebeneinanderher, eine Krise jagte die andere. Vermutlich machte unsere Ehe schon lange keinen Sinn mehr, aber Leo war für mich noch immer die Liebe meines Lebens. Ich wollte uns eine aufrichtige Chance geben. Deshalb hatte ich in dieses Abenteuer eingewilligt. Nach dem belauschten Gespräch war es mir noch wichtiger, dass diese Reise ein Erfolg wurde.

Leo träumte schon lange von einer Reise nach Afrika. Vielleicht gelang es uns dort, unsere Beziehung auf ein neues Fundament zu stellen. Im Moment jedoch schien mir der Preis, den ich dafür zahlen musste, unfassbar hoch.

Ich sollte mit Menschen, die ich zum Teil kaum kannte, in einen winzigen Flieger gequetscht nach

Afrika reisen. Was hatte mich geritten, als ich der Reise zugestimmt hatte!

»Guten Morgen, ihr zwei! Schön, euch zu sehen. Herzlich willkommen, Eliza.«

Beide grinsten übers ganze Gesicht, ihre Vorfreude war nicht zu übersehen. Inzwischen hatte ich meine Stimme wiedergefunden und ich zwang mich zu einem Lächeln.

»Hallo, ich freue mich auch. Süßer Flieger.«

»Sie ist super, nicht wahr? Unsere alte Dame. Niemand sieht ihr an, dass sie schon fast dreißig ist.«

Dieses Ding war nicht nur winzig, es war auch noch steinalt. Super!

Wir hatten ja keine lange Strecke vor uns, nur so ungefähr 24 000 Meilen. Mein Sarkasmus hatte mich noch nicht ganz verlassen. Als ich einen kurzen Blick ins Flugzeuginnere wagte, drohten jedoch meine Beine zu versagen.

Es war alles so winzig! Vom Heck bis zum Cockpit alles offen. Einige offenbar provisorisch eingebaute, schmale Sessel für die Passagiere, keine Nackenstützen, keine Bordanimation: *rein gar nichts!* Nicht einmal eine Toilette gab es an Bord. Dafür freie Sicht auf die Piloten und ihre Instrumente. Auf dem Armaturenbrett stand ein dampfender Styroporbecher Kaffee.

Harald schien meinen Blick bemerkt zu haben und klopfte mir auf die Schulter:

»Für unsere Ladys haben wir extra ein Campingklo mit an Bord.«

»Wow, vielen Dank!« Ich war geschockt.

Ein Campingklo! Wie sollte das bitte vonstattengehen? Ich konnte doch unmöglich in einem offenen Raum mein Geschäft verrichten! Von der mitgebrachten Wasserflasche verabschiedete ich mich wohl oder übel. Es blieb mir nichts anderes übrig, als die nächsten drei Wochen tagsüber gar nicht zu trinken, das schien mir im Moment die einzige Lösung.

Noch hatte ich die Wahl: Ich konnte gehen und die Reise abbrechen, bevor sie begonnen hatte. Damit wäre aber das Ende unserer Ehe besiegelt.

Leo unterhielt sich blendend. Er bemerkte meine Not gar nicht. Wie immer, dachte ich traurig.

Im vorderen Teil des Fliegers entdeckte ich eine bildhübsche, blonde Frau. Sie war damit beschäftigt, eine Tasche unter ihren Sitz zu packen. Als sie mich bemerkte, drehte sie sich mit einem fröhlichen Lächeln um.

»Hi, du musst Eliza sein.«

Ich staunte nicht schlecht, als ich sah, wie elegant sie ihren zierlichen Körper durch den schmalen Gang zwischen den Sitzen auf mich zubewegte.

»Schön dich kennenzulernen. Leo hat mir schon viel von dir erzählt.«

Ich war irritiert. Ich wusste gar nicht, dass Leo so viel mit Harald und seiner Frau zu tun hatte. Abgesehen vom jährlichen Segeltörn sprach er zu Hause nur selten von ihnen.

»Hallo, ich freue mich auch. Glücklicherweise bin ich nicht die einzige Frau an Bord.«

Marie umarmte mich herzlich. Sie zeigte keinerlei Aufregung und so fühlte auch ich mich gleich etwas besser. Sie trug eine weiße Bluse und eine hautenge, sandfarbene Jeans, die ihre Figur betonte. Ich kannte Harald noch nicht lange, aber eine so tolle Frau an seiner Seite hatte ich nicht vermutet. Marie war bestimmt fünfundzwanzig Jahre jünger als er und sah umwerfend aus.

Alle verstauten ihr bescheidenes Gepäck im Heck des Fliegers. Der Rest der Gruppe war in der Zwischenzeit zu uns gestoßen. Ich stellte mich vor und wir wechselten ein paar Worte.

Immerhin schienen sie recht freundlich zu sein, ein kleiner Trost.

Harald und Steffen erklärten uns ein paar wichtige Details zur Route und zu unserem Tagesziel. Nun stand dem Start nichts mehr im Weg.

Jeder hatte in der Zwischenzeit einen der *edlen* Klappstühle ergattert. Die Bremskeile unter den Rädern wurden entfernt, der Propeller angeworfen und schon ging es Richtung Rollfeld. Der Lärm im Innern der Maschine war ohrenbetäubend. Leo wollte mir etwas sagen, doch ich verstand kein Wort. Mit rasender Geschwindigkeit sausten die grasenden Kühe und die Landschaft entlang des Flugfeldes an uns vorbei, Sekunden später hob die Maschine ab. Jetzt gab es kein Zurück mehr. Kurz bevor wir den Kontakt zum Boden verloren, schickte ich ein kleines Stoßgebet gen Himmel in der Hoffnung, diesen Wahnsinn zu überleben.

Die Landschaft lag friedlich unter uns und wir gewannen rasch an Höhe. Die Bäume zeigten ihr schönstes Herbstkleid und die warmen Sonnenstrahlen spiegelten sich im Bodensee. Angesichts der vielen

Eindrücke vergaß ich beinahe meine Angst, als wir die Alpen Richtung Adria überflogen.

Immer wieder drehten sich die Piloten zu uns um und versuchten, sich mit uns zu verständigen, indem sie auf Berge oder Landstriche zeigten und diese mit der Karte verglichen. Die Luft war glasklar, nur hin und wieder verstellten Nebelfelder die Sicht ins Tal. Die Gletscher schienen zum Greifen nah.

Allmählich gelang es mir, mich zu entspannen. Ich genoss den Blick aus dem winzigen Fenster zu meiner Linken. Sanft glitten wir durch die Luft. Inzwischen hatte ich mich an den monotonen Lärm der Maschine gewöhnt.

Ich nutzte die Gelegenheit, meine Mitreisenden genauer unter die Lupe zu nehmen. Auf dem Sitz vor mir hatte Hermann Platz genommen. Der Künstler aus Wien war seit kurzer Zeit in Pension. Für sein Alter wirkte er äußerst fit mit seinem sportlichen Körperbau, zudem entdeckte ich kaum ein graues Haar. Vom ersten Moment an war er mir sympathisch. Kurz vor dem Start hatte er mir verraten, dass ihm seine Frau jetzt schon fehlen würde.

Gleich neben ihm saß Philipp, ein schüchterner Belgier. Das blassgrüne Safari-Outfit verschmolz fast mit der Farbe seiner blassen Haut. Sein Gepäck bestand nahezu nur aus Fotoausrüstung. Ich war gespannt, wie er sich in die Gruppe eingliedern würde. Offensichtlich fiel es ihm schwer, auf Menschen zuzugehen. Immer wieder richtete er seinen Blick auf den Boden, schien sich nicht sehr wohl zu fühlen. Philipps pures Gegenstück saß neben ihm: Pedro.

Leo hatte ihn abschätzig einen »kleinen Empor-kömmling« genannt, als er mir zu Hause von ihm erzählte. Er war der Sohn eines Spaniers und einer Deutschen, äußerst erfolgreich als Mediziner und inter-national durch Publikationen und Vorträge auf seinem Fachgebiet bekannt. Mit seinem umwerfenden Lächeln und dem verstrubbelten Haar machte er alles andere als einen arroganten Eindruck. Ich konnte mir nicht erklären, weshalb Leo ihn so unsympathisch fand. Ob er neidisch auf Pedros Erfolg war?

In der letzten Reihe vor dem Cockpit saßen Marie und Manfred. Sein fülliger Körper breitete sich auf zwei der kleinen Sessel gleichzeitig aus. Das schüttere Haar glänzte schweißnass. Ungehemmt ließ er seinen Blick immer wieder über Marie gleiten und leckte sich dabei die Lippen. Leo kannte ihn schon seit Jahren und war fasziniert von seinen Fähigkeiten als Geschäftsmann. Die beiden waren sogar einige Jahre lang Partner ge-wesen. Es war mir ein Rätsel, wie er es mit so einem ekligen Typen ausgehalten hatte.

Harald hatte uns bereits vor dem Start mitgeteilt, dass unser erster Tankstopp in Tivat, einer Stadt in Monte-negro, sein würde. Von dort würden wir nach Kreta weiterfliegen.

Tivat zeigte sich von seiner schönsten Seite, als wir zur Landung ansetzten. Da der Flughafen recht wenig frequentiert war, konnten wir die Einreiseformalitäten rasch hinter uns bringen. Auf der winzigen Terrasse vor dem heruntergekommenen Flughafengebäude setzten wir uns in die Sonne, um auf die Weiterreise zu warten. Hermann packte zur Überraschung selbst gebackenes

Brot und Speck von zu Hause aus. Die Freude über diese Köstlichkeiten war riesig und wir vertilgten alles mit Genuss. Während des Tankstopps konnten wir uns etwas näher kennenlernen. Die Stimmung in der Gruppe war gelöst und ich fühlte mich langsam wohler. Die Zeit verging wie im Flug. Beim Boarding hatte Hermann zwar kurz Probleme mit dem Zoll.

Sein Taschenmesser betrachteten die Zöllner als Corpus Delicti, doch nach einer kleinen Diskussion durfte auch er anstandslos passieren und selbst sein Taschenmesser behalten.

Auf der Weiterreise nach Kreta versuchte ich angestrengt, mich mit Leo zu unterhalten, dem Lärm zum Trotz.

»Bin schon gespannt auf das Hotel. Ich habe es gegoogelt und nur eines mit dem Namen gefunden. Das war allerdings auf Korfu.«

»Quatsch, es gibt bestimmt tausend Hotels mit dem gleichen Namen. Mach dir keinen Kopf, Harald hat alles gebucht, er hat sehr viel Erfahrung mit langen Reisen. Der macht das nicht zum ersten Mal.«

»Ich mach mir keine Sorgen, fand das nur witzig. War unsere Route ursprünglich nicht über Korfu geplant? Die Änderung ergab sich doch durch den günstigeren Tankstopp in Tivat, soviel ich weiß«, rief ich Leo zu.

Diese Art der Unterhaltung bei dröhnendem Motorenlärm machte keinen Spaß. Ich lehnte mich zurück und beobachtete die Inseln, die unter uns immer wieder auftauchten. Aufgrund unserer niedrigen Flughöhe waren diese gut zu erkennen. Im Sonnenuntergang vor uns tauchte Kreta auf. Meine Blase drückte schon seit einer guten Stunde entsetzlich, auch mein Rücken sehnte sich nach einer neuen Position. Alle an Bord waren froh, endlich am Ziel zu sein.

Harald ging voraus, um ein Taxi zu organisieren. Mit unserem Gepäck warteten wir am Ausgang auf eine Fahrgelegenheit. In einiger Entfernung erblickte ich Harald. Wild gestikulierend stand er am Taxistand. Er war kreidebleich, schüttelte seinen Kopf und starrte fassungslos in die Ferne.

Was war passiert? Er deutete uns, näher zu kommen. Inzwischen war es dunkel geworden, doch die Luft in der griechischen Stadt war warm und geschwängert vom Duft der zahlreichen Kräuter am Straßenrand.

»Wir sind auf der falschen Insel beziehungsweise das Hotel, in dem wir heute übernachten wollten, ist nicht hier, sondern auf Korfu.«

Wir starrten ihn sprachlos an. Die Erste, die ihre Worte wiederfand, war Marie:

»Sag mir bitte, dass das nicht wahr ist. Wie konntest du nur so einen Fehler machen. Ich fasse es nicht!«

Haralds Gesicht war aschfahl. Die Stirn in tiefe Falten gelegt, blickte er uns verzweifelt an. Ein heilloses Durcheinander entstand.

»Wo sollen wir übernachten?«

»Was soll das? Hast du den Flugplan erstellt oder wir?«

»Bitte beruhigt euch! Der Taxifahrer organisiert gerade eine Unterkunft für uns!«

»Die falsche Insel!« Ich prustete los. »Ist doch kein Beinbruch.«

»Harald, mach dir keine Sorgen. Das ist doch nicht so schlimm«, stimmte Pedro mir zu.

»Das war wieder klar, dass du das witzig findest. Reiß dich zusammen, bitte!«, raunte Leo.

Harald warf mir einen dankbaren Blick zu.

In Wirklichkeit war mir eher zum Heulen zumute, obwohl die Lage grotesk war. Hundemüde und verschwitzt sehnte ich mich nach einer heißen Dusche, einer Kleinigkeit zu essen und einem weichen Bett. Super Start, wir waren auf der falschen Insel!

In diesem Moment rief uns der Taxifahrer. Er hatte eine Unterkunft ausfindig machen können. Nebensaison sei Dank! Das hatte wirklich schnell geklappt, wir konnten uns glücklich schätzen: ein Hotel mitten im Zentrum, drittklassig, die Zimmer winzig, aber sauber. Mehr als ich erwartet hatte.

Der Hotelchef nahm uns freundlich in Empfang. Für ihn war unsere kleine Gruppe ein willkommenes Zusatzeinkommen in der touristenschwachen Zeit. Im Zimmer verschwand ich sofort ins Bad, um Leos Standpauke zu entgehen, doch sogar durch die Tür hörte ich ihn schimpfen.

»Was hast du dir dabei gedacht, dich so zu benehmen? Du kannst doch in so einem unpassenden Moment nicht lachen. Das ist doch nicht normal. Und zu allem Überfluss nimmst du ihn auch noch in Schutz! Ist dir klar, was diese Reise kostet? Da gehe ich davon aus, dass alles top organisiert ist. Harald hat anscheinend gar nichts im Griff. Es ist mir ein Rätsel, was Marie von so einem alten Trottel will.«

Ich stand unter der erlösenden Dusche und dachte nur: bla, bla, bla …

»Okay, okay, kommt nicht wieder vor.«

Wir hatten vereinbart, uns in der Lobby zu treffen. Gemeinsam gingen wir in eine kleine Taverne um die Ecke, um dort unseren Hunger zu stillen. Das Essen war lecker und nach einigen Gläsern Rotwein und Ouzo entspannte sich die Lage und alle konnten über das Erlebte lachen. Sogar Leo hatte sich beruhigt. Er unterhielt sich den ganzen Abend über angeregt mit Marie. Die beiden kicherten immer wieder. Harald erholte sich von seiner Blamage und versuchte, die Gründe zu erklären:

»Es tut mir total leid, das hätte mir auf keinen Fall passieren dürfen. Durch die ganzen Änderungen in der Flugroute, die Probleme mit den Genehmigungen und so weiter habe ich nicht mehr an das Hotel gedacht.«

Wir versicherten ihm, dass alles in Ordnung sei und er den Abend genießen solle. Sogar Steffen klopfte ihm aufmunternd auf die Schulter. Voller Spannung und Vorfreude verabschiedeten wir uns kurz vor Mitternacht und als ich endlich im Bett lag, fiel ich in einen traumlosen Schlaf.

Ägypten

Die Hotelangestellten bemühten sich besonders um uns, auch wenn wir, die »Gestrandeten«, wie sie uns nannten, nur ein paar Stunden bei ihnen zu Gast waren.

Beim gemeinsamen Frühstück informierte uns Harald über die weiteren Pläne. Vorerst würden wir nur bis Assuan fliegen, nicht wie geplant nach Abu Simbel. Die Flugbehörden ließen uns im wahrsten Sinne des Wortes in der Luft hängen. Noch immer hatten sie uns die Flug- und Landebewilligungen nicht erteilt. Steffen versicherte uns, dass dies kein allzu großes Problem sei.

»Im Normalfall werden die Genehmigungen kurzfristig erteilt und der Flug kann auf der geplanten Strecke erfolgen. Falls dies nicht der Fall ist, haben wir je nach Region andere Optionen.«

Im Sudan, unserem nächsten geplanten Zwischenstopp vor Kenia, herrschten schwere Unruhen. Selbst wenn wir weit von den Krisenherden entfernt landen würden, konnten die Bewilligungen dauern. Als wir kurze Zeit später den Flughafen Heraklion erreichten, war es noch dunkel. Die Schalterhalle lag verlassen vor uns. Nur ein Arbeiter auf einer Reinigungsmaschine drehte seine Runden. Er beachtete uns nicht. Von Touristenströmen weit und breit keine Spur. Einzig auf der Anzeigetafel prangte unser Flug:

Flugnummer H15 mit dem Zielflughafen Assuan

Da wir uns an einem öffentlichen Flughafen befanden, nicht wie sonst üblich für so kleine Flieger auf einem der *Airstrips,* wurden wir offiziell abgefertigt. Auf dem Flugfeld stand unsere *kleine Lady* neben den Linienfliegern, ein Anblick zum Schmunzeln. Selbst der Transport wurde mit einem der gängigen Busse durchgeführt, unsere Piloten erwarteten uns schon beim Flugzeug. Hermann brach in schallendes Lachen aus:

»Das ist ja nicht zu glauben! Wir sitzen in einem riesigen Bus, obwohl wir nur hundert Meter übers Rollfeld gehen müssten. Bürokratie vom Feinsten!«

Als wir abhoben, fielen die ersten Strahlen der Morgensonne auf das tiefblaue Wasser. Vor uns das offene Meer. Nicht eine einzige Insel lag zwischen uns und dem afrikanischen Kontinent. Ich genoss den Anblick dieser endlosen Weite im monotonen Rauschen der Motoren.

Philipp neben mir zwinkerte mir lächelnd zu. Ihm entging nicht, wie mich der Blick aus dem Fenster faszinierte.

Gestern waren wir das erste Mal miteinander ins Gespräch gekommen und hatten uns fast den gesamten Abend unterhalten. Seine Leidenschaft galt seit Jahren der Fotografie, nur deshalb hatte er sich zu dieser Reise entschieden. Leo hatte sich am Vorabend sofort an den Nebentisch gesetzt und mit Marie und Steffen geplaudert. Mir gegenüber war er wortkarg gewesen, zu sehr hatte er sich über mich geärgert. Erst auf dem Weg ins Zimmer besserte sich seine Stimmung. Mehr als ein mürrisches »Gute Nacht«, konnte er sich jedoch nicht abringen. Nun saß er neben Marie in der Reihe vor mir.

Da bei dem dröhnenden Motorenlärm an eine Unterhaltung nicht zu denken war, genossen wir den Blick aus dem Fenster oder versuchten, etwas zu dösen. Nach ein paar Stunden erblickten wir das erste Mal den nördlichen Küstenstreifen Afrikas.

Nichts als Sand, Geröll und die Gischt der Brandung erstreckten sich unter uns. Ich war tief beeindruckt. Die Landschaft hatte sich radikal verändert. Die riesigen Sand- und Dünenflächen wechselten mit Steinwüsten und außerirdisch anmutenden Kraterlandschaften der Sahara. Hin und wieder deutete eine Straße oder ein Gebäude in der kargen Landschaft auf die Existenz menschlichen Lebens hin.

Erst als wir uns allmählich dem Flusslauf des Nils näherten, änderte sich das Bild drastisch. Dieser riesengroße Wasserlauf wurde nicht umsonst als »Ursprung des Lebens« bezeichnet. Die Uferzonen mit ihren fruchtbaren Böden hoben sich in sattem Grün von der kargen Umgebung ab. Wie ein endlos langes Band mit üppiger Vegetation an seinen Ufern schlängelte sich der Fluss durch die Landschaft. Überall erkannte ich kleine Dörfer und Städte, die ihren Platz an dem Leben spendenden Nass gefunden hatten. Seit Tausenden von Jahren machte sich der Mensch diese sagenhafte Quelle nutzbar. Überall sonst in diesem Land misslang jeder Versuch, eine Gegend urbar zu machen.

Der Flughafen Assuan erwartete uns praktisch menschenleer. Die Touristenströme blieben in diesem Jahr fast vollständig aus. Zunehmende politische Unruhen und die damit verbundene Angst vor Zwischenfällen stürzten dieses wunderschöne Land zusehends in den Ruin. Hassan, unser Fahrer, sollte uns ins nahe gelegene Hotel bringen. Harald und Steffen blieben in der Zwischenzeit zurück, um mit den ortsansässigen Beamten eine Lösung für die fehlenden Überflug- und Landegenehmigungen zu finden. Ich hoffte inständig, dass sie Erfolg haben würden.

Als wir aus der Halle ins Freie traten, schlug uns gleißende Hitze entgegen. Obwohl schon Oktober, glühte die Sonne erbarmungslos vom wolkenlosen Himmel. Die Luft über der Stadt schien zu stehen. Marie gesellte sich zu mir und plauderte munter drauflos:

»War ein toller Flug, nicht wahr? Die Wüste ist faszinierend, findest du nicht? Zum Glück sind wir heute richtig. Ich habe gestern mit Harald noch ordentlich geschimpft.«

»Ach das war ein kleines Versehen, sei nicht so streng mit ihm.«

Auf unserem Weg zum Hotel passierten wir einige Polizeisperren. Am Straßenrand standen immer wieder schwer bewaffnete Männer und Jugendliche, teils fast noch Kinder. Die Zeichen der Gewalt und Unruhe waren allgegenwärtig.

Steffen hatte am Vorabend noch eilig ein Hotel gebucht, das einem Geisterschloss glich und auf einem Hügel lag. Hinter dem riesigen, mit goldenen Ornamenten verzierten Portal befand sich eine überdimensionale Empfangshalle. Orientalische Räuchergefäße verströmten einen betörenden Duft, die Rauchschwaden kräuselten sich im Licht, das durch die bunten Fenster in den Raum drang. Bunte Stoffe und kunstvoll verzierte Leuchter schmückten die hohen Wände. Wir waren die einzigen Gäste in diesem riesigen Komplex. Gespenstisch!

Ein junger Angestellter begleitete Leo und mich auf unser Zimmer. Mir war diese Pause sehr willkommen. Einerseits konnten wir dort dank der Klimaanlagen der Hitze entfliehen, die einigen unserer Gruppe bereits schwer zu schaffen machte, andererseits konnte ich vielleicht etwas schlafen.

Besonders Manfred schien Probleme mit dem Klima zu haben, sein Hemd klebte schon nach wenigen Minuten schweißnass an seinem fülligen Körper. Er atmete schwer und sein fast kahler Kopf schien kurz vor der Explosion. Sein Gesundheitszustand machte mir Sorgen. Sollten wir im Busch einen medizinischen Zwischenfall haben, wäre das ein echtes Problem.

Ich drängte die Gedanken beiseite, ließ meine Kleider zu Boden gleiten und stellte mich unter die Dusche. Das kühle Wasser wusch den Staub und Schweiß von meiner Haut. Als ich aus dem Bad ins kühle Zimmer trat, lag Leo schon unter dem Baldachin im riesigen Bett auf blütenweißen Laken.

»Komm rein, lass uns die Zeit nutzen«, sagte er mit schelmischem Grinsen und klopfte dabei aufmunternd mit seiner Hand auf die Matratze.

Mir war im Moment absolut nicht nach Sex zumute und es entwischte mir ein leichtes Seufzen.

»Was ist los, hast du keine Lust? Wir sind im Urlaub!« Um nicht wieder endlos mit ihm diskutieren zu müssen, legte ich mich zu ihm und küsste ihn. Er erwiderte meine Küsse leidenschaftlich. Was war nur los mit mir? Ich hatte mir doch die ganze Zeit nichts mehr gewünscht, als dass Leo wieder mehr Interesse an mir zeigen würde. Rasch schob ich meine trüben Gedanken beiseite und genoss seine Leidenschaft. Leo war schon immer ein guter Liebhaber gewesen und bald kam auch ich in Stimmung.

Klar, in den vielen Jahren hatte sich eine gewisse Routine eingeschlichen, doch ich wusste, wie ich ihn verführen konnte. Wir liebten uns kurz und heftig und ich genoss die Entspannung, die sich ausbreitete. Leo schlief tief und fest, als ich aus der Dusche sprang; sein Schnarchen drang bis ins Bad. Ich entschied, zum Pool zu gehen. Wenn Leo neben mir schnarchte, war an Schlaf sowieso nicht zu denken.

Mit einem Buch und dicken, flauschigen Badetüchern unter dem Arm machte ich mich auf den Weg zum Pool und entdeckte dort Marie, die es sich auf einer der Liegen gemütlich gemacht hatte. Die Lage des Hotels war grandios!

Das ehemalige Herrscherhaus lag auf einem riesigen Hügel. Der Garten bestand aus einer üppigen Fülle exotischer Pflanzen und Palmen. Die Blumen schienen in der fruchtbaren Erde fantastisch zu gedeihen, sie leuchteten in den prächtigsten Farben. Der Blick auf den sich dahinschlängelnden Nil und die Sanddünen auf der gegenüberliegenden Seite taten ihr Übriges, um sich wie in einem Märchen aus »Tausendundeine Nacht« zu fühlen.

»Traumhaft hier, nicht wahr? Schade, dass die Unruhen alles zunichtemachen.«

Ich konnte ihr nur beipflichten. Mein Blick schweifte über die Elephantine, die berühmte Insel im Nil, die direkt unter uns lag.

»Immerhin können wir die Wartezeit hier genießen.«

»Wie es aussieht, sind wir die Einzigen. Ich denke, die anderen schlafen alle.«

»Leo definitiv, er ist kein großer Fan von Hitze.«

Wir unterhielten uns einige Zeit, Marie war eine angenehme Gesprächspartnerin. Später gesellte sich Hermann zu uns. Marie und er hatten etliche gemeinsame Freunde in der Kunstszene. Sie verstanden sich blendend. Hermann war ein angenehmer Zeitgenosse. Ihm lag die Stimmung in der Gruppe sehr am Herzen. Es war ihm wichtig, dass wir gemeinsam eine tolle Zeit verbrachten.

Ich ließ die beiden allein und zog meine Runden im Pool.

Die Sonne senkte sich schon sanft hinter die Hügel am Horizont und die Rufe der Muezzin waren aus der Ferne zu hören, als ich in das laue Wasser tauchte. Plötzlich sah ich Leo auf mich zukommen. Er blickte genervt um sich und kam schnurstracks auf mich zu.

»Hier bist du also, ich hab dich überall gesucht!«

Na toll, seine Laune war wieder einmal im Keller. Nicht einmal die Anwesenheit von Marie und Hermann konnte ihn dazu bewegen, sich nichts anmerken zu lassen. Die Gründe für seine schlechte Stimmung waren für mich nicht nachvollziehbar. Vermutlich hätte ich im Zimmer warten sollen, bis »der Herr« wieder aus seinen Träumen erwacht.

»Na ja, viele Möglichkeiten gibt es ja nicht. Ich bin nicht so verrückt, Assuan auf eigene Faust zu erkunden.«

Hermann war Leos Anspannung nicht entgangen und versuchte, die Situation zu entschärfen.

»Leo, es gibt heute ein Barbecue. Begleite mich doch zur Terrasse, dann trinken wir einen Gin Tonic. So können die Ladys sich in Ruhe fürs Abendessen umziehen.«

»Guter Plan, ich kann einen Drink gebrauchen.«

Noch mal Glück gehabt! Leo und Hermann trotteten zur Hotelterrasse, während Marie und ich unsere Sachen zusammenpackten. Langsam nervte mich Leos ewig schlechte Laune. Was sollte denn das? Es gab doch wohl schlimmere Orte, um seine Zeit zu verbringen.

Im Zimmer angekommen, zog ich rasch ein hübsches Sommerkleid aus meinem Rucksack. In nächster Zeit würde ich eher nicht die Gelegenheit haben, es zu tragen. Die Haare zu einem lockeren Knoten geschlungen, war ich in wenigen Minuten startklar.

Unsere Begleiter hatten sich schon versammelt, sie empfingen mich mit anerkennenden Blicken. Inzwischen sahen sie deutlich erholter aus. Steffen und Harald waren auch dazugestoßen. Ihnen war der Stress der vergangenen Stunden deutlich anzusehen.

»Hallo meine Liebe! Hübsch siehst du aus.«

Offensichtlich hatte Leo der Gin gut bekommen. Er war zumindest nicht mehr so angespannt und übellaunig. Ich legte meinen Arm um seine Hüfte.

»Gibt's schon Neuigkeiten? Hab ich was verpasst?«

»Leider ja!«, antwortete Steffen.

Die Unterhaltungen verstummten und Steffen erklärte:

»Wir müssen morgen einen Puffertag einlegen. Die Behörden haben uns noch immer kein grünes Licht für unseren Sudan-Überflug gegeben. Harald und ich haben uns entschieden, abzuwarten und den morgigen Tag in Assuan zu verbringen.«

Ein leises Raunen ging durch die Gruppe.

»Die gute Nachricht ist, wir müssen nicht tatenlos herumsitzen. Es gibt in der Gegend genug zu erkunden. Gemeinsam mit Hassan haben wir ein Programm für euch zusammengestellt. Lasst euch überraschen, es wird sicher spannend. Sobald wir nicht mehr auf die Landegenehmigungen angewiesen sind, wird es einfacher für uns. Konkret heißt das, ab Kenia sind wir unabhängig. Auf den Airstrips ist alles unkomplizierter. Macht euch keine Sorgen!«

In diesem Moment trat Marie auf die Treppe, die in den Garten führte. Ihr Anblick war atemberaubend. Sie trug ein weites, bodenlanges, dunkelblaues Kleid, das sie wie eine orientalische Prinzessin aussehen ließ. Den Männern stand der Mund offen, als sie Harald mit einem leidenschaftlichen Kuss begrüßte.

Harald hob sein Glas:

»Cheers! Auf unseren ersten Abend in Afrika!«

Die Gespräche wurden wieder aufgenommen und alle schienen zufrieden.

Das Barbecue duftete köstlich, aber mir war der Appetit inzwischen gründlich vergangen. Bisher hatte auf dieser Reise noch überhaupt nichts wie geplant geklappt. Hoffentlich entwickelte sie sich nicht zu einem Desaster. Leo schenkte mir etwas Wein ein, den ich dankend annahm. So würde ich wenigstens schlafen können. Die Männer unterhielten sich inzwischen lautstark, der Wein hatte die Stimmung gelöst. Sogar die

Piloten konnten wieder lachen und wir genossen gemeinsam den lauen Abend.

Marie und ich verstanden uns prächtig. Es war schön, eine Frau als Gesprächspartnerin dabei zu haben. Von der Terrasse aus erkannte ich die Lichter der Stadt und die beleuchteten Überreste einer Festung auf dem gegenüberliegenden Ufer. Das Zirpen der Grillen in dieser sternenklaren Sommernacht wurde nur durch das gelegentliche Bellen eines Hundes unterbrochen.

Was würde uns morgen erwarten? Ich hoffte inständig auf eine positive Wende.

Assuan

Erbarmungslose Hitze schlug uns entgegen, als wir ins Freie traten. Obwohl es noch früh war, demonstrierte uns die Sonne schon ihre Kraft.

Im Schatten eines Geländewagens erwartete uns Hassan. In tiefer Hocke kauernd, ließ er die Perlen seiner Misaka flink durch die Finger gleiten. Gekleidet in einen weißen Kaftan, der luftig um seinen Körper lag, und mit dem Turban auf seinem Kopf, sah er verdammt gut aus. Seine Haut war sonnengebräunt, der Bart tiefschwarz und seine Augen hatten ein geheimnisvolles Blau. Mit einem freundlichen Nicken begrüßte er uns. Bereits gestern war mir aufgefallen, dass er es vermied, mir direkt in die Augen zu sehen.

Leo setzte sich sofort auf den Beifahrersitz und unterhielt sich angeregt mit ihm. Die restliche Gruppe mit Ausnahme der Piloten verteilte sich im Fond des halb zerfallenen Toyota. Harald und Steffen waren schon früh aufgebrochen, um noch einmal Kontakt mit den Behörden im Sudan aufzunehmen.

Die Straßen durch Assuan waren übersät von Schlaglöchern. Es herrschte ein buntes Durcheinander, Hupen übertönten den Motorenlärm. Ampeln wurden nicht beachtet, jeder hatte seine eigenen Verkehrsregeln. Mit halsbrecherischem Tempo preschte Hassan durch die Straßen der riesigen Stadt. Wir rasten vorbei an Eselskarren mit Obst und Gemüse als kostbarer Fracht, Kindern auf dem Weg zur Schule, die sich zu zwanzigst auf einer LKW-Brücke festhielten, Mofas mit drei, manchmal sogar vier Passagieren. Nichts schien unmöglich. Neben all den altertümlichen, teils kaum noch fahrtüchtigen Fahrzeugen erblickte ich hin und wieder einen Maserati oder Porsche. Sie wirkten wie Fremdkörper in dieser Welt, die mit dem Sand der Umgebung zu verschmelzen schienen. Über allem lag eine übel riechende Dunstwolke aus Abgasen.

Wir hatten uns inzwischen vom lebensspendenden Fluss entfernt. Alles war grau oder braun: die Häuser, die Menschen, selbst die Tiere. Die Hitze verschluckte alle Farben, es gab kein Grün, nur Trockenheit und Staub. Immer wieder passierten wir Straßensperren mit Stacheldraht und bis an die Zähne bewaffnete Soldaten. Das Militär war allgegenwärtig. Auf den Straßen waren viele bewaffnete Zivilisten zu sehen. Kinder, kaum älter als acht Jahre, schossen am Straßenrand auf Dosen. Die allgegenwärtige Gewalt gehörte für diese Generation zum Alltag.

Aus den Medien kannte ich das, trotzdem hatte ich von Ägypten bisher ein idyllisches Bild gehabt: Pyramiden, Palmen, Korallen im Roten Meer und Kamele. Die Realität sah anders aus. Pedro bemerkte meinen besorgten Gesichtsausdruck.

»Du brauchst keine Angst zu haben, Eliza.«

Jetzt erst sah ich, dass meine Knöchel weiß waren, so heftig klammerte ich mich an den Vordersitz. Pedros Aufmerksamkeit und Aufmunterung taten mir gut. Die letzten Tage waren sehr anstrengend gewesen.

»Danke, Pedro, lieb von dir. Weißt du, ich bin manchmal ein richtiger Angsthase.«

»Hahaha! Nein, das bist du ganz bestimmt nicht. Sonst hättest du diese Reise nie und nimmer angetreten.«

Wir passierten eine riesige Brücke, Hassan erklärte uns voller Stolz die Umgebung.

»Der Assuan-Staudamm ist neben den Pyramiden ein geschichtsträchtiges Bauwerk in Ägypten. Um die Wasserversorgung dauerhaft sicherstellen zu können, aber auch zum Zweck der Energiegewinnung wurde sein Bau 1960 begonnen. Nach elf Jahren Bauzeit und etlichen Umsiedelungen staut sich seither der riesige Nassersee auf knapp 6 000 km².«

Das waren Dimensionen, die uns in Staunen versetzten. Hassan war in seinem Element, gespannt folgten wir den Ausführungen. Er führte uns in alle für Besucher zugängliche Bereiche des Staudamms und erklärte die Details. Meine Begleiter lauschten fasziniert den technischen Einzelheiten. Währenddessen setzte ich mich kurz in den Schatten des Denkmals am Ende des Damms, das an die sowjetisch-ägyptische Freundschaft erinnerte. Das Bauwerk erinnerte an eine Lotusblüte und war Chruschtschow zu Ehren errichtet worden. Dieser hatte Ägypten durch die Bereitstellung von finanziellen Mitteln, Arbeitern und Planern maßgeblich beim Bau dieses großen Projektes unterstützt. Mir spendete es Schatten. Mehr brauchte ich im Moment nicht.

Kaum, dass ich mich gesetzt hatte, fielen mir drei Kinder auf, die mich von der gegenüberliegenden Seite aus beobachteten. Die beiden Mädchen blickten immer wieder zu mir und kicherten verlegen. Der Junge war mutiger, er kam direkt auf mich zu. Mit einem umwerfenden Lächeln fragte er mich:

»Can I take a picture, Lady?«

Ich zögerte. Erst ein paar Tage vor unserer Abreise war ein Bericht über Kinder als Selbstmordattentäter durch die Medien gegeistert. Schnell schob ich den Gedanken beiseite und willigte ein. Auch die Mädchen kamen näher. Sie erzählten, dass sie auf Schulausflug waren und aus Luxor stammten. Wir schossen mehrere Fotos und die Kinder amüsierten sich köstlich. Sie bewunderten meine langen Haare und fragten mich, weshalb ich nicht wie sie, ein Kopftuch tragen würde. Sie waren erstaunt, als sie von mir erfuhren, dass in meiner Heimat keine Frau ein solches tragen würde. Ich hörte gespannt ihre Erzählungen über den Schulalltag, die Lehrer und ihre Familien und war überrascht über ihr ausgezeichnetes Englisch. Nach einiger Zeit sah ich, wie Hermann, Leo und die anderen begleitet von Hassan auf uns zukamen. Leo funkelte mich schon von Weitem böse an. Was hatte ich denn jetzt schon wieder falsch gemacht? Marie hob sichtlich erstaunt eine Augenbraue. Hermann erkannte die Situation sofort.

»Na Eliza, hast du neue Freunde gefunden? Wie ich sehe, unterhaltet ihr euch prächtig. *Cross-cultural,* so lernt man die Kultur gleich direkt kennen.«

Hassan wechselte ein paar Worte mit den Kindern, als Leo mich von hinten ansprach.

»Was hast du dir dabei gedacht? Vermutlich hätten sie dich gleich ausgeraubt, wenn wir nicht gekommen wären.«

»Wir haben doch nur Fotos gemacht. Leo, das sind Kinder! Denkst du wirklich, jeder, der einen Turban trägt, ist ein Verbrecher?«

»Nur Kinder! Was denkst du, wo wir uns befinden? Irgendwo in Österreich in der Provinz? Hier gibt es Kinder, die tragen Waffen, keine Blumenkränzchen.«

Mir reichten für heute seine Vorwürfe und Anschuldigungen, rasch gesellte ich mich zu den anderen. Es war mir mehr als willkommen, dass Hassan zum Aufbruch rief. Er hatte sich für heute zum Ziel gesetzt, uns so viel wie möglich von seiner Heimatstadt zu zeigen. Marie und Leo folgten uns in einigem Abstand.

Gemeinsam fuhren wir zu einer Bootsanlegestelle ein paar Kilometer flussabwärts. Kaum hatten wir die Anlegestelle erreicht, wurden wir von Dutzenden Männern in weißen Kaftanen belagert. Mit lauten Zurufen versuchten sie, ihre Waren an den Mann zu bringen. Ihre Verkaufsmethoden waren teilweise recht aggressiv. Ich tastete suchend nach Leos Hand und wir drängten uns gemeinsam durch all die Händler zum Steg. Selbst dieser war bis auf einen schmalen Streifen voller Waren, die auf bunten Tüchern oder dem blanken Boden zum Verkauf angeboten wurden. Manfred blieb stehen und feilschte mit einem der Händler. Hassan forderte ihn energisch auf, uns zu folgen. Als wir endlich in eines der wartenden Boote stiegen, wandte er sich erstaunlicherweise an mich.

»Hier werdet ihr nur über den Tisch gezogen. Ich zeige euch später einen richtigen Basar.«

Es war das erste Mal, dass er mich direkt ansprach. Ich wusste, dass für ihn der Umgang mit Frauen außerhalb der Familie nicht üblich war, und nickte dankbar. Ein Lächeln huschte über sein Gesicht, als er sich von mir abwandte. Sein Blick war geheimnisvoll und fremd, unverwechselbar und ich bedauerte unsere großen kulturellen Unterschiede.

An Bord eines winzigen Motorbootes tuckerten wir langsam zu der Insel Agilkia. Der prächtige Tempel von Philae war schon von Weitem gut zu sehen. Die Säulen und faszinierenden Inschriften trotzten schon Tausende von Jahren den widrigsten Bedingungen. Nichts schien diesen geschichtsträchtigen Mauern etwas anhaben zu können.

»Da der Tempel nach der Fertigstellung des Assuan-Staudamms im Nassersee versunken wäre, wurden die zum UNESCO-Weltkulturerbe erklärten Bauwerke in fast 40 000 Teile zersägt und auf Booten an den neuen Standort gebracht. Zwischen 1977 und 1980 wurden sie auf der Insel Aglikia wieder zusammengebaut«, erklärte uns Hassan.

»Wann wurde er denn ursprünglich errichtet?«, wollte Philipp wissen.

»Der Tempel wurde Isis, der ägyptischen Göttin der Liebe und Fruchtbarkeit, geweiht und vor ca. 2 500 Jahren errichtet. Die Nebengebäude, die zum Teil gut erhalten sind, haben unterschiedliche Baujahre. Der Tempel hat über die Jahrtausende viele Herrscher erlebt, zwischenzeitlich war er sogar ein christliches Gotteshaus. Viele der ursprünglichen Reliefs wurden zerstört, und teilweise durch Inschriften der jeweiligen Periode ersetzt. Der ganze Tempel ist ein Fundus an geschichtlichen Ereignissen.«

Gebannt lauschten wir Hassans Ausführungen. Inzwischen hatte unser Boot die menschenleere Insel erreicht. Wieder nicht die geringste Spur von Touristen.

Kein Wunder, dass die Händler so zum Kauf gedrängt hatten!

Wie jeder Flecken dieses Landes, der in der Nähe des Nils lag, war auch die Insel üppig bewachsen. Prächtige Bougainvillea und Palmen wuchsen auf dem Tempelgelände. An den Ufern wucherten meterhohe Schilffelder, die leise im warmen Wind raschelten. In den Mauerritzen der Tempelanlagen erblickte ich immer wieder riesige Eidechsen, die sich trotz der Hitze wohlzufühlen schienen. Ich war überwältigt von den mächtigen Gebäuden. Die Hieroglyphen und Inschriften waren außerordentlich gut erhalten, Göttin Isis allgegenwärtig.

Das Tempelportal war von überdimensionalen Götterdarstellungen dominiert. Reich verzierte Säulen flankierten den Vorplatz des Haupttempels. Das Innere der Anlage bot erholsame Kühle. Die gesamte Gruppe war begeistert. Erstmals trafen wir auf eine kleine Touristengruppe aus Großbritannien. Gemeinsam erkundeten wir das Tempelinnere und entdeckten zwischen all den ägyptischen Schriftzeichen Spuren abendländischer Kulturen.

Anubis und Osiris in direkter Nachbarschaft mit einem Kreuz, eindrücklicher konnte man die Durchmischung der unterschiedlichen Kulturen kaum darstellen. Hassan mahnte uns zum Aufbruch, er hatte für den heutigen Tag ein straffes Programm geplant. Erfüllt von den starken Eindrücken der Tempelanlage, bestiegen wir das wartende Boot und legten ab. Nach wenigen Metern entdeckte ich am Ufer eine vertraute Gestalt.

»Hassan, Manfred ist noch auf der Insel!«

»Das darf doch nicht wahr sein, ich habe ihm ausdrücklich gesagt, er soll die Gruppe nicht verlassen!«

Er ließ den Bootsführer wenden. Schon seit Beginn der Reise war mir aufgefallen, dass Manfred Probleme hatte, sich einzugliedern. Er tat sich sichtlich schwer damit, nicht das Sagen zu haben.

Wild gestikulierend stand er am Bootssteg. Offensichtlich hatte er gerade erst realisiert, dass er zurückgeblieben war. Philipp und Pedro konnten sich ein Lachen nicht verkneifen.

Wieder komplett, traten wir die Weiterfahrt an. Hassan wollte uns noch eine weitere Attraktion der Region zeigen. Vorher führte unser Weg zum größten Basar der Stadt.

In den engen Gassen wimmelte es nur so von Menschen. An jedem noch so kleinen freien Fleck wurden Waren aller Art angepriesen. Von Schmuck über Lebensmittel, Kleider, Tücher und Gewürze war alles vertreten. Hoch über den schmalen Gassen schatteten riesige Tücher, wie Baldachine, die Sonne ab. Hier herrschten die Gesetze des Basars, es wurde getauscht, gehandelt und gefeilscht. Marktschreier wetteiferten untereinander. Ich tauchte mit all meinen Sinnen ein in die orientalische Welt mit all ihren Farben, Geräuschen und Düften.

An einem der unzähligen Marktstände erstand ich einen weißen Leinenkaftan und einen wunderschönen Armreif. Leo hatte Souvenirs für unsere Familien zu Hause gefunden und feilschte wie wild mit dem Händler. Alle genossen die lebendige Atmosphäre und freuten sich über diese willkommene Abwechslung. Hassan hatte recht gehabt.

Sogar Philipp taute etwas auf.

»Sieh nur, Eliza, ich habe ein herrliches Schachspiel gefunden. Die Figuren stellen ägyptische Götter dar.«

Zum Abschluss unserer Sightseeingtour präsentierte Hassan den vermutlich ältesten Obelisken des Altertums.

Er bestand aus Rosenquarz und seine Ausmaße waren gigantisch: 41 Meter lang, mit einer Seitenlänge von je vier Metern und einem Gewicht von über 1 000 Tonnen.

»Es wird vermutet, dass der Obelisk für den Tempel von Karnak bestimmt war und kurz vor der geplanten Verschiffung ein Riss entstand, der ihn unbrauchbar machte.

Hier seht ihr die Überreste der Arbeiten. Mit Hölzern und Wasserdruck legten die Menschen damals solche steinernen Ungetüme frei.«

Pedro zeigte sich tief beeindruckt:

»Kaum vorstellbar, wie die Arbeiter vor tausenden von Jahren dazu überhaupt fähig waren. Welche ausgefeilten Techniken sie entwickelten.«

Inzwischen waren Steffen und Harald wieder zu uns gestoßen und wir begleiteten Hassan. Er hatte als krönenden Abschluss dieses Tages eine gemeinsame Fahrt auf dem Nil geplant.

Am Ufer angekommen, wurden wir von Hassans Cousin in Empfang genommen. Vollgepackt mit Plastiktaschen stand er grinsend am Steg. Die neidischen Blicke der anderen Bootsführer entgingen mir nicht. Schließlich warteten dutzende bunt verzierte

Touristenboote auf Gäste. Mit stolz geschwellter Brust führte uns der junge Mann an Bord. In den Taschen, so verriet er, waren ägyptische Spezialitäten für das geplante Dinner auf dem Nil.

Der kleine Außenbordmotor wurde nach mehreren Startversuchen und dem Ausstoß einer riesigen Rauchwolke in Betrieb genommen. Langsam schipperten wir den Fluss entlang, passierten eine mächtige Moschee und konnten von Bord die Skyline der Stadt betrachten. Die Sonne neigte sich langsam und tauchte alles in ein sanftes, bläuliches Licht. Die kreischenden Rufe der Möwen übertönten sogar das Geknatter des Motors.

Als wir die Nilinsel »Elephantine« passierten, öffnete sich uns ein fantastischer Blick auf die steile Uferböschung, gesäumt von zahlreichen Gebäuden. In der Nachbarschaft unseres Hotels entdeckte ich das »Old Cataract Hotel«. Hier waren einige Szenen des berühmten Hollywoodklassikers »Tod auf dem Nil« mit Peter Ustinov und Mia Farrow gedreht worden.

Hassan und sein Cousin ließen keine Gelegenheit aus, uns alles zu erklären und ihre Stadt von der besten Seite zu präsentieren.

Inzwischen war die Dunkelheit hereingebrochen und die Silhouette strahlte im Schein von tausend Lichtern. Hassan verteilte die mitgebrachten Speisen auf großen, bunten Tüchern an Deck. Die Plüschquasten schaukelten munter am Verdeck, als plötzlich das Licht ausging.

»Little Problem! Ich denke, ihr müsst leider im Dunkeln essen.«

Hassan nahm es mit Humor. Ich konnte mir das Lachen nicht verkneifen und alle an Bord lachten mit.

Die Stimmung war perfekt, genossen wir eben ein »Blind Dinner«.

Als Erstes traute sich Steffen zuzugreifen, Leo, Marie und Harald taten es ihm gleich. Philipp, Pedro, Hermann und ich schlossen uns an. Nur Manfred, der sonst nie genug kriegen konnte, traute sich nicht. Stattdessen beklagte er sich über den fehlenden Wein.

»Das sind Moslems, Manfred. Du wirst dich noch etwas gedulden müssen,« erklärte ihm Pedro.

Der junge Mediziner hatte sich bisher kaum zu Wort gemeldet. Er stellte sich offenbar nicht gern in den Mittelpunkt. Jetzt allerdings sah ich ihm seinen Ärger sogar in der Dunkelheit an. Es war ihm peinlich, dass Manfred Hassan bloßstellte. Die zwei Ägypter hatten ihr Bestes gegeben und mehr als nur Gastfreundschaft bewiesen.

Im Laufe des Abends erklärte Hassan seine Abstammung. Seine Mutter war Nubierin aus Ägypten, worauf er sehr stolz war, sein Vater Paschtune. Dies erklärte sein außergewöhnliches Aussehen.

Der Abend neigte sich dem Ende, als wir satt und zufrieden das Ufer erreichten. Leo sprang aus dem Boot und half uns einzeln auf den Bootssteg. Seine Hand weilte für meinen Geschmack etwas zu lange an Maries Hüfte, als er ihr behilflich war. Sogar im flackernden Licht der Laternen am Steg entging mir Haralds grimmiger Blick nicht.

Vielleicht bildete ich mir nur etwas ein, dachte ich. Marie hatte sich ganz selbstverständlich bei mir eingehängt, als wir langsam den Hügel hinaufgingen. Sie erzählte aufgeregt von all den Dingen, die sie am Basar erstanden hatte. Die Männer spazierten hinter uns den Weg zum Hotel empor.

Der Abend war zu nett gewesen, um ihn jetzt noch mit einem Streit zu ruinieren. Deshalb schluckte ich meinen Ärger über Leos Avancen Marie gegenüber hinunter.

Saudi-Arabien

Ich schreckte hoch und sah Leo kerzengerade neben mir im Bett sitzen. Die Dunkelheit wurde vom Fenster her durch helle Lichtblitze durchbrochen. Waren das etwa Schüsse? Ich hörte Salven. Ganz deutlich, direkt in unserer Nähe!

Leo blickte mich starr vor Angst an. Wir trauten uns nicht, uns zu bewegen. In den Pausen zwischen den Schüssen hörten wir immer wieder Stimmen von Männern, die durcheinanderriefen. Panisch griff Leo nach meiner Hand:

»Eliza, was geht hier vor? Wird das Hotel überfallen?«

»Nein, das denke ich nicht. Vermutlich sind das irgendwelche Straßenkämpfe.«

Vorsichtig schob ich den Vorhang zur Seite und versuchte, in der Dunkelheit etwas zu erkennen. Nur hie und da entdeckte ich eine Straßenlampe. Als sich meine Augen an das schlechte Licht gewöhnt hatten, erkannte ich den Ursprung der Unruhen. In der näheren Umgebung des Hotels, jedoch weit außerhalb der Umzäunung, zogen mehrere Männer auf ihren Pick-ups ihre Runden. Einige saßen auf den offenen Ladeflächen und schossen immer wieder in die Luft, während sie laut grölten. Warum auch immer sie das taten, vielleicht das Ende einer Hochzeitsfeier, für uns schien keine Gefahr zu bestehen.

Beruhigt wendete ich mich an Leo, der immer noch, einer Salzsäule gleich, auf dem Bett saß:

»Leg dich zu mir, hier sind wir sicher. Versuch noch etwas zu schlafen, Liebling.« Etwas beunruhigt, dass

Leo so schnell aus der Ruhe zu bringen war, nahm ich ihn wie eine Mutter in den Arm.

Der Ruf der Muezzin riss mich aus einem traumlosen Schlaf. Leo schlief tief und fest, er hatte fast die ganze Nacht wach gelegen. Seine Furcht war noch größer gewesen als meine und vermutlich war er erst mit dem Morgengrauen eingeschlafen.

Nächte, in denen mein Schlaf unterbrochen wurde, waren für mich nichts Neues. Von den vielen Nachtdiensten im Krankenhaus kannte ich das zur Genüge, auch wenn es etwas anderes war, von Schüssen als von Krankendiensten wach gehalten zu werden. Jedenfalls fühlte ich mich ausgeschlafen und schlich mich aus dem Bett.

Der kühle Strahl der Dusche brachte die erwünschte Erfrischung, ich war bereit für den neuen Tag. Immer wieder hatte ich mir heute Nacht Gedanken über die kommenden Tage gemacht. Hoffentlich war es unseren Piloten gelungen, eine Lösung zu finden. Zugegeben, ich war etwas skeptisch. Zu viel war in den letzten Tagen nicht nach Plan verlaufen.

Ein Blick aus dem Fenster bestätigte meine Vorahnung. An einem kleinen Tisch im Hotelgarten saßen in den ersten Strahlen der aufgehenden Sonne Steffen und Harald. Hinter ihnen spiegelten sich die Palmen im Nil und eines der typisch ägyptischen Segelboote glitt lautlos vorbei. Ihre düsteren Mienen passten so gar nicht in das idyllische Bild.

Eigentlich hätten wir schon in Abu Simbel sein müssen. Steffen und Harald taten alles, uns bei Laune zu halten. Ihr Versuch, die Anspannung etwas zu mildern, war mit dem gestrigen Sightseeing-Programm wunderbar gelungen. Immerhin bekamen wir so die Möglichkeit, uns etwas kennen zu lernen. Bei dem Motorenlärm war während der Flüge an Unterhaltung nicht zu denken.

Plötzlich erinnerte ich mich an gestern Abend, als Leo Marie beim Aussteigen aus dem kleinen Boot behilflich gewesen war. Vermutlich war meine Eifersucht völlig unbegründet, doch Harald hatte auch deutlich sauer reagiert. Marie schien gar nichts aufgefallen zu sein. Langsam bekam ich das Gefühl, Gespenster zu sehen. Es wäre doch sonst seltsam, dass Marie sich mir gegenüber so freundlich verhielt. Ich schätzte ihre liebenswerte Art immer mehr. Harald hatte wahrlich Glück mit ihr. Wütend über mich selbst, versuchte ich diese Gedanken aus meinem Kopf zu verbannen.

Steffen erblickte mich am Fenster und deutete mir, hinunter in den Garten zu kommen.

»Wir müssen mit dir reden, Eliza,« wandte er sich an mich, noch bevor ich die beiden erreicht hatte.

»Wie du sicher bemerkt hast, gibt es Probleme. Unsere Überfluggenehmigung für den Sudan wurde aufgrund der amerikanischen Kennung unseres Fliegers gecancelt. Wir haben die ganze Nacht nach einer Lösung gesucht. Unsere einzige Option ist der Flug über Dschibuti nach Kenia, wenn wir in unserem Zeitfenster bleiben wollen. Ansonsten fällt alles ins Wasser und wir müssen die Reise abbrechen. Wir haben nur diesen einen Tag als Puffer eingeplant, um unsere Lodges rechtzeitig zu erreichen, der ist inzwischen verbraucht.«

»Okay, wo liegt das Problem? Wir sollten die anderen wecken und alles gemeinsam besprechen.«

»Wir benötigen einen Tankstopp in Jeddah – das ist die Schwierigkeit.«

Saudi-Arabien als Frau. Ein eiskalter Schauer lief über meinen Rücken. Wir hatten uns gestern noch darüber unterhalten, das konnte böse ausgehen. Immer wieder kursierten Geschichten über Frauen, die plötzlich aus ungeklärten Gründen verschwanden und nicht mehr zu finden waren. Frauenrecht schien ein Fremdwort in diesem Land zu sein. Die Einreisebestimmungen waren scharf.

»Du und Marie seid die einzigen Frauen an Bord, deshalb wollten wir mit dir reden. Zum Glück seid ihr verheiratet, sonst wäre diese Option überhaupt nicht möglich. Unverheiratete Frauen dürfen gar nicht einreisen. Mit Marie habe ich heute Nacht schon gesprochen, sie schläft noch. Sie ist einverstanden.«

»Bitte sagt den anderen nichts, Leo lässt mich sonst nicht mit. Ich möchte auf keinen Fall, dass die Reise wegen mir abgebrochen werden muss.«

»Dir ist klar, was das für dich bedeutet? Du bist einverstanden?«, fragte Harald.

»Ja.«

Ich fröstelte, obwohl ich in der Morgensonne stand. Steffen legte seinen Arm um meine Schulter und drückte mich:

»Danke. Eliza. Es wird schon alles gut gehen.«

Marie trat in den Garten und kam auf uns zu.

»Guten Morgen. Wie ich sehe, bist du schon im Bilde, Eliza. Ich habe ihnen gleich gesagt, dass du sicher einverstanden bist. Wir beide schaffen das schon. Was sagt Leo?«

»Er darf davon nichts erfahren! Er würde es nie gestatten, dass ich mich in Gefahr bringe.«

»Das verstehe ich. Er kann froh sein, dich an seiner Seite zu haben.«

»Dann sind wir uns einig? Dann steht unserer Weiterreise nichts mehr im Weg«, bestärkte uns Harald mit einem breiten Lächeln.

»Ihr schafft das!«

Einer nach dem anderen aus der Gruppe tauchte auf der Terrasse auf und alle waren zufrieden, dass die Reise wie geplant fortgesetzt werden konnte. Beim gemeinsamen Frühstück schmiedeten unsere männlichen Begleiter schon überschwängliche Pläne für die bevorstehende Safari in Kenia.

Keiner von ihnen hatte den leisesten Schimmer, was Harald, Steffen, Marie und ich ausgeheckt hatten. Ich hoffte inständig, dass Leo uns nicht auf die Schliche kam und alles gut ausgehen würde!

Niemand hatte großen Hunger und das Frühstück war schnell beendet. Unseren Flüssigkeitshaushalt mussten wir ohnehin bis zur Landung mäßigen, mehr als einen Kaffee gönnte sich keiner von uns.

Mit einem völlig überfüllten Kleinbus brachte uns Hassan zum Airport. Steffen und ich fanden nur noch einen Platz auf dem Dach beim Gepäck. Hassan raste wie ein Irrer durch die Stadt und ich zweifelte schon, ob Jeddah mein größtes Problem wäre. Am Flughafen lief alles reibungslos. Trotz der strengen Sicherheitskontrollen konnten wir schnell starten. Die Stimmung an

Bord war gelöst. Alle waren froh, dass es wie geplant weiterging.

Als Harald und Steffen am Morgen verkündeten, dass wir die Reise wie geplant fortsetzen konnten, hatte niemand Fragen gestellt. Offensichtlich gingen alle davon aus, dass wir den Sudan überfliegen würden. Dass dies technisch gar nicht möglich war, war niemandem klar. Unsere Maschine hatte gar keine so große Reichweite ohne Tankstopp.

Die meisten dösten im monotonen Dröhnen des Propellers vor sich hin, die Nacht war nicht gerade erholsam gewesen. Jedes Nickerchen willkommen. Ich lehnte meinen Kopf an Leo und versuchte zu schlafen, doch die Gedanken ließen mir keine Ruhe. Es gelang mir kaum, meine Aufregung vor Leo geheim zu halten. Wenn das nur gutging!

Marie saß wie üblich in der vordersten Reihe. Unkompliziert wie immer lehnte sie sich einfach an ihren jeweiligen Sitznachbarn, diesmal war es Pedro . Als sei es die natürlichste Sache der Welt, kuschelte sie sich an seine Schulter und schlief tief und fest. Ich beneidete sie um ihre unkomplizierte Art.

Plötzlich wurde Manfred unruhig.

»Hey, wohin fliegen wir? Unter uns ist das Meer, wir sollten über Land sein!«

Harald blickte mich aus dem offenen Cockpit an und startete eine Durchsage:

»Unsere Route führt uns über Jeddah an Eritrea vorbei nach Dschibuti. Es ist unsere einzige Option.«

Ein Raunen ging durch den Flieger und Leo blickte mich entsetzt an.

»Wir haben alles mit Marie und Eliza besprochen und sie sind einverstanden. Für euch sollten keine Probleme entstehen. Die beiden Frauen wissen, wie sie sich zu verhalten haben. Sollte jemand umdrehen wollen, so ist es jetzt zu spät dafür. Unser Treibstoff reicht noch genau bis zur Landung. Over and Out.«

Allen Passagieren hatte es die Sprache verschlagen. Viel Zeit blieb ihnen ohnehin nicht, Einspruch zu erheben, da wir uns schon im Landeanflug befanden. Pedro schenkte mir einen aufmunternden Blick und Philipp hielt uns seine erhobenen Daumen entgegen.

Kurz vor dem Aufsetzen drückte mir Steffen ein kleines Paket in die Hand und ich zog mir den burka-ähnlichen Umhang über den Kopf, als wir aufsetzten. Marie tat es mir gleich. Mein Herz schlug bis zum Hals und kalter Schweiß lief mir über den Rücken. Leo hielt meine Hand.

Gleich nach der Landung trennte man uns. Ein Soldat führte Marie und mich in einen gesonderten Bereich des Flughafens. Zuvor hatten Steffen und Harald wilde Diskussionen mit ihm geführt. Den Blick starr auf den Boden gerichtet, folgten wir ihm. Nie in meinem Leben hatte ich solche Angst gespürt. Meine Gedanken galten meiner Familie zu Hause. Würde ich sie jemals wiedersehen? Der Soldat hatte meinen Pass und ich war von den anderen getrennt. Falls es ihm gefiel, würde ich auf Nimmerwiedersehen verschwinden. Wir waren seiner Willkür und der seiner Kollegen ausgeliefert. Marie griff nach meiner Hand, ihre war so eiskalt wie meine.

Der Frauenbereich war luxuriös eingerichtet, es fehlte uns an nichts, doch meine Anspannung hielt an. Wie wir nach kurzer Zeit feststellten, hielten sich hier üblicherweise Stewardessen auf. Marie bediente sich sofort am Kühlschrank, mir war der Appetit gründlich vergangen.

»Sieh mal, hier gibt's Cola und Sandwiches.«

»Danke, Marie, ich brauch im Moment nichts.«

Sie verzehrte genüsslich ein Sandwich.

Nach über zwei Stunden öffnete sich endlich die Tür und der Soldat holte uns wortlos ab und führte uns dem Rest der Gruppe entgegen. Als ich »unsere Männer« erblickte, weinte ich stumm unter meinem Schleier. Marie und ich hatten es eilig, ins Innere der Cessna zu gelangen. Noch bevor wir saßen, verschloss Philipp vorsorglich die Türe von innen. Auch er wirkte sichtlich erleichtert, uns gesund wiederzusehen.

Erst als das Flugzeug abhob, wagte ich es, meinen Umhang abzulegen. Leo schloss mich überglücklich in seine Arme. Marie lehnte sich ins Cockpit, um in Haralds Arme zu sinken.

Alle an Bord klatschten und freuten sich wie verrückt. Ich konnte es kaum fassen, dass wir dieses Abenteuer reibungslos hinter uns gebracht hatten. Heute lag noch eine lange Etappe vor uns, doch im Moment war ich nur froh, an Bord zu sein. Auch die Männer schienen überglücklich, dass alles geklappt hatte. Harald hatte recht behalten: Hätte er die Situation vor dem Start mit den anderen besprochen, wären niemals alle einverstanden gewesen. Dank ihm befanden wir uns wieder auf Kurs.

Die weitere Route führte uns über das Rote Meer Richtung Dschibuti. Gleich nach dem Start erläuterte

Harald Marie und mir anhand der Landkarte die Etappe. Die Männer hatten während des Tankstopps schon die Gelegenheit gehabt, alles Notwendige zu besprechen.

Wir würden direkt über das Meer entlang der Grenze von Saudi-Arabien und Sudan bzw. Eritrea fliegen. Aus Sicherheitsgründen konnten wir nicht auf der üblichen Flughöhe reisen. Harald versicherte uns, dass es keine Probleme gäbe, trotzdem wäre es klüger unter dem Radar zu bleiben.

Na bravo! Was sollte das nun wieder heißen?

Meiner Meinung nach war es durchaus ein Problem, unter dem Radar fliegen zu müssen, um nicht gesehen zu werden. Pedro bemerkte meinen entsetzten Gesichtsausdruck. Er zwinkerte mir aufmunternd zu und deutete mit dem Daumen nach oben, ich sollte mich nicht sorgen.

Völlig erschöpft lehnte ich mich ans Fenster und schloss die Augen. Ich konnte die Situation im Moment eh nicht ändern. Bleierne Müdigkeit übermannte mich und ich schlief ein, während das Flugzeug weiter südostwärts über das Meer rauschte.

Als ich aus meinem kurzen, aber tiefen Schlaf erwachte, hatte sich im Flieger einiges getan. Leo neben mir übergab sich gerade in eine Tüte. Den Passagieren in den vorderen Reihen ging es offensichtlich nicht besser. Manfred würgte wie wild. Marie und Philipp waren kreidebleich. Selbst Pedro hatte eine ungesunde Gesichtsfarbe.

Hermann hatte seinen Kopf auf der Lehne des Vordersitzes abgelegt.

Harald drehte sich um und winkte mich zu sich.

»Eliza, mir geht es überhaupt nicht gut. Ich habe mich schon einige Male übergeben und schaffe es mittlerweile kaum noch, den Funksprüchen zu folgen. Du musst meinen Platz übernehmen.«

Fassungslos blickte ich Steffen an, der auf dem Pilotensitz saß. Harald krabbelte schon aus dem Cockpit in die Kabine und hatte Mühe, noch rechtzeitig eine Tüte unter einem Sitz hervorzukramen, bevor er sich erneut übergab. Was war hier los?

Steffen grinste mich an und reichte mir ein Headset, das er gleich anschloss.

»Hi Eliza, du hast bei unserem kleinen Stopp offensichtlich auch keines der Thunfischsandwiches gegessen«, sagte Steffen und deutete über seine rechte Schulter nach hinten in die Kabine.

Der Anblick glich eher einem Lazarett als einem Urlaubsflug.

»Ich hatte keinen Hunger.«

»Gut so, ich zum Glück auch nicht. Ich brauche dich. Wir werden diesen Vogel gemeinsam landen.«

»Was? Ich kann das doch gar nicht!«

»Keine Panik, du musst mich nur unterstützen. Es kann nichts passieren.«

Ich war ganz Ohr. Auf dieser Reise schien absolut nichts glattzugehen, sogar bei der Landung unseres Flugzeuges musste ich nun helfen!

»Dschibuti Airport ist ein stark frequentierter Nato-Flughafen. Dort landen und starten quasi minütlich Flugzeuge von einer etwas anderen Dimension als unsere kleine Lady hier.«

Aufmunternd, als wolle er der winzigen Maschine Mut zusprechen, klopfte Steffen aufs Armaturenbrett.

»Du musst mich nur bei der Kommunikation mit dem Tower unterstützen, damit ich mich auf das Wesentliche konzentrieren kann.«

Im Moment konnte ich mir noch nicht vorstellen, wie ich in der Situation nützlich sein konnte. Steffen würde schon wissen, was er tat. Er erklärte mir kurz meine Aufgaben.

Der Blick aus dieser Perspektive war atemberaubend. Aus dem Cockpit hatte ich ungestörte Sicht auf die Landschaft. Die Sonne senkte sich allmählich hinter dem Horizont. Inzwischen hatten wir schon den Küstenstreifen von Eritrea erreicht. Überall waren die Anlagen der Luftabwehreinheiten zu sehen. Sollte nur einer der Anwesenden dort in der Stimmung sein, unseren Flieger vom Himmel zu holen, würde ein Griff zum Abzug ausreichen und wir würden haltlos ins Meer stürzen. Unbemerkt vom Rest der Welt.

Das laute Knacken des Funkgerätes riss mich aus meinen Gedanken. Steffen fragte beim Tower in Dschibuti um Landeerlaubnis an. Ich verdrängte meine Ängste, konzentrierte mich auf die Funksprüche, aber hatte große Mühe, dem Gespräch zu folgen. Der Lotse sprach sehr schnell und mit starkem Akzent.

Anscheinend war gerade Rushhour. Der Fluglotse im Tower wies uns an, wieder etwas an Höhe zu gewinnen, um zu warten. Die Stadt unter uns lag inzwischen völlig im Dunkeln, als wir unsere Runden zogen. Es gelang mir nicht, in der Fülle der Lichter den Flughafen auszumachen. Steffen bemerkte meinen suchenden

Blick und deutete auf eine Stelle, dort konnte ich die Landebahnen erkennen.

»Jetzt müssen wir uns anstrengen, Eliza. Es kann jeden Moment losgehen. Wenn wir einen Fehler machen, werden wir vom Platz gefegt, bevor wir es merken.«

»Alles klar.«

Mein Körper schmerzte vor Anspannung. Ich war konzentriert bis in die letzte Faser.

Plötzlich erteilte uns der Lotse die Landegenehmigung. Er hatte uns Landebahn 2 zugeteilt.

»Eliza, du gibst ihm jetzt unsere Standortkoordinaten durch, so wie ich es dir gezeigt habe. Ich kümmere mich um den Rest.«

Steffen setzte zum Landeanflug an, nun ging alles sehr schnell. Kurz hatte ich keinen Funkkontakt zum Tower. Gekonnt setzte er die Maschine auf und wir rollten über die Landebahn. Als der Lotse nochmals nach unseren Koordinaten fragte, konnte ich nur funken:

»*Just landed.*«

Eine Antonow kreuzte die Landebahn nur wenige Meter hinter uns.

»Das war knapp! Siehst du, hier sind wir nicht mehr als kleine Mücken zwischen all den Riesen. Der Lotse hat uns offensichtlich kurz vergessen.«

Als wir die Parkposition erreicht hatten, klatschten wir uns ab. Ich war unendlich dankbar, dieses Dilemma überstanden zu haben.

Unsere Passagiere verließen fluchtartig das Flugzeug, auf der Suche nach einer Toilette. Obwohl sie Steffen und mir leidtaten, mussten wir schmunzeln.

Die Ankunftshalle quoll über. 250 französische Nato-Soldaten, die mit der Antonow gelandet waren, hatten sich in Reih und Glied vor uns aufgestellt und warteten auf ihren Weitertransport. Sie waren alle noch so unglaublich jung. Mich schauderte bei dem Gedanken, was sie hier wohl erwartete. Ich hoffte, dass sie alle nach ihrem Einsatz in diesem Krisengebiet wieder gesund nach Hause kommen würden.

Inzwischen sah unsere Gruppe schon besser aus. Sie hatten sich etwas frisch gemacht, das Gröbste schien überstanden. Geduldig reihten wir uns hinter den Soldaten in die Schlange ein.

Vor den Flughafengebäuden erwartete uns ein uralter, völlig desolater Bus ohne Fenster. Er war bestimmt kaum noch fahrtüchtig!

Er sollte uns ins Sheraton Hotel bringen, das Harald heute Morgen noch schnell gebucht hatte. Viel Auswahl blieb uns an diesem Flecken Erde ohnehin nicht.

Der Weg zum Hotel führte uns durch einige Viertel der Stadt. Selbst im spärlichen Licht der Straßenlampen erkannte ich den entsetzlichen Zustand dieser Gegend. Immer wieder passierten wir halb verfallene Häuser, die sich mit Wellblechhütten der Armenviertel abwechselten. Überall neben der Straße hatten die Menschen sich Plätze für die Nacht bereitet. Kleine Kinder schliefen in den Armen ihrer völlig verwahrlosten Mütter im Straßengraben oder waren gar alleine unterwegs. Hier zeigte sich einer der vielen Gründe für die riesigen Flüchtlingsströme nach Europa.

Immer wieder wurden wir an Straßensperren aufgehalten und streng kontrolliert, unser Gepäck nach

Sprengstoff und Waffen durchsucht. Überall standen schwer bewaffnete Soldaten.

Die letzten dreihundert Meter durfte unser Taxi nicht mehr zurücklegen. Wir mussten aussteigen und den Rest des Weges zu Fuß bewältigen. Sogar das Gepäck hatten sie uns abgenommen, um es zu scannen.

Als wir in die Hotellobby traten, wurde mir schlagartig klar, weshalb so ein Aufwand betrieben wurde. Rings um uns sah ich nur uniformierte Nato-Offiziere und Soldaten. Das Hotel war anscheinend so etwas wie ein Stützpunkt. Es herrschte reger Betrieb. Das Hotel war rund um die Uhr für die Bedürfnisse der Soldaten gerüstet.

Harald informierte uns über den weiteren Ablauf:

»Falls jemand von euch nach dieser Odyssee Hunger hat beziehungsweise der Appetit schon wieder zurück ist, gibt es ein Buffet. Bitte bedient euch. Wir treffen uns morgen früh um fünf. Unser Weiterflug nach Kenia ist für sieben Uhr geplant. Alle Genehmigungen sind bestätigt.«

Harald war seine Zufriedenheit mit den weiteren Entwicklungen anzusehen. Endlich konnte er mal gute Neuigkeiten verbreiten.

»Ich wünsche euch eine erholsame Nacht. Hoffentlich sind morgen alle wieder fit.«

Leo drehte sich zu mir um:

»Was denkst du, sollen wir uns noch einen kleinen Whiskey genehmigen? Mein armer Magen könnte dringend einen brauchen.«

»Da bin ich ganz deiner Meinung.«

An der Bar hatten es sich Marie, Harald und Steffen

schon gemütlich gemacht. Etwas abseits stand Pedro, vertieft in sein Handy. Er nutzte den Internetempfang im Hotel und bemerkte uns gar nicht.

»Hallo Co-Pilotin!«,

begrüßten mich Steffen und Harald.

»Du hast das so souverän gemacht, Eliza, ich bin stolz auf dich!«, erklärte Marie.

Der Whiskey tat gut und ich war froh, heil im Hotel angekommen zu sein. Dieser Tag hatte es wirklich in sich gehabt!

Schon bald verabschiedete sich einer nach dem anderen. Als ich sah, wie Leo Marie zum Abschied über den Rücken streichelte, glaubte ich, meinen Augen nicht zu trauen. Was ging hier vor? Das war absolut nicht normal. Ich musste Leo unbedingt darauf ansprechen, doch heute war ich nicht mehr dazu in der Lage.

Dschibuti

Die Sonne erschien gerade am Horizont und spiegelte sich im Meer, als ich aus dem Bad kam. Im ersten Augenblick hätte man denken können, wir wären in einem Hotel in Griechenland und nicht am Ende der Welt. Doch das idyllische Bild täuschte. Am Strand entdeckte ich eine schwer bewaffnete Patrouille, die den Bereich vor dem Hotel sicherte. Ob sich hier jemals ein Mensch nur so zum Sonnenbad an den Strand legen würde? Wohl kaum.

Ein Blick auf den Wecker verriet mir, es war erst fünf Uhr, Zeit genug also, um sich für den Tag fertigzumachen.

Die Ereignisse gestern hatten mich sehr aufgewühlt und ich brauchte eine Ewigkeit, um in den Schlaf zu finden. Meine Gedanken schienen nur noch zu kreisen, viel zu viel war in den vergangenen Stunden geschehen. Und wieder ergab sich keine Gelegenheit, um die Dinge zu klären, die mich schon seit Tagen quälten.

Leo schien das alles nicht zu belasten. Kaum im Zimmer angekommen, hatte er sich wortlos zur Seite gedreht und war augenblicklich eingeschlafen. Wie lange würde das noch so mit uns weitergehen? Es fühlte sich nicht mehr richtig an, wie wir nebeneinanderher lebten.

Vorsichtig beugte ich mich über ihn und streichelte sanft seinen Rücken.

»Aufwachen, Liebling, wir müssen.«

Widerwillig öffnete Leo die Augen.

»Was macht dein Bauch, fühlst du dich besser?«

»Morgen. Geht so.«

»Da bin ich froh. Komm, wenn wir uns beeilen, bleibt sogar noch Zeit für ein Frühstück.«

»Geh schon mal vor, ich brauch noch ein bisschen.«

Mit diesen Worten stand er auf und ging an mir vorbei ins Bad. Die Tür fiel krachend ins Schloss.

Kein Kuss, keine Umarmung – nichts.

Klar, Leo war kein Morgenmensch, doch zumindest ein Kuss war bisher immer drin gewesen.

Enttäuscht packte ich das Gepäck und machte mich auf den Weg in den Speisesaal. Wenn schon kein Kuss, dann wenigstens ein leckeres Frühstück! Mir war beim Anziehen aufgefallen, dass ich in den letzten Tagen offensichtlich abgenommen hatte. Meine Hose lag nur locker an den Hüften. Kein Wunder, bei all der Aufregung hatte sich mein Appetit in Grenzen gehalten.

Am Buffet erblickte ich Pedro, die anderen waren noch nirgends zu sehen.

»Hi Eliza! Guten Morgen. Wie war deine Nacht?«

Sein Haar noch ganz zerzaust, sah er aus, als ob er gerade aus dem Bett gekrochen wäre. Seine Laune war blendend! Mit einem entwaffnenden Lächeln strahlte er mich an.

Genau! So sollte man begrüßt werden!

»Hallo Pedro! Ein bisschen kurz, aber ganz okay. Und wenn ich dieses fantastische Frühstück sehe, geht es mir sofort blendend.«

»Hau rein, wer weiß, wann wir wieder was bekommen!«

Lachend setzten wir uns an einen Tisch auf der noch fast menschenleeren Terrasse.

»Was denkst du? Klappt heute alles wie geplant?«

»Mach dir nicht zu viele Gedanken. Das Wichtigste ist, dass wir ab heute wieder auf Kurs sind. Ab jetzt sollte nicht mehr viel schiefgehen. Die kritischen Länder haben wir hinter uns, sobald wir heute abheben. Danach ist alles entspannter, wir sind nicht mehr von der Laune irgendwelcher Beamter abhängig. Auf den Airstrips können wir ohne Bewilligungen landen und Harald kennt die Flughäfen, die wir noch anfliegen, recht gut. Er meint, es sollte keine Probleme mehr geben.«

Mir tat das Gespräch gut, Pedro vermittelte mit seiner ruhigen Art Sicherheit.

»Das klingt super. Ich bin ehrlich froh, von Abenteuern wie in den letzten Tagen hab ich langsam genug.«

Er zwinkerte mir aufmunternd zu, während sich nach und nach der Rest der Gruppe zu uns gesellte. Wie es aussah, hatte sich inzwischen glücklicherweise jeder von dem Magen-Darm-Infekt erholt und langte kräftig zu. Als schließlich alle am Tisch versammelt waren, erläuterte uns Steffen die Pläne für den heutigen Tag.

»Unser Ziel ist die ›Sunbird Lodge‹ in Elementaita, Kenia. Wir werden dort am frühen Nachmittag ankommen und können noch die wunderbare Anlage genießen, bevor es dunkel wird. Sie gehört einem Freund von mir. Ein bisschen Ruhe tut uns allen gut, auch wenn alle wieder fit zu sein scheinen.«

»Es ist nur ein kurzer Tankstopp an der sudanesischen Grenze geplant«, erklärte Harald.

Philipp, Hermann und Manfred hatten ein paar Fragen zur Route, als alle Unklarheiten beseitigt waren, rief Harald zum Aufbruch.

In der Hotellobby herrschte trotz der frühen Stunde reges Treiben. Mehrere Offiziere trafen ein, einige schienen eben ihren Dienst zu beenden, um die Heimreise anzutreten. Das Hotelpersonal hatte alle Hände voll zu tun. An diesem Ort herrschten andere Gesetze, es war immer Hochbetrieb. Rund um die Uhr.

Vor den Absperrungen wartete schon unser Taxi. Ich konnte mir ein Schmunzeln nicht verkneifen, als ich es sah. Pedro neben mir ging es ähnlich.

Ein desolater Bus ohne Fenster, dafür geschmückt mit bunten Vorhängen und völlig verdreckten Plüschteppichen erwartete uns. Auf dem Fahrersitz saß ein Junge, kaum älter als fünfzehn. Neben ihm zwei weitere junge Burschen. Mit einem breiten Lächeln und voller Stolz deuteten sie uns, Platz zu nehmen, als Leo aus der Kontrollzone trat, gefolgt von Marie. Beide konnten ihren angewiderten Blick nicht verstecken. Pedro hob fragend die Augenbraue und Marie schüttelte nur stumm den Kopf.

Hermann und Manfred hatten schon Platz genommen. Ich war erstaunt, sie unterhielten sich angeregt mit dem Fahrer. Eigentlich hätte ich gedacht, dass zumindest Manfred sich wieder mal beschweren würde.

Der Weg zum Flughafen war nicht weit. Es war mir deshalb völlig gleichgültig, mit welchem Fahrzeug wir dorthin gelangen würden, Hauptsache, wir kamen endlich weg von diesem entsetzlichen Ort. Eingepfercht in den Minibus, machten wir uns auf Richtung Airport.

Erst bei Tageslicht offenbarte sich die ganze, erdrückende Wahrheit über die prekäre Situation dieses Landes:

Dürre, brach liegende Landstriche wechselten sich ab mit Slums und völlig heruntergekommenen Wohnhäusern. Dazwischen lag Müll in rauen Mengen, alles wirkte verwahrlost, unbewohnbar. Die Armut war nicht zu übersehen. Die Menschen hier lebten weit unter dem Existenzminimum. Ich spürte in mir eine Traurigkeit, die ich bisher nicht kannte. Wieso hatte ich das Privileg, in einem Land geboren zu sein, in dem mir alle Möglichkeiten offen waren? Die Kinder, die in den Slums dieser Welt das Licht der Welt erblickten, hatten von ihrem ersten Atemzug an verloren. Ich kämpfte mit den Tränen und versuchte, mir meine Gefühle nicht anmerken zu lassen. Auf keinen Fall wollte ich die Stimmung in der Gruppe stören, alle waren voller Vorfreude auf den heutigen Tag.

Pedro, der hinter mir saß, legte seine Hand auf meine Schulter. Ohne mich umzudrehen, wusste ich, dass er verstand, was in mir vorging. Diese kleine Geste bedeutete mir in diesem Moment unglaublich viel.

Wie schon am Vortag passierten wir unzählige Kontrollposten. Nach etwa einer Stunde erreichten wir den Flughafen. Nie hatte ich etwas Ähnliches erlebt! Praktisch im Minutentakt starteten und landeten hier Militärflugzeuge aus Mitgliedstaaten der NATO. Ich sah Luftfahrzeuge, von denen ich bisher nur gehört hatte. Futuristisch anmutende Helikopter und schwerstes Fluggerät, wohin wir blickten. Die Männer waren fasziniert. Leo war in seinem Element, Flugzeuge aus allen Herren Länder und Epochen waren schon immer seine große Leidenschaft.

Mit Spannung verfolgten wir Leos Ausführungen. Marie schien ihn direkt anzuhimmeln, zumindest wirkte es auf mich so. Steffen und Harald hatten sich gleich nach unserer Ankunft abgesetzt, um die Papiere für den Weiterflug bestätigen zu lassen. Sie hatten Leo die Aufgabe übertragen, uns zum Flieger zu bringen. Auf dem Weg dorthin konnten wir die NATO-Maschinen aus nächster Nähe begutachten. Beeindruckend. Überall standen schwer bewaffnete Militärs, die nach dem Rechten sahen.

Als wir angelangt waren, suchte sich jeder ein Plätzchen im Schatten des Fliegers. Schon so früh am Morgen brannte die Sonne erbarmungslos vom wolkenlosen Himmel. Die Männer unterhielten sich angeregt und Marie gesellte sich zu mir.

»Gott, hab ich Kopfweh! Ich hab kein Auge zugetan. Harald schnarcht ganz schrecklich!«

»Das kenn ich gut. Furchtbar. Leo schnarcht auch.«

Beide mussten wir unwillkürlich lachen.

Ich wurde aus Marie nicht schlau. Sollte zwischen ihr und Leo irgendetwas sein, würde sie sich mir gegenüber doch nicht wie eine Freundin verhalten!

Hermann hatte schon nach kurzer Zeit genug von der Fachsimpelei der übrigen Männer.

»Dafür bin ich nicht geeignet«, wandte er sich an Marie und mich.

»Ich bin nicht besonders technikbegabt, muss ich zu meiner Schande zugeben.«

»Nicht jeder Mann muss sich für Technik interessieren, finde ich. Du hast dafür besonders viel Ahnung von Kultur und den schönen Dingen des Lebens. Technik ist doch öde.«

Schon nach kürzester Zeit waren Marie und Hermann in ein Gespräch über diverse Museen und Ausstellungen vertieft.

Froh, mich nicht an dem Gespräch beteiligen zu müssen, hing ich meinen Gedanken nach …

Leo ignorierte mich, seit wir das Hotel verlassen hatten. Heute Abend würde ich ein klärendes Gespräch verlangen. So konnte und wollte ich auf keinen Fall weitermachen. Notfalls würde ich die Reise sogar abbrechen. Mir war es zwar wichtig, dass die anderen nicht merkten, wie es zwischen uns stand, schließlich wollte ich ihnen auf keinen Fall die Reise verderben, doch ewig konnte ich diese Fassade nicht mehr aufrechterhalten. Die ganze Situation schien zerfahren. Leo war mir in den letzten Tagen fremd geworden, sein Verhalten für mich nicht nachvollziehbar. Er war es doch gewesen, der auf diese Reise bestanden hatte!

»Eliza.«

Pedro riss mich aus meinen Gedanken.

»Alles klar bei dir? Ich hab bemerkt, dass dir die Situation der Menschen hier ziemlich an die Nieren geht.«

»Geht wieder, ich war kurz etwas überfordert, denk ich. Wie können die hier so existieren? Die Kinder! Wir leben im Überfluss und trotzdem sind bei uns so viele unzufrieden.«

»Ich verstehe, was in dir vorgeht. Diese Überlegungen kenne ich aus meinen Einsätzen in Kamerun. Die ersten Tage habe ich mich regelmäßig in den Schlaf geweint.«

Ich war perplex. Leo würde niemals zugeben, dass er weint! Schon gar nicht gegenüber einer Frau, die er kaum kennt.

»Danke«, stammelte ich. Mehr brachte ich nicht heraus.

»Wenn du reden möchtest, du weißt, wo du mich findest.«

Pedro legte mir seine Hand auf den Oberarm und drückte kurz.

»Wir können die Situation in den Armenhäusern der Welt als Einzelperson kaum beeinflussen. Was wir aber können, ist, das Bewusstsein für diese Menschen anderen näherzubringen. Lass es nicht zu nah an dich heran, Eliza, sonst macht es dich kaputt.«

Damit wandte er sich wieder ab und begann, die Gepäckstücke im Fond des Fliegers zu verstauen. Leo und Philipp halfen ihm.

Leo kam auf mich zu und sah mich fragend an.

»Gibt's was?«

»Nein, alles in Ordnung. Hast du eine Ahnung, wann wir starten können?«

»Harald ist bestimmt gleich fertig. Steffen kommt schon über das Rollfeld.«

Er deutete Richtung Flughafengebäude. Inzwischen waren bestimmt schon zwei Stunden vergangen. Froh, dass es endlich losging, bestiegen allmählich alle das Flugzeug. Laut ächzend kraxelte Manfred über die kleine Treppe und ließ sich in einen der winzigen Sessel fallen. Der Flieger senkte sich deutlich, es war nicht zu übersehen.

Ich riss überrascht die Augen auf, was Pedro schmunzelnd bemerkte.

»Die Maschine hält das locker aus. Keine Panik.«

»Oh Gott, hast du das gesehen?«

Ich konnte mein Kichern nur schwer unterdrücken. Das arme Flugzeug!

Harald war inzwischen zu uns gestoßen.

»Meine Lieben, es geht weiter. Unser nächster Stopp ist Loki, von dort fliegen wir direkt zur Lodge.«

Kenia Sunbird Lodge

Bald hatten wir Dschibuti hinter uns gelassen und folgten unserer Route. Die geringe Flughöhe ermöglichte immer wieder unfassbare Ausblicke.

Die Menschen hier kultivierten jeden Quadratmeter Boden, der auch nur ansatzweise fruchtbar war. Das Hochland von Äthiopien offenbarte seine ganze Schönheit. Wir flogen nur knapp über dem Untergrund der Erderhebungen. Da wir uns in einer Flughöhe von mehr als 4 500 Metern befanden, benötigten die Piloten aus Sicherheitsgründen sogar Sauerstoff, unser kleiner Flugcaravan war natürlich nicht mit einer Druckkabine ausgestattet. Philipp und Manfred machte die ungewohnte Höhe zu schaffen. Beide fühlten sich nicht besonders wohl, sie klagten über Kopfschmerzen und Übelkeit. Philipp machte es nicht einmal mehr Spaß, die Landschaft unter uns zu fotografieren. Während der bisherigen Reise konnte ihn nichts davon abhalten, alles fein säuberlich zu dokumentieren. Ich hingegen hatte Glück, da ich keine Probleme hatte, konnte ich das wunderschöne Land ungestört von oben betrachten.

Wie sehr wir Menschen uns doch auf unseren Blick beschränkten, überlegte ich. Das Sehen war vielen Menschen der wichtigste Sinn. Gerade in unserer heutigen Zeit war ein Erlebnis nur noch spannend, wenn wir es bildlich dokumentiert hatten, wenn wir im Nachhinein beweisen konnten, dass es passiert war. Ich für meinen Teil genoss meine Auszeit von Internet und Instagram. Kein Netz, keine Verpflichtungen. Im

Moment hatte ich nicht einmal das Bedürfnis, die Eindrücke um mich herum mit dem Fotoapparat festzuhalten. Viele von uns erlebten die schönen Dinge nicht mehr, um sie zu erleben – sie erleben sie, um anderen zu imponieren. Wenn ich mich zurückerinnerte, waren meine liebsten Erinnerungen jene, von denen es gar keine Bilder gab.

Die Landschaft, die unter unserer Maschine vorbeizog, wurde immer wieder als die Wiege der Menschheit bezeichnet. Das war sie nun also:

Die Wiege der Menschheit.

Äthiopien hatte ich mir völlig anders vorgestellt. Dürre und Armut waren die Begriffe, die mir zuerst einfielen. Wie es aussah, waren die Wettergötter in diesem Jahr mit den Menschen hier gnädig gewesen. Überall sah ich grüne Flächen und hie und da einen kleinen Fluss. In einiger Entfernung entdeckte ich sogar einen Regenbogen, der sich über der aufsprühenden Gischt eines Wasserfalls bildete, bevor sich das kühle Nass in ein schattiges Tal ergoss. Zumindest in der Region, die wir überflogen, sollte die Bevölkerung in diesem Jahr nicht hungern müssen.

Einige Stunden später startete Steffen den Sinkflug für unsere Landung in Loki. Beim Landeanflug hatte er mit heftigen Windböen zu kämpfen. Das winzige Flugzeug wurde durchgeschüttelt und ich verkrampfte mich vor Angst. Die teils ausgebrannten Flieger neben der Schotterpiste trugen nicht gerade zu meinem Wohlbefinden bei. Als wir schließlich sicher landeten, konnte ich es kaum glauben und ich schickte ein schlichtes »Danke« gen Himmel.

Im Landeanflug hatte ich mir Leos Hand geschnappt und mich an ihm festgehalten. Zu meiner Verwunderung ließ er mich gewähren.

»Geht's wieder?«

»Danke, mir ist nur etwas übel, sonst alles in Ordnung. Du weißt ja …«

»Ja, ja, deine Flugangst. Dafür hast du dich bisher recht gut gehalten.«

»Wie es aussieht, haben hier nicht alle ihre Landung erfolgreich absolviert«, deutete ich auf die Flugzeugwracks neben der Piste.

»Das hab ich mir bei der Landung auch gedacht, zugegeben!« Leo drückte kurz meine Hand und entfernte sich in Richtung Ausgang.

Vor lauter Angst hatte ich beinahe vergessen, wie wichtig es mir vor Flugantritt gewesen war, dass Leo nicht neben Marie zu sitzen kam. Als wir unsere Sitze bezogen, hatte ich tunlichst darauf geachtet, Leo bewusst in eine andere Sitzreihe zu lenken. Dass sie den ganzen Flug über blendend mit Pedro geplaudert hatte, passte mir allerdings auch nicht. Was war nur los mit mir? Sollte sich doch Marie unterhalten, mit wem sie wollte, Hauptsache, sie hielt sich von Leo fern!

Schon von meinem Sitzplatz aus hatte ich nur zwei kleine Hütten am Rand der Landebahn gesehen. Als sich die Tür öffnete, konnte ich weit und breit keine weiteren Gebäude ausmachen.

Loki Airport bestand sage und schreibe nur aus zwei winzigen Wellblechhütten! Wie in einem schlechten Film überquerten wenige Meter vor uns fünf Massai-Frauen die Rollbahn. Gekleidet in traditionelle

Gewänder, barfuß mit schweren Lasten auf ihren stolz erhobenen Köpfen und riesigen Macheten in der Hand marschierten sie grußlos an uns vorbei. Landarbeiterinnen, vermutete ich.

Fasziniert beobachtete ich die ganze Szenerie am Flugplatz. Jetzt sind wir tatsächlich in Afrika angelangt, dachte ich. Bisher hatten wir große Flugplätze mit der entsprechenden Infrastruktur kennengelernt. Das hier war eine neue Dimension. Tosender Lärm durchschnitt plötzlich die Stille. Eine riesige Transportmaschine mit dem Logo *»Médecins Sans Frontières«* setzte zur Landung an. Erst jetzt fiel mir die zweite asphaltierte Landebahn gegenüber auf.

Pedro und Steffen mussten meinen verwunderten Gesichtsausdruck gesehen haben.

»Hier ist der Versorgungsstützpunkt von »Ärzte ohne Grenzen«. Von hier aus starten die Flüge mit Hilfsgütern, die dann über dem Südsudan abgeworfen werden. Wir befinden uns ganz nah an der Grenze«, erklärte mir Pedro.

Steffen deutete auf ein kleines Zeltdorf am Ende der Piste hin, das mir bisher entgangen war.

»Komm mit, wir besorgen uns etwas zu trinken. Der Tankstopp sollte nicht allzu lange dauern.«

Hermann, Philipp und die anderen waren schon bei der »Immigrationszone« und füllten ihre Papiere aus. Eine Tätigkeit, die seit Reisebeginn zu unserem Alltag gehörte.

Manfred winkte uns: »Seht euch das an! Es gibt einen Fernseher, aber nicht mal fließend Wasser. Unglaublich.«

Auch ich sah den riesigen Bildschirm hinter dem sehr

beschäftigt wirkenden Beamten. Das Fußballmatch war kaum zu erkennen, so miserabel war die Bildqualität. Die ganze Situation war bizarr.

Marie trat aus einer Tür an der Rückseite des Nebengebäudes.

»Falls du zur Toilette musst, vergiss deinen Hygienespray nicht. Es gibt nur ein Loch im Boden und nirgendwo Wasser.«

»Danke für den Hinweis. Ich werde nicht drum herumkommen, an Bord gibt's schließlich kein Klo«, entgegnete ich ihr und rollte meine Augen.

»Gehst du mit mir in den »Duty Free« shoppen, Eliza?« Marie zwinkerte mir belustigt zu.

Hier waren wir mitten im Buschland. Außer diesem winzigen Flugplatz, besser gesagt Tank- und Verladestelle für Flugzeuge, gab es hier nicht viel. Ich fühlte mich seltsam angekommen und war gleichzeitig erstaunt über diese Tatsache.

Marie und ich spazierten gemütlich zu den Männern, die auf der winzigen Terrasse des Nebengebäudes Platz genommen hatten. Auf der Mitte des Tisches stand eine einzelne Flasche Limonade.

»Limo, die Damen?« Pedro reichte uns galant die Flasche.

»Heute wird brüderlich geteilt, jeder kriegt ein Schlückchen.«

Marie und ich kicherten wie zwei Teenager und tranken mit Genuss.

»Köstlich!«

Harald stand etwas abseits und richtete seinen Blick besorgt auf den Horizont.

»Was gibt's, Harald?« Steffen erhob sich und stellte sich zu ihm.

»Sie haben mit dem Betanken des Fliegers noch nicht einmal begonnen. Wir warten schon knapp zwei Stunden und die Gewitterfront kommt schneller, als ich erwartet habe.«

»Ist die Piste am Lake Nakuru beleuchtet?«

»Nein, ist sie nicht.«

»Das bedeutet, wenn wir hier noch länger warten müssen, können wir bei der Lodge nicht mehr landen?« Leo hatte ihr Gespräch mitgehört und trat hinzu.

Inzwischen waren die Gespräche um den Tisch herum verstummt und der lustige Plauderton Murren und Flüstern gewichen. Verspätung, Probleme, Gewitter…? Alles Worte, die wir in den letzten Tagen immer wieder gehört hatten und nicht mehr hören wollten.

Manfred erhob sich ruckartig und ging in großen Schritten auf die beiden Piloten zu.

»Was soll das Ganze? Harald, unternimm was, oder meinetwegen du, Steffen. Geh hin und sag diesen Idioten, sie sollen sich beeilen. Schließlich werden sie dafür bezahlt. Sitzen nur rum. Faules Negerpack!«

Alle starrten ihn an. Was hatte er gesagt?! Faules Negerpack?

Ich war völlig perplex. Wie konnte jemand so etwas sagen?

Leo erhob sich.

»Manfred hat recht. Wir zahlen Unsummen für diese Reise und nichts, absolut gar nichts läuft nach Plan. Mir reicht's! Wenn nötig, zahl diesem Gesindel Schmiergeld, aber unternimm was, Harald!«

Pedro, mir gegenüber, schüttelte stumm den Kopf. Hermann und Philipp wandten sich peinlich berührt ab. Nur Marie schien derselben Meinung wie Manfred und Leo zu sein.

»Genau Harald, unternimm was! Sei endlich ein Mann!«

Jetzt war ich es, der die Augen fast aus dem Kopf fielen. Sei ein Mann?! Sollte ich das jemals zu Leo sagen, würde er vermutlich sofort die Scheidung einreichen.

Steffen war der Erste, der sich wieder gefangen hatte.

»Jetzt beruhigen wir uns erst mal wieder und ihr zwei nehmt Platz. Lasst Harald in Ruhe, er hat die meiste Erfahrung mit Afrika. Wir sind nicht zu Hause. Die Uhren ticken hier anders, daran solltet ihr euch gewöhnen. Wir kümmern uns darum. Komm, Harald.«

Ohne ein Wort folgte er Steffen. Mir war der entsetzte Blick, den er Marie zugeworfen hatte, nicht entgangen. Die beiden Piloten gingen mit energischen Schritten zum Hauptgebäude.

Inzwischen hatte uns die Gewitterfront mit voller Wucht erreicht. Sintflutartige Niederschläge prasselten vom stahlgrauen Himmel auf das Dach der kleinen Hütte. Innerhalb von Sekunden stand das Rollfeld unter Wasser. Der Wind riss Blätter von den umliegenden Bäumen und wirbelte sie durch die Luft.

»Seht ihr, gegen die Natur könnt auch ihr nichts machen!« Pedro deutete auf das Rollfeld. »Selbst die wüstesten Beschimpfungen gegen die Massai verhindern nicht, dass wir durch ein Gewitter aufgehalten werden.«

Jetzt stand er mit dem Rücken zu uns, zündete sich eine Zigarette an und blies den Rauch in den Regen.

Niemand wagte, ein Wort zu sagen. Ich schämte mich für Manfred und Leo.

Erst als Steffen kurz darauf durch den Regen zu uns gerannt kam, entspannte sich die Situation. Schon an seinem Gesichtsausdruck war zu erkennen, dass es eine Lösung gab.

»Sobald die Gewitterzelle durch ist, können wir los. Alles im grünen Bereich!«

»Ich hab Georg per Funk in der Lodge erreicht. Es ist jetzt kurz vor 15 Uhr, Sunset um 18 Uhr, die Flugzeit liegt bei fast drei Stunden. Es wird knapp, notfalls leuchtet Georg den *Airstrip* für uns mit Fackeln aus. Wir brauchen nur einen Anhaltspunkt.« Auch Harald wirkte wieder deutlich entspannter.

»Sorry für vorhin, tut mir leid.« Leo erhob sich und reichte Harald die Hand.

»Die Nerven liegen blank, das ist mir klar.« Harald nahm Leos Hand an. Ich atmete erleichtert auf, als Harald ihm freundschaftlich auf die Schulter klopfte.

Der Regen endete genauso schnell, wie er begonnen hatte, und das Bodenpersonal startete sofort mit dem Betanken unserer Maschine. Es tröpfelte nur noch, doch die bauchigen, grauen Wolken am Himmel verkündeten, dass dies nur eine vorübergehende Regenpause war.

Pedro stand auf der Piste und unterhielt sich mit einem der Männer. Ich staunte nicht schlecht, als ich hörte, wie vertraut er mit der Landessprache war, und vermutete, dass er bei einem seiner Auslandsaufenthalte Swahili gelernt hatte.

Während Steffen und Harald ihre Checklisten

abarbeiteten, sah ich, wie Manfred einem der Arbeiter einen Geldschein zusteckte. Offenbar plagte auch ihn das Gewissen. Ob er mit einer kleinen Spende auch seine Einstellung zu den Einheimischen änderte? Das wagte ich zu bezweifeln.

Pedro schwieg nach wie vor. Er setzte sich in die letzte Reihe und schenkte seine ganze Aufmerksamkeit einem Buch. Ich glaubte ihm seinen Ärger anzumerken. Pedro war bestimmt kein Mensch, der Unruhe stiftete, doch diese verbalen Attacken von Leo und Manfred nagten noch immer an ihm. Ich war überzeugt, dass er die Situation nochmals ansprechen würde. Er wartete nur den geeigneten Zeitpunkt ab. Ich konnte nur hoffen, dass sich die ganze Lage bald beruhigen würde, für mich war eine so angespannte Stimmung eine Qual.

Die Sonne stand inzwischen bedenklich tief.

Jeder hatte seine Augen auf den Boden unter uns gerichtet. Laut Navi konnte der Landeplatz nicht mehr allzu weit weg sein. Die Frage war nur, ob wir ihn rechtzeitig fanden. Meine Anspannung wuchs, doch ich versuchte, mir nichts anmerken zu lassen. Ich wusste, dass es am Äquator so gut wie keine Dämmerung gab, es wurde fast schlagartig dunkel. In diesem Moment erkannte ich unter uns den Lichtkegel zweier Autos und gleich daneben einige Fackeln, die im Sand steckten. Wir waren am Ziel!

Steffen hatte die Lichter ebenfalls entdeckt und gab Harald ein Zeichen. Auch er wirkte sichtlich erleichtert. Sofort setzten sie zur Landung an. Der Sinkflug verlief sehr schnell und die Landung auf der Sandpiste schüttelte uns ordentlich durch. Mit rasender

Geschwindigkeit rollten wir über den holprigen Untergrund. Diesmal war ich auf die harte Landung vorbereitet und hatte nicht mehr so viel Angst.

Als die Maschine zum Stillstand kam und der Motorenlärm erlosch, standen wir in völliger Finsternis am Ende der Landebahn. Harald und Steffen klatschten einander ab. Sie waren sichtlich erleichtert. Als wir unsere Heckklappe öffneten, wurden wir von ihnen freudig begrüßt.

»Hallo, ich bin Georg. Freut mich, dass ihr es doch noch geschafft habt! Herzlich willkommen! *Hakuna Matata*!«

Vor uns stand ein Mann, so wie ich mir einen Ranger immer vorgestellt hatte. Seine Haut war ledern und braun gebrannt, der Körper unverschämt durchtrainiert. Sein Hut mit breiter Krempe zierte eine Vogelfeder, am Handgelenk baumelten unzählige Armbänder. Der oberste Knopf seiner Khakiuniform stand offen und er trug Shorts, dazu ein abgetragenes Paar Feldschuhe. Sein sympathisches Lächeln machte die Strapazen des heutigen Tages wieder gut.

Ich war unendlich froh, dass wir gesund am Boden waren. Diese Reise entwickelte sich zu einem ausgewachsenen Abenteuer. Unser Gepäck war schnell verstaut, das Flugzeug notdürftig zugedeckt und schon machten wir uns auf den Weg zur Lodge.

Die Gruppe hatte sich geteilt. Marie, Steffen, Hermann, Pedro und ich wurden von Georg gefahren, der Rest folgte uns im anderen Jeep, den einer der Angestellten fuhr. Georg raste mit uns durch die Nacht. Er schien die Gegend wie seine Westentasche zu kennen.

Immer wieder erkannte ich flüchtende Wildtiere im Lichtkegel unseres Fahrzeugs.

»Hattet ihr einen angenehmen Flug?«

»Der Flug war okay,« erwiderte Steffen. »Nur in Loki gab es Probleme. Harald hat es dir bestimmt schon per Funk erzählt.«

»Es ist immer dasselbe dort. Ich hatte auch schon das Vergnügen. Da bist du machtlos. Wenn du ein paar Jahre hier lebst, ärgert es dich nicht mehr so.«

»Das größte Problem war für uns die Dunkelheit, danke für deine Hilfe.«

»Das war doch selbstverständlich. Freue mich, dass ihr hier seid. Besuch aus der Heimat ist immer willkommen.«

Georg bog ab auf einen steilen Weg bergauf.

»Hier seid ihr schon auf unserem Land. Wir sind gleich bei der Lodge.«

Nach wenigen Minuten konnte ich die Lichter eines Gebäudes erkennen. Unser Wagen hielt und die Anspannung des heutigen Tages fiel von mir ab. Unter der geöffneten Tür stand eine wunderschöne, einheimische Frau, an ihrer Seite ein ebenfalls dunkelhäutiger, junger Mann.

Mit einem strahlenden Lächeln begrüßten sie jeden von uns und reichten uns warme, feuchte Tücher. Noch nie hatte ich mich an einem Ort mehr willkommen gefühlt! Dankbar nahm ich der Frau eines der Tücher ab und erfrischte mich. Alle unterhielten sich angeregt. Pedro stand knapp neben mir und bemerkte flüsternd und mit bitterem Unterton:

»So stellt sich Manfred das bestimmt vor: Er wird bedient von seinen Untertanen.«

»Ärger dich nicht, er ist ein Idiot. Ich habe mich geschämt. Für beide!«

Erstaunt blickte er mich an und drückte im Vorbeigehen wie zufällig meine Hand.

»Danke.«

»Kommt doch herein! Meine Frau und ich freuen uns, dass ihr alle hier seid.«

Georg führte uns zu den Bungalows.

»Macht euch ruhig noch frisch, das Abendessen ist vorbereitet. Wir erwarten euch im Hauptgebäude.«

Die gesamte Anlage lag auf einem Hügel. Schmale Wege mit unzähligen Stufen führten zu den weit auf dem Gelände verteilten Gebäuden. Über eine kleine Holztreppe erreichten wir die Terrasse unseres Bungalows, diese diente dazu, tierische Besucher abzuhalten, wie uns Georg erklärte.

Als sich die ausladende Flügeltür öffnete, konnte ich nur Staunen. Alles war mit größter Sorgfalt ausgesucht und mit viel Liebe zum Detail eingerichtet.

»Georg, mir fehlen die Worte. Es ist bezaubernd hier!«

»Das ist das Werk meiner Frau. Sie ist das Herz in diesem Betrieb. Warte nur, bis es hell wird, dann siehst du den Lake Nakuru!«

Georg verabschiedete sich.

»Wir sehen uns in ein paar Minuten.«

»Leo, ist das nicht traumhaft? Ich bin begeistert!«

»Ja, das hat jetzt jeder mitgekriegt. Du musst nicht immer alles tausendmal betonen.«

Er drehte sich um und verschwand auf der Terrasse. Ich war völlig vor den Kopf gestoßen. Ohne ein weiteres Wort warf ich die Badezimmertür hinter mir krachend ins Schloss. Innerlich kochte ich, doch ein Streit mit ihm war das Letzte, das ich heute brauchte. Was hatte ich denn jetzt schon wieder verbrochen? Mir war nur noch zum Heulen zumute! Ein paar Minuten später klopfte es an der Tür.

»Kommst du bitte, Eliza, die anderen warten bestimmt schon.«

Schnell spritzte ich mir etwas Wasser ins Gesicht, um mich zu beruhigen. Warum verdarb er schon wieder diesen herrlichen Abend?

»Bin sofort so weit.«

Als ich aus dem Badezimmer trat, stand Leo mit gesenktem Kopf vor dem riesigen Bett, dessen Moskitonetze liebevoll drapiert waren.

»Tut mir leid Liebling, ich wollte dich nicht so anfahren. Ich bin nur total sauer, dass nichts nach Plan läuft.«

»Ist schon in Ordnung. Lass uns essen gehen. Aber bitte halt dich in Zukunft etwas zurück. Ich mag es nicht, wenn du so grob zu mir bist.«

Leo machte einen Schritt auf mich zu und zog mich in seine Arme. Er küsste mich flüchtig und drückte mich kurz an seine Brust. Irgendetwas in mir sträubte sich gegen die Berührungen. Eigenartig, ich hatte mich doch danach gesehnt.

Georg und seine Frau Zola erwarteten uns schon. In dem großen Zimmer befand sich ein riesiger Tisch, an dem bestimmt zwanzig Leute Platz fanden. Wir setzten uns und Georg begann, uns seinen Betrieb zu erklären.

»Wir bauen nachhaltig an und versorgen uns weitgehend autonom. Die Belegschaft besteht aus

Einheimischen, die alle mit ihren Familien auf dem Gelände wohnen. Das hat sich bewährt. Wir haben kaum Probleme mit Kriminalität. Nicht so wie die Betriebe, die ihre Mitarbeiter ausbeuten.«

Das Abendessen war ein Gedicht und ich folgte interessiert Georgs Ausführungen. Er erklärte uns die Region, die wirtschaftliche Situation des Landes, politische Schwierigkeiten … Informationen über Informationen. Ich konnte kaum noch folgen.

Zola entpuppte sich als charmante Gastgeberin, sie unterhielt sich angeregt mit uns. Als der Abend sich dem Ende zuneigte, setzten sich die Männer ins Kaminzimmer, um etwas zu plaudern. Ich konnte kaum noch die Augen offenhalten.

»Leo, ich würde gern zu Bett gehen.«

»Dann geh schon mal vor, ich komme bald nach.«

Etwas erstaunt über seine Reaktion – ich hatte erwartet, er würde mich begleiten – verabschiedete ich mich von den Versammelten.

Der Weg zum Bungalow war zwar nur ein paar hundert Meter lang, doch war mir nicht gerade wohl bei dem Gedanken, ihn alleine in der Dunkelheit gehen zu müssen.

»Soll ich dich bringen?« Pedro war mir auf die Terrasse gefolgt.

Ich war überrascht.

»Wenn es dir nichts ausmacht. Ich gebe zu, ich würde mich sicherer fühlen.«

Pedro folgte mir über die Stufen hinunter.

»Was ist das für ein Duft?«

»Das ist wilder Salbei, den findest du hier überall.«

Ich sog die Luft tief in meine Lungen. *Es hieß, Geruchseindrücke blieben uns wie keine anderen Sinneswahrnehmungen im Gedächtnis, allerdings nur dann, wenn sie mit einem starken emotionalen Erlebnis oder einer besonders gefühlvollen Erinnerung verknüpft wurden. Gespeicherte Gerüche blieben uns ein Leben lang fast unverändert erhalten. Der Geruch von wildem Salbei würde mich für immer an diesen ersten Abend in der afrikanischen Wildnis erinnern. Er würde mich immer daran erinnern, wie ich mit Pedro durch die Dunkelheit spazierte.*

Pedro riss mich unvermittelt aus meinen Gedanken:

»Wie kannst du nur mit ihm zusammenleben?«

»Was meinst du damit?«

»Das weißt du genau, er behandelt dich wie Dreck!«

Ich blieb stehen und schaute ihm im schwachen Licht seiner Lampe in die Augen.

»Tut mir leid, Eliza, ich wollte dir nicht zu nahe treten.«

»Du kennst mich ja gar nicht.«

»Stimmt, aber ich habe in der kurzen Zeit schon gemerkt, was für eine tolle Frau du bist. Leo hingegen ist ein oberflächlicher Idiot. Er hat dich nicht verdient.«

Sprachlos wandte ich mich ab. Pedro begleitete mich zum Bungalow, ohne dass wir noch ein Wort wechselten.

»Bitte verzeih, es geht mich nichts an.«

»Gute Nacht, Pedro.«

Ohne ihn noch einmal anzusehen, stieg ich die Treppe zu meinem Bungalow hinauf und schloss rasch die Tür hinter mir. Er sollte die Tränen nicht sehen, die über meine Wangen liefen. Achtlos ließ ich meine Kleider auf den Boden fallen und legte mich ins Bett. Ich schaffte es nicht einmal mehr, das Moskitonetz zu schließen. Sollte sich doch Leo darum kümmern, er würde sowieso bald kommen.

Mir war grad alles zu viel. Ich konnte meine Tränen nicht mehr zurückhalten. Pedro hatte die Situation erkannt. Er hatte meinen wunden Punkt getroffen. Ich bemühte mich schon seit Jahren, eine Fassade aufrechtzuerhalten, die längst bröckelte. Leo benahm sich mir gegenüber tatsächlich unmöglich und er verletzte mich dadurch immer wieder massiv. Und als Dank für Pedros Aufmerksamkeit und seine netten Worte war ich böse mit ihm. Ich weinte haltlos, bis ich in einen tiefen Schlaf fiel. Von Leo keine Spur.

Lautes Poltern riss mich aus meinen Träumen. Leo kam komplett angezogen, aber total betrunken aus dem Badezimmer getorkelt und ließ sich auf die Couch neben der Eingangstür fallen.

Ich sprang aus dem Bett und drehte das Licht heller, denn jetzt gab es für mich kein Halten mehr.

»Was soll das? Wo kommst du her? Du bist ja sturzbetrunken!«

»Halts Maul. Eliza. Das geht dich nichts an!« Er drehte sich zur Seite und musste dabei aufstoßen.

Ich beugte mich über ihn und schüttelte ihn an der Schulter, rasend vor Wut. Was dachte er, mich so zu behandeln? Sein ganzes Verhalten widerte mich an.

»Nein, ich halt meinen Mund nicht mehr! Wie redest du überhaupt mit mir?«

»Lass mich in Ruhe, du dumme Kuh!«

»Wo warst du? Bei Marie vermutlich, dieser Schlampe! Ja?«

Ich konnte mich nicht mehr zurückhalten. Meine Stimme überschlug sich vor Empörung.

Mit einem Ruck setzte Leo sich auf und fasste mich am Handgelenk. Er starrte mich mit einem so hasserfüllten Blick an, wie ich es noch nie zuvor bei ihm gesehen hatte. Ein eiskalter Schauer lief mir über den Rücken.

»Das geht dich überhaupt nichts an! Halt Marie da raus! Hast du mich verstanden? Einer Frau wie ihr kannst du nicht einmal das Wasser reichen«, brüllte er mir mit ekelerregend alkoholgeschwängertem Atem direkt ins Gesicht.

Seine Finger fühlten sich wie Fesseln an. Ich versuchte, mich aus der schmerzhaften Umklammerung zu befreien, Angst kroch in mir hoch.

»Kümmere dich um deinen eigenen Kram, sonst wirst du es eines Tages bereuen. Das schwöre ich dir!«

»Lass mich sofort los, du tust mir weh!«

Die Situation eskalierte. Leo versetzte mir einen Schlag in die Magengrube. Ich bekam keine Luft mehr und fiel vornüber auf die Knie, kippte zur Seite. Nach Atem ringend wand ich mich wimmernd vor Schmerzen am Boden.

Noch größer als die Schmerzen aber war der Schock, meine Entrüstung. Obwohl Leo zu Hause auch ab und zu mit seinen Freunden feierte und manchmal ziemlich angetrunken nach Hause kam, war er niemals gewalttätig geworden. Im Gegenteil. Stets war es ihm peinlich und er tat alles, um mir seinen Anblick zu ersparen.

Jetzt hörte ich von der Couch her nur seine regelmäßigen Atemzüge. Er war eingeschlafen! Innerlich bebend schleppte ich mich ins Bad und sackte auf den kalten Fliesenboden. Weinkrämpfe schüttelten mich.

Zusammengekauert wie ein Embryo lag ich noch immer auf dem Badezimmerboden, als mich das Licht der aufgehenden Sonne weckte. Im ersten Moment wusste ich nicht, was geschehen war. Beim Versuch aufzustehen wurde es mir schlagartig bewusst. Mein Handgelenk schmerzte, ein hässlicher blauer Fleck breitete sich darauf aus und mein Bauch tat schon bei der kleinsten Bewegung entsetzlich weh. Vorsichtig richtete ich mich auf. Ein Blick in den Spiegel zeigte mehr als deutlich die Spuren der vergangenen Nacht. Meine Augen waren aufgequollen und rot vom vielen Weinen, die Haare wild zerzaust. Rasch fuhr ich mit einer Bürste hindurch, versuchte zu retten, was zu retten war.

An Schlaf war nicht mehr zu denken, ich war hellwach. So leise wie möglich schlich ich an Leo, der noch immer auf der Couch lag, vorbei Richtung Terrasse, vorsichtig öffnete ich die Tür. Ich hatte Angst vor meinem eigenen Mann. Was war nur aus uns geworden. Wir hatten uns geliebt! Für mich war immer klar gewesen, dass Leo der Mann meines Lebens war. Allein die Erinnerung an unsere glücklichen Zeiten verursachte ein dumpfes Gefühl in meinem Magen.

Auf dem Tischchen vor dem Bungalow stand eine leere Flasche Gin. Hatte Leo hier getrunken? Allein? Ich hatte ihn nicht kommen hören, doch er musste offensichtlich eine ganze Weile hier gesessen haben.

Leo entwickelte sich auf dieser Reise zu einem Menschen, den ich nicht wiedererkannte. Wir hatten immer gemeinsam über Probleme gesprochen und eine Lösung gefunden. Jetzt aber war er mir so fremd wie nie zuvor. Das ließ nur eine Lösung zu: Ich musste weg von ihm!

Ein entsetzlicher Gedanke. Sofort weinte ich wieder. Aber alles Reflektieren half nichts, denn was auch immer Leo zu seiner Entschuldigung hervorbringen würde, ich war nicht bereit, mit einem Mann zusammenzuleben, der seine Hand gegen mich erhob. Vor langer Zeit, ich kannte Leo nicht einmal, hatte ich mir geschworen, mich niemals von einem Mann schlagen zu lassen. Nie wollte ich meine Selbstachtung verlieren. Jetzt war es dennoch geschehen. Viel mehr als der körperliche Schmerz belastete mich die Kluft, die sich dadurch zwischen Leo und mir aufgetan hatte.

Blind vor Tränen entfernte ich mich vom Bungalow. Ich musste mich sammeln, einen Ausweg finden. In meinem Kopf schwirrten die Gedanken wild durcheinander. Mir blieb noch etwas Zeit, um mich wieder einzukriegen. Auf keinen Fall durfte jemand merken, was für entsetzliche Szenen sich heute Nacht in unserem Zimmer abgespielt hatten. Mein Privatleben ging niemanden etwas an!

Die einzige Möglichkeit, diese furchtbare Reise abzubrechen und Leo zu verlassen, wäre ein internationaler Flughafen. Warum bloß hatte ich mich nicht genauer mit der Route auseinandergesetzt? Welches war der nächste größere Airport, den wir ansteuern würden? Ich hatte keine Ahnung. Plötzlich erinnerte ich mich:

Steffen hatte erwähnt, dass für Nairobi ein Zwischenstopp geplant war. Das war meine Chance!

Um einen freien Kopf zu bekommen, wanderte ich planlos auf dem riesigen Gelände der Lodge umher. Nicht einmal der Anblick der Tausenden von Flamingos, die sich am See niedergelassen hatten und ihm einen zartrosa Schimmer verliehen, konnte mich aufmuntern. So etwas hatte ich noch nie gesehen! Die Szenerie mutete an wie ein Gemälde. Üppig bewachsene Hügel säumten die Ufer und der Himmel war wolkenlos. Kleine Nebelfetzen über dem Wasser verliehen dem ganzen etwas Märchenhaftes. Georg hatte uns nicht zu viel versprochen, dieser Platz war ganz besonders.

Wären da nicht die Ereignisse der vergangenen Nacht, wäre ich vermutlich überglücklich an diesem Ort. Die Luft war noch erfrischend kühl und aus den Sträuchern ringsherum hörte ich das Zirpen der Grillen. Blüten verströmten einen mir völlig fremden Duft.

Zola und Georg hatten hier ein richtiges kleines Paradies erschaffen.

»Morgen, Eliza, schon so früh unterwegs?«

Harald riss mich aus meinen Gedanken. Er trat aus seinem Bungalow am Hügel oberhalb von mir.

»Ich konnte nicht mehr schlafen. Guten Morgen.«

»Traumhaft hier, nicht wahr? Es ist jedes Mal wieder ein Erlebnis!«

»Ja, wirklich bezaubernd. Wir sehen uns später.« Mir war absolut nicht nach Small Talk zumute, ich musste so rasch wie möglich einen Ausweg finden.

Er winkte mir lächelnd zu, als ich rasch weiterging.

Marie war offensichtlich noch nicht wach. Die Beziehung zwischen ihr und Harald wurde für mich immer undurchschaubarer. Als ich sie beim Start das erste Mal sah, dachte ich, zwischen ihnen wäre alles perfekt. Der Schein konnte trügen. Harald vergötterte seine Frau, umgekehrt war ich mir nicht mehr sicher.

Ich erschrak, als plötzlich Pedro vor mir stand. Ich hatte ihn gar nicht kommen hören.

»Hallo, Eliza.«

»Pedro! Hast du mich erschreckt.«

Völlig verschwitzt stand er im Sportoutfit vor mir.

»Tut mir leid. Ich wollte mich bei dir entschuldigen. Wegen gestern Abend. Ich wollte mich nicht einmischen.«

Betreten starrte ich ihn an. Sich zu entschuldigen, lag wohl eher bei mir. Er hatte nichts falsch gemacht.

»Es war nicht dein Fehler. Ich …«

Pedro machte einen Schritt auf mich zu und nahm vorsichtig meine Hand, streichelte über den nicht zu übersehenden blauen Fleck.

»Was ist mit deinem Handgelenk passiert? War er das?!«

»Bitte, Pedro… das ist nichts.«

»Eliza, mach mir nichts vor. Ich bin nicht blind!«

»Ich muss gehen, es ist alles in Ordnung.« Mit diesen Worten drehte ich mich rasch um und riss mich von ihm los. Ich konnte Pedro nicht erzählen, was passiert war. Vermutlich wäre er sofort zu Leo gerannt und hätte ihn zur Rede gestellt.

»Warte, Eliza!«

In diesem Moment kam Manfred mit Philipp im Schlepptau um die Ecke.

»Na ihr zwei? Schon früh unterwegs«, begrüßte uns Philipp. Manfred schaute uns erstaunt an.

»Wo ist Leo?«

»Der schläft noch. Ich war gerade auf dem Weg zurück, um ihn zu wecken.«

Wieso versuchte ich ihnen gegenüber die Situation zu erklären? Es gab nichts zu erklären. Pedro und ich waren uns zufällig über den Weg gelaufen, da war nichts, was die beiden etwas anging.

»Dann schmeiß ihn mal schnell raus. Er war es doch, der die Abfahrtszeit auf halb acht vorverlegt hat.«

»Halb acht?«

Ich blickte Manfred ungläubig an.

»Davon wusste ich nichts. Dann muss ich mich beeilen.«

»Leo ist doch gleich nach dir gegangen. Du musst ja sofort eingeschlafen sein, wenn du ihn nicht mehr gesehen hast.« Die beiden warfen sich wissende Blicke zu und verwickelten den verdutzt dreinblickenden Pedro gleich in ein Gespräch.

Ich nützte die Chance und entfernte mich eilig. Im Hintergrund hörte ich die Stimmen der Männer. Philipp und Manfred waren im richtigen Augenblick aufgetaucht.

Leo war schon im Bad, als ich zurückkam. Mit rotgeränderten Augen stand er vor dem Spiegel und rasierte sich. Der Alkoholexzess der vergangenen Nacht hatte unübersehbare Spuren hinterlassen. Er bemerkte mich sofort, als ich eintrat, und drehte sich um.

»Eliza …«

»Lass mich! Ich will mit dir nichts mehr zu tun haben!«

»Ich hab die Kontrolle verloren, hör mir doch zu, Eliza! Ich wollte dir nicht wehtun! Bitte!«

Ohne ein weiteres Wort raffte ich das Nötigste zusammen. Während ich den Weg zum Haupthaus hinauflief, drehte ich mich kein einziges Mal um.

Der Rest der Gruppe hatte sich schon fröhlich plappernd auf der Terrasse versammelt. Sogar unser Guide saß schon bei ihnen. Ich war spät dran. Während ich mir noch geschwind einen Kaffee holte, um meinen flauen Magen etwas zu beruhigen, erklärte Harald das heutige Programm. Zuerst Bootssafari und anschließend Weiterflug. Ich war kaum in der Lage, ihm zu folgen. Immer wieder drifteten meine Gedanken ab. Nairobi war der einzige Ort, der mich noch interessierte.

Wir verteilten uns auf zwei Fahrzeuge, da trat Leo mit einiger Verspätung auf den Parkplatz. Selbst aus der Entfernung machte er einen ziemlich verstörten Eindruck. Glücklicherweise war in meinem Wagen kein Platz mehr frei. Ich verkroch mich auf die Rückbank und lehnte den Kopf ans Seitenfenster. Endlich hatte ich meine Ruhe. Die anderen waren so beschäftigt mit den Plänen für die nächsten Tage, dass mich niemand beachtete.

Unser Fahrer raste mit einer Höllengeschwindigkeit über die Schotterpiste, als gäbe es kein Morgen. Die vereinzelten Häuser am Straßenrand machten einen verwahrlosten Eindruck. Die meisten besaßen weder Fenster noch Türen, sogar die Dächer waren teilweise defekt. Große Müllhaufen verströmten einen widerlichen Geruch. In der Auslage einer Fleischerei entdeckte ich den Kadaver einer Ziege, vor lauter Fliegen war er kaum zu erkennen. Wie konnten die Menschen hier nur so leben?

Die Gegend um die Lodge und die intakte Natur hatten mich geblendet. Große Teile der bebaubaren Flächen lagen brach und wurden nicht bewirtschaftet. Das Bild, das sich uns hier bot, hatte nichts gemein mit dem Kenia, das ich aus diversen Reiseprospekten kannte. Wir waren weitab von den »All-inclusive-Bunkern« an der Küste. Hier spielte sich das wahre Leben der einheimischen Bevölkerung ab.

Georg bemerkte meinen entsetzten Blick.

»Viele dieser Menschen sind arbeitslos. Alkoholismus ist besonders unter den Männern ein Problem und ihre Religionen führen immer wieder zu Unruhen. Auf den Feldern arbeiten fast nur Frauen und Kinder. Vielen Regionen Kenias geht es zurzeit gar nicht gut. Die Regierung hat in den letzten Jahren einiges versäumt. Ohne Tourismus wäre die Lage noch fataler. Viele dieser Frauen wissen nicht mehr, wie sie ihre Kinder sattbekommen sollen.«

»Wie konnte es so weit kommen?« In Anbetracht der entsetzlichen Lage der Landbevölkerung wirkten meine Probleme verschwindend klein. Ich war schockiert.

»Ernteausfälle, Korruption ... Die Liste ließe sich endlos fortsetzen. Glücklicherweise gibt es aber inzwischen Bewegung in die andere Richtung, Projekte, die sehr vielversprechend sind. Ich bin guter Dinge, dass sich die Lage bald bessert. Du siehst ja an unserer Lodge, was möglich ist.«

Unser kleiner Konvoi näherte sich einer Polizeikontrolle. Große Rollen aus Stacheldraht und Polizisten mit Gewehren im Anschlag befanden sich mitten auf der Straße. Hinter ihnen ein großes Schild: »corruption free zone« – eine Farce! Der Fahrer unseres Jeeps wurde sichtlich nervös. Georg versuchte, ihn zu beruhigen.

»Keine Panik. Die Einheimischen haben große Angst vor der Polizei«, wandte er sich an uns.

»Ich regle das schon.«

Georg ging mit weit ausgebreiteten Armen auf die Polizisten zu und redete beschwichtigend auf sie ein. Nach einem kurzen Gespräch schien alles geklärt und wir konnten weiterfahren. Ich war angespannt. Die ganze Situation hatte etwas Bedrohliches. Meine Nerven lagen ohnehin blank, ich konnte auf jede Art von zusätzlichem Nervenkitzel gut verzichten.

Am Lake Nakuru angekommen wurden wir schon erwartet. Zwei Guides empfingen uns am Ufer mit ihren Booten. Ihre Anweisungen wurden vom ohrenbetäubenden Geschrei der unzähligen Kormorane fast übertönt. Auf jedem Ast der umliegenden Bäume saß mindestens einer dieser gefräßigen Fischdiebe. Schnell verteilten sich die zwei Gruppen auf die Boote. Mit Schwimmwesten versorgt und kurz eingewiesen, konnten wir loslegen.

Als Manfred in den Rumpf stieg, geriet das winzige Boot in bedenkliche Schieflage. Nur das beherzte Eingreifen der beiden Guides verhinderte ein Kentern. Ich war froh, dass ich zu der anderen Gruppe gehörte!

Mein Verhältnis zu unbekannten Gewässern war nicht gerade gut, an Bord fühlte ich mich sicherer. Ein Sturz ins Wasser hätte mir an diesem Morgen gerade noch gefehlt. Ängstlich hielt ich mich an meiner Schwimmweste fest. Erst als alle eingestiegen waren, nahm ich Pedro hinter mir wahr. Ich hatte ihn seit unserer Begegnung in der Früh nicht mehr gesehen, war ihm bewusst aus dem Weg gegangen. In diesem Moment versetzte der Guide dem Boot einen leichten Stoß und schon legten wir ab.

Nahezu lautlos glitten die Boote über den See, die Einheimischen benutzten nur eine lange Stange, um sie zu steuern. Ich beobachtete zahlreiche Männer, die bis über die Hüften im trüben Wasser standen und ihre Fischernetze ausbrachten. Plötzlich erschien direkt neben uns ein riesiges Nilpferd und riss bedrohlich sein Maul auf. Ich erschrak entsetzlich und war begeistert zugleich. Noch nie hatte ich eines dieser imposanten Tiere aus der Nähe gesehen! Rings um uns herum entdeckten wir immer mehr Nilpferde, ganze Familien, die schliefen, fraßen und spielten. Wir glitten lautlos an ihnen vorbei. Sie schienen uns nicht einmal zu bemerken.

Unser Guide erklärte uns die unzähligen Wasservögel. Neben den Kormoranen gab es Fischadler und Rieseneisvögel zuhauf. Die Hippos waren allerdings die Hauptattraktion. Der Führer ließ nicht unerwähnt, dass sie keine zahmen Tierchen seien. Bei Nilpferden galt es ständig auf der Hut zu sein. Ihre Angriffe auf Menschen waren unter der Bevölkerung Afrikas berüchtigt. Aufmerksam lauschte ich seinen Ausführungen und beobachtete die Umgebung. Ich war dankbar für jede Ablenkung. An meiner Situation konnte ich ohnehin nichts ändern, nur abwarten. Das erste Mal an diesem Tag schaffte ich es, mich etwas von meinen Gedanken loszureißen.

Pedro beugte sich nach vorn und flüsterte mir ins Ohr:

»Findest du nicht auch, dass die Ähnlichkeit mit Manfred haben?«

Ich konnte mich nicht mehr halten vor Lachen. Gerade hatte ich das Gleiche gedacht: Diese Tiere wirkten genauso behäbig wie unser übergewichtiger Reisegefährte. Ohne zu wissen, weshalb ich lachte, lachte der Guide mit. Das riesige Tier spritzte uns nass, als es untertauchte, und der Guide lenkte das Boot in eine andere Richtung. Noch Minuten später musste ich jedes Mal schmunzeln, wenn wir ein Hippo zu Gesicht bekamen.

Pedro sprach mich glücklicherweise nicht mehr auf unsere Begegnung in der Früh an, auch wenn ich ihn mehrmals dabei ertappte, wie er auf mein Handgelenk starrte. Ich hatte extra einen langen Pulli übergezogen, um die blauen Flecken zu verbergen, und war dankbar, dass wir nicht allein im Boot waren; so entging ich einem Gespräch mit ihm. Ich wollte nicht mehr darüber sprechen und nur die friedliche Ruhe dieses Ortes genießen. Zumindest redete ich mir ein, dass ich das konnte. Langsam ließ ich meinen Blick über die riesige Wasserfläche gleiten, beobachtete die Wasservögel und konnte hie und da ein Nilpferd ausmachen.

Plötzlich durchfuhr ein heftiger Ruck das Boot. Ich konnte gerade noch erkennen, wie sich ein Hippo aufbäumte und mit seinem Schädel gegen die Seite unseres Bootes stieß, bevor ich rücklings ins trübe Wasser stürzte. Sofort verlor ich die Orientierung. Eiskalt schlug es über mir zusammen. Augenblicklich lief Wasser in meine Nase und schnürte mir die Kehle zu. Verzweifelt versuchte ich, nach Luft zu ringen, es gelang mir nicht. Hilflos schlug ich mit den Armen, ohne zu wissen, in welche Richtung ich mich wenden sollte. Panik machte sich in mir breit, ich konnte nicht mehr denken geschweige denn handeln. Mein Kopf stieß gegen einen harten Gegenstand und ich wurde wieder durchs Wasser gewirbelt.

Trotz der Schwimmweste gelang es mir nicht, an die Wasseroberfläche zu gelangen. Chancenlos! Immer wieder wurde ich nach unten gedrückt, stieß gegen den Körper des Tieres. Meine Kräfte ließen nach und ich konnte mich nicht mehr rühren. Mein Körper glitt immer tiefer in den dunklen See hinab. Ich war mir sicher, jetzt war alles vorbei. Eine Gleichgültigkeit breitete sich in mir aus und ich spürte, wie ich alles um mich herum vergaß. Ich hatte kein bisschen Angst, alles fühlte sich plötzlich so leicht an.

Dann spürte ich, wie zwei kräftige Hände nach mir fassten und mich nach oben zogen. Nur einen Wimpernschlag später durchstieß mein Kopf die Wasseroberfläche und meine Lungen schmerzten, als sie sich wieder mit Luft füllten. Grelles Licht blendete mich, als ich die Augen zu öffnen versuchte.

Menschen um mich herum schrien. Ich konnte gar nicht zuordnen, was geschah. Mein Körper war nur damit beschäftigt, wieder Sauerstoff in seine Zellen zu pumpen. Benommen ließ ich mich von kräftigen Armen durchs Wasser ziehen, willenlos und ohne Kraft. Erst als ich hochgehoben wurde, konnte ich meinen Kopf heben. Wie durch einen Schleier nahm ich das Geschehen um mich herum wahr. Hustend und nach Atem ringend lag ich auf dem Boden des Bootes. Alle waren in heller Aufregung und riefen wild durcheinander. Ich erkannte Pedro, der sich über mich beugte und vorsichtig meinen Kopf hielt.

»Eliza, kannst du mich hören? Geht es dir gut? Weißt du, was passiert ist?«

Unfähig zu antworten, nickte ich und sah ihn an. Was war geschehen?

»Eliza, du bist ins Wasser gestürzt, als eines der Hippos unser Boot gerammt hat. Gott sei Dank konnten wir dich trotz des trüben Wassers finden. Du wärst beinahe ertrunken!«

Alle redeten durcheinander und waren völlig aus dem Häuschen.

Es gelang mir noch immer nicht zu antworten, zu tief saß der Schreck.

Harald hatte sich als Erster wieder gefasst.

»Wir fahren sofort zurück ans Ufer. Dort kann Pedro Eliza erst mal ordentlich untersuchen, dann sehen wir weiter.« Der Guide hatte mich inzwischen in eine dicke Decke gehüllt, völlig erschöpft ließ ich alles geschehen.

Kaum war das Ufer erreicht, sah ich Leo im Stechschritt auf das Boot zukommen und mich herausheben, noch bevor wir richtig angelegt hatten. Er trug mich über den Steg und setzte mich ab.

»Was ist passiert?! Geht es dir gut? Ich konnte nur sehen, wie eines dieser Biester euer Boot umgeworfen hat und du in den See gefallen bist!« Leo war außer sich.

»Ich habe nicht die geringste Ahnung. Plötzlich war ich im Wasser. Hab mir den Kopf gestoßen … Wo ist Pedro?«, stammelte ich. Endlich wieder in der Lage zu sprechen, konnte ich die ganze Aufregung immer noch nicht einordnen.

Triefend nass kauerte ich am Boden, das Haar klebte mir im Gesicht. Um mich herum hatte sich inzwischen eine kleine Menschenmenge versammelt. Alle redeten wirr durcheinander.

»Der Hippo hätte dich beinahe getötet!« Leo hatte sich noch nicht gefasst. Wild gestikulierend ging er auf den Guide zu.

»Was sollte das? Du bringst deine Gruppe in Lebensgefahr! Kannst du nicht aufpassen, du verdammter Idiot? Ich werde dafür sorgen, dass du deinen Job verlierst!«

Pedro drängte sich durch die Menge am Steg, auch er war klatschnass. Als ich ihn sah, wurde mir schlagartig bewusst, was geschehen war: Pedro hatte mich aus dem Wasser gezogen, mir das Leben gerettet. Die Erinnerung wurde immer deutlicher. Er beugte sich hinunter und drückte mich an sich.

»Geht es dir besser? Hast du Schmerzen? Du hast ja noch mal Glück gehabt, Eliza. Das war knapp!«

»Danke!« Es war nicht mehr als ein Flüstern, das ich in sein Haar hauchte, doch Pedro verstand. Er drückte mich fester an sich. Tränen rollten über meine Wangen, die Gefühle übermannten mich und mein ganzer

Körper wurde von einem Weinkrampf geschüttelt. Beruhigend streichelte mir Pedro über den Rücken und wiegte mich sanft hin und her, bis ich mich beruhigte. Als er sich erheben wollte, fasste ihn Leo von hinten an der Schulter und riss ihn zur Seite.

»Verschwinde! Lass die Finger von ihr, du Möchtegernarzt!«

»Hey, hey was soll das? Ich hab Eliza aus dem Wasser gezogen und wollte sehen, wie es ihr geht! Du solltest dich besser bedanken.«

»Lass deine dreckigen Finger von ihr, hab ich gesagt!«

»Ich soll die Finger von ihr lassen? Dass ich nicht lache! Lass DU die Finger von ihr! Denkst du, es ist mir entgangen, dass du sie schlägst? Selbst wenn sie ihre blauen Flecken versucht zu verstecken, sind sie nicht zu übersehen!«

Leos Gesicht verzog sich zu einer grässlichen Fratze, als er mit der Faust ausholte und Pedro ins Gesicht schlug. Dieser stürzte rittlings zu Boden, ein rotes Rinnsal lief ihm aus Mund und Nase. Alle waren starr vor Entsetzen! Nur Marie rannte schreiend auf die zwei Streithähne zu und stellte sich breitbeinig vor Leo:

»Hast du den Verstand verloren?! Pedro hat Eliza gerettet und du schlägst ihn!« Außer sich vor Wut trommelte Marie mit ihren Fäusten gegen Leos Brust. Schnell fassten ihn Harald und Steffen an den Ellbogen und zogen ihn ohne Gegenwehr Richtung Land. Weg von der restlichen Gruppe. Marie lief hinter ihnen her. Am Steg hatte sich betretenes Schweigen breitgemacht und die Männer entfernten sich nach und nach möglichst unauffällig. Keiner wagte mehr, in unsere Richtung zu schauen.

Der Guide hatte Pedro, der immer noch am Boden kauerte, seine Hilfe angeboten, was dieser dankend ablehnte. Ich trat auf Pedro zu und reichte ihm die Hand: »Es tut mir so leid, das wollte ich nicht. Tut es sehr weh?«

»Das ist nichts. Um mir ernsthaft wehzutun, muss dieser Trottel früher aufstehen.«

Pedro wischte sich mit seinem Handrücken über die Nase und grinste: »Endlich hab ich ihm gesagt, was ich von ihm halte. Bitte verlass ihn, Eliza!«

Ich wollte nur noch weg. Weg von Leo, weg von hier, sogar weg von Pedro. Einfach nur nach Hause. Das alles war ein Albtraum! Jeder Tag offenbarte mir neue Abgründe und Herausforderungen. Unfähig Pedro zu antworten erhob ich mich vorsichtig, noch traute ich meinen Beinen nicht recht.

Am Ufer neben den Fahrzeugen hatte sich die ganze Mannschaft versammelt. Nur Steffen und Leo standen etwas abseits. Schon von Weitem erkannte ich, dass Steffen Leo offenbar eine Standpauke hielt. Mit gebeugtem Kopf stand Leo vor ihm und zuckte nur ab und an mit den Schultern. Als ich das Ende des Stegs erreicht hatte, lief Marie auf mich zu. »Gott, bin ich froh, dass dir nicht mehr passiert ist, Eliza! Kommt, steig ein. Georg bringt uns sofort zurück, dann kannst du dich noch etwas ausruhen, bevor es weitergeht.«

»Danke, Marie.«

Fürsorglich legte sie einen Arm um mich und half mir, den Jeep zu besteigen. Als die Tür zufiel, sah ich, wie Leo auf Pedro zuging und ihm die Hand reichte.

Er entschuldigte sich offensichtlich. Wie ehrlich das gemeint war, wollte ich lieber gar nicht wissen.

Nun gut, Steffen hatte sicher interveniert. Was er auf gar keinen Fall brauchen konnte, waren zwei Streithähne, zusammengepfercht an Bord einer winzigen Cessna. Der Erfolg dieser Reise stand eindeutig auf dem Spiel!

Pedro hatte genügend Verstand, um sich anzupassen, bei Leo war ich mir da nicht so sicher …

Für mich war allerdings eines klar: Ich hatte genug von Abenteuern! Meine Reise würde in Nairobi enden. Definitiv! An der Lodge erwartete uns Zola mit einem strahlenden Lächeln. Sie hatte noch keine Ahnung, was für hässliche Szenen sich am See abgespielt hatten. Auf der Terrasse hatte sie Erfrischungen und kleine Köstlichkeiten vorbereitet, damit wir uns vor dem Weiterflug stärken konnten. Georg lief auf seine Frau zu und flüsterte ihr ins Ohr. Ihr Gesichtsausdruck ließ keinen Zweifel daran, dass er sie aufklärte. Sie deutete einem ihrer Mädchen, uns weiter zu bedienen, kam auf mich zu und umarmte mich.

»Eliza, komm, du musst dich aufwärmen.«

Sie führte mich ins Haupthaus. Dankbar ließ ich mir von dieser liebenswerten Frau aus den klammen Kleidern helfen, während ein heißes Bad einlief. Zitternd tauchte ich in das duftende Wasser. Mir war gar nicht bewusst gewesen, wie sehr ich fror. Als sich die wohlige Wärme um meinen Körper schloss, konnte ich die Tränen nicht mehr zurückhalten. Zola schickte das Mädchen hinaus, das meine Sachen brachte, und setzte sich zu mir an den Wannenrand.

»Lass es raus, das war heute einfach zu viel.«

Mit einer sanften Bewegung wusch sie vorsichtig meinen Rücken.

»Zola, es ist nicht nur der Unfall heute …«

Sie nahm vorsichtig meine Hand und streichelte über den blauen Fleck.

»Ich weiß, Eliza, dein Schmerz sitzt tiefer. Schon gestern habe ich bemerkt, dass Leo nicht gut zu dir ist. Heute Morgen, als ich deine Verletzung gesehen habe, war ich zutiefst traurig, weil ich wusste, dass ich recht hatte. Geh weg von ihm, bevor er dein Leben zerstört. Du bist eine europäische Frau, du schaffst das! Hier in Afrika haben viele Frauen keine Wahl und müssen bei ihrem Peiniger bleiben. Ich habe das bei meinem ersten Mann am eigenen Leib erfahren. Das Schicksal meinte es dennoch gut mit mir. Ich war schon sehr jung Witwe und habe jetzt mein Glück gefunden.«

Dankbar, endlich mit jemandem reden zu können, offenbarte ich ihr all die schrecklichen Geschehnisse der letzten Tage.

»Aber ich hab Angst, Zola. Angst vor dem Alleinsein, Angst vor dem, was da noch kommt. Ich bin nicht stark genug.«

Zola schüttelte den Kopf:

»In Nairobi kannst du in ein Flugzeug steigen und alles hinter dir lassen. Du schaffst das. Du bist stark!«

Sie hatte mir wortlos zugehört, doch ihr Blick verdüsterte sich während meiner Erzählungen immer mehr. Als ich wieder bereit war, mich zur restlichen Gruppe zu gesellen, begleitete sie mich. Steffen war der Erste, der auf mich zukam:

»Ich hab mit Leo mal Klartext geredet. Was hier abgeht, ist nicht mehr zu tolerieren. Er weiß jetzt Bescheid: Sollte er nochmals die Kontrolle verlieren, ist er raus! Dann ist für ihn die Reise zu Ende. Ich hoffe, du verstehst mich, Eliza. Das geht so nicht. Zum Glück ist wenigstens Pedro vernünftig!«

Ich nickte. Es drehte sich also nur um Pedro und Leo, zum Glück. Niemand hatte von meinen Problemen mit Leo etwas mitgekriegt. Was Pedro am Steg gesagt hatte, war im Getümmel untergegangen. So blieb mir zumindest diese Peinlichkeit erspart.

Harald mahnte zum Aufbruch. Mir sollte es recht sein. Mit jeder Meile, die uns nach Nairobi brachte, war ich näher am Ziel meiner Reise. Nur noch ein paar Tage trennten mich davon! Als wir uns von Georg und Zola verabschiedeten, drückte sie mich fest und flüsterte mir ins Ohr:

»Ich wünsche dir alles Glück auf Erden. Finde deinen Weg. Und übersieh dabei Pedro nicht!«

Was sollte das bedeuten: Übersieh Pedro nicht? Sie zwinkerte mir mit einem Lächeln zu und wandte sich dann an die anderen. Zola war wirklich eine bemerkenswerte Frau. Sie würde mir fehlen.

Die Zeit drängte, Harald und Steffen waren schon losgefahren, um die Maschine startklar zu machen. Ein Gewitter saß uns im Nacken und Harald wollte nicht riskieren, dass wir durch ein vom Regen aufgeweichtes Rollfeld hier nicht mehr wegkamen. Schon Minuten später sahen wir Georg und die Fahrer winkend unten mitten in der Savanne stehen. Kurz vor der Abfahrt hatte mich Zola noch zu einem Glas Gin überredet:

»Das ist gut für deine Nerven, du brauchst sie noch, bis alles vorbei ist.«

Nun spürte ich die Wirkung des Alkohols, der sich langsam in meinen Adern verteilte und wie eine bleierne Schwere über mich legte. Ich schloss die Augen und schlief ein.

Keine Ahnung, wie lange ich vor mich hingedämmert hatte, plötzlich wurde ich von lauten Stimmen geweckt:

Zehn, neun, acht, sieben, sechs … Ein Knall, gefolgt von fröhlichem Lachen, riss mich endgültig aus meiner Lethargie. Ich traute meinen Augen nicht. Vor mir im Cockpit hatte Steffen eine Flasche Champagner geöffnet und verteilte den Inhalt in Pappbecher:

»Willkommen auf der Südhalbkugel! Wir haben soeben den Äquator überquert!«

Alle hoben ihre Becher und prosteten einander zu; Marie drückte auch mir einen in die Hand. Na bravo, das hatte mir gerade noch gefehlt! Es blieb mir nichts anderes übrig, als es ihnen gleichzutun. Ich hielt meinen Becher ins allgemeine Getümmel und nahm einen großen Schluck, auch wenn ich total überfordert war mit der Situation. Im Flieger herrschte eine ausgelassene Stimmung.

»Auf eine wunderschöne weitere Reise!«

Steffen hielt seinen Becher noch mal in die Höhe.

»Lassen wir all die kleinen Schwierigkeiten und Reibereien hinter uns und freuen uns auf die zahlreichen Abenteuer, die uns noch erwarten! Prosit!«

Was zum Teufel ging hier ab? Steffen unternahm ganz

offensichtlich einen verzweifelten Versuch, alles wieder ins Lot zu bringen. Ich warf Pedro einen fragenden Blick zu, er hob nur erstaunt die Schultern und prostete mir schüchtern zu. Alles klar, mir sollte es recht sein. Dann spielten wir eben Friede, Freude, Eierkuchen. Ganz, wie sie wollten. An meinem Entschluss, Leo zu verlassen, würde dies allerdings nichts ändern. Für die restliche Gruppe wünschte ich mir, dass sie die Reise genießen konnte und nicht durch unsere privaten Probleme verdorben wurde.

Leo ging mir seit seinem idiotischen Verhalten am Steg aus dem Weg. Mir sollte das nur recht sein! Ich hatte genug von seinen Ausflüchten und Erklärungsversuchen. Inzwischen wusste ich längst nicht mehr, wie ich ihn einschätzen sollte, die wachsende Gewaltbereitschaft machte mir Angst!

Nach einiger Zeit fiel mir auf, wie Steffen und Harald im Cockpit aufgeregt diskutierten und immer wieder mit dem Fernglas den Untergrund absuchten. Niemand wusste, was sie suchten oder über was sie diskutierten, zu laut war der Lärm des Motors. Harald drehte sich zu uns um, sein Gesicht aschfahl, sein Blick müde:

»Wir finden die Landebahn nicht und unser Sprit geht zu Ende. Ich kann es mir nicht erklären, eigentlich sollten wir längst da sein. Steffen und ich müssen jetzt handeln und haben entschieden, dass wir einen anderen Flughafen in der Nähe anfliegen und dort auftanken. Dann können wir klären, was mit unseren Koordinaten nicht stimmt.«

Keiner wagte, ein Wort zu sagen. Plötzlich fing Marie an zu weinen:

»Was ist das eigentlich für eine beschissene Reise? Ich will nach Hause! Ich halt's hier nicht mehr aus!«

Harald versuchte, sie zu beruhigen, vergeblich, sie schlug nur wütend seine Hand weg.

Von meinem Platz aus hatte ich freien Blick auf die Tankuhr. Meine Hände fühlten sich eiskalt und schweiß-nass an, als ich minutenlang beobachtete, wie sich die Tanknadel immer tiefer in den roten Bereich hinein be-wegte. Die Zeit schien stillzustehen, Minuten wurden zu Stunden. Jeder Augenblick fühlte sich endlos an. Ein Auto mit einem leeren Tank war eine Sache, aber bei einem Flugzeug war das eine lebensbedrohliche Situa-tion! Die Angst kroch unaufhaltsam in mir hoch und es gab niemanden, an dem ich mich festhalten konnte.

Plötzlich straffte Harald seine Schultern. Sein Gesicht verriet, dass er den Flugplatz gefunden hatte.

Es war mir schleierhaft, dass Harald in dieser Einöde überhaupt einen so unscheinbaren Flecken wie diesen hatte finden können. Außer einer Zapfsäule und einer windigen Hütte gab es nichts neben der sandig roten Piste. Am Horizont flimmerte die Luft in der gleißen-den Hitze. Rundherum nur hohes Gras, das sich sanft im Wind bewegte. Die Landschaft erinnerte mich an den Film *Gladiator*, in dem Russell Crowe durch ein goldgelbes Getreidefeld in die untergehende Sonne des Elysiums wandert. So ähnlich, wie auf dem Weg ins Jenseits, fühlte ich mich im Moment auch.

Weit und breit gab es nirgends ein Zeichen von Zi-vilisation. Lediglich ein junger Mann, mit dem sich Steffen und Harald angeregt unterhielten, kümmerte sich um unser Flugzeug.

Um mir die Füße etwas zu vertreten, spazierte ich entlang der Landebahn, dabei beobachtete ich, wie Harald plötzlich seine Arme in die Luft riss, den Kopf schüttelte und mit hängenden Schultern hinter dem Flieger verschwand. Steffen kam auf die wartende Gruppe zu:

»Wir wissen jetzt, was los ist. Harald hat bei seinen Berechnungen einen Fehler gemacht und das GPS falsch programmiert. Es tut uns leid!«

»Ist der Alte überhaupt fähig, uns zu fliegen, oder was?«, meldete sich Manfred wutentbrannt zu Wort. Mehrere stimmten ihm zu.

»Beruhigt euch bitte! Es bestand zu keiner Zeit Gefahr für euch. Die Situation war jederzeit sicher!«

Händeringend versuchte er, die Lage unter Kontrolle zu bringen.

»Wir haben beschlossen, dass ab sofort ich das Steuer übernehme. Allerdings nur, um eventuelle Unsicherheiten eurerseits sofort im Keim zu ersticken. Steigt ein, dann sind wir in knapp zwei Stunden am Ziel. Harald trifft keine Schuld, das könnte jedem passieren. Jetzt ist sofort Ruhe, ich dulde keine Diskussionen mehr!«

Betreten schauten sich die Passagiere an, niemand wagte zu widersprechen.

Der restliche Weg zum Olkiombo Airstrip verlief ohne weitere Komplikationen. Immer wieder konnten wir riesige Herden von Gnus beobachten, die über die unendlichen Weiten der Masai Mara hinwegzogen. Die Grasflächen verschmolzen mit dem Horizont und nur einzelne, bizarr wirkende Bäume unterbrachen die riesigen Flächen. Aufgrund unserer geringen Reisehöhe offenbarte sich uns ein Blick auf die Artenvielfalt dieser Region. Atemberaubend!

Die Sonne berührte gerade den Horizont, als wir zur Landung ansetzten, und tauchte die Erde in ein wundersames Licht. Dankbar, wieder festen Boden unter den Füßen zu haben, war der kleine Irrflug fast vergessen.

Es war mir ein Rätsel, wie die Einheimischen wissen konnten, wann wir eintrafen, doch auch hier wurden wir von zwei Guides mit einem breiten Lächeln empfangen. Lässig lehnten sie an ihren Jeeps und winkten uns entgegen. Ob sie einfach warteten, bis ein Flieger ankam? Keine Ahnung. Vermutlich würde ich es nie erfahren.

Schnell war das Gepäck verstaut und es konnte losgehen. Die grasenden Büffel und Antilopen am Rand des Rollfeldes ließen sich durch unsere Anwesenheit nicht im Geringsten stören. Schon die Fahrt zum Camp war ein Erlebnis, Tiere wohin wir auch schauten. Mit einer solchen Vielfalt hatte ich nicht gerechnet.

Inzwischen war es stockdunkel geworden, und unser Jeep kämpfte sich über einen kaum erkennbaren, holprigen Weg immer tiefer hinein ins Dickicht. Die Scheinwerfer tanzten durch den Dschungel und ihr Lichtkegel traf hie und da auf flüchtende Wildtiere. Die Steppenlandschaft der Savanne war einem kaum durchdringbaren Dickicht gewichen.

Plötzlich stoppte unser Fahrer und hieß uns, ihm folgen. Im schwachen Schein seiner Taschenlampe gingen wir ihm nach, immer tiefer hinein in den Wald. Verdeckt vom dichten Pflanzenwuchs entdeckte ich unmittelbar das Lodern eines Lagerfeuers direkt vor uns. Im Schein kreisförmig aufgestellter Fackeln waren die Umrisse eines riesigen Zeltes zu erkennen.

Wir wurden schon erwartet. Der köstliche Duft von gebratenem Fleisch lag in der Luft, als wir in das Innere des Zeltes gebeten wurden. Ein großer hagerer Mann mit einem Gesicht voller Narben begrüßte uns freundlich:

»Jambo, herzlich willkommen. Ich bin Kovu!«

Als ich ihm die Hand reichte, knurrte mein Magen unüberhörbar. Bisher hatte ich gar nicht gemerkt, wie hungrig ich war. Kovu grinste übers ganze Gesicht und trotz seiner Narben strahlte er eine unglaubliche Freundlichkeit aus:

»Wie ich höre, hast du Hunger! Das trifft sich gut, Dinner ist schon vorbereitet.«

Alle brachen in schallendes Gelächter aus.

»Wird höchste Zeit, dass wir mal wieder was zu essen bekommen, ich bin am Verhungern!«, meldete sich Manfred lachend zu Wort.

Kovu nahm eine der im Sand steckenden Fackeln und begleitete uns zu den Schlafzelten. Wir wollten schleunigst das Gepäck unterbringen und anschließend im Gemeinschaftszelt zu Abend essen. Vorsichtig tapsten Leo und ich hinter Kovu durchs Gebüsch. Außer unserem Atem und den Geräuschen der Tiere in der Nacht war nichts zu hören. Plötzlich knackste ein Ast direkt hinter mir, ich erschrak furchtbar und drängte mich dicht an Kovu.

»Alles gut, Madame, das war nichts!« Im Schein der Fackel konnte ich nur Kovus weiße Zähne erkennen:

»Dein Mann scheint es nicht gewohnt zu sein, durch einen Wald zu gehen.«

»Tschuldigung!« Mehr brachte Leo nicht heraus. Ich war beruhigt, bei Kovu fühlte ich mich sicher in dieser unheimlichen Umgebung.

Schon nach ein paar Minuten hatten wir unser Zelt erreicht. Zwei Feldbetten standen in dem spartanisch eingerichteten Raum, dazwischen ein Schreibtisch. Im Licht der Fackel konnte ich einen badezimmerähnlichen Verschlag ausmachen, durch einen Vorhang abgetrennt. Das erste Mal fühlte es sich an, als wären wir tatsächlich auf einer Safari. Kovu drückte Leo und mir jeweils eine Lampe in die Hand:

»Nicht verlieren, es gibt hier sonst kein Licht.«

Verdutzt blickte Leo ihn an und nahm die Laterne wie einen heiligen Gral entgegen.

Mir war das nur recht; jeder von uns war auf sich gestellt. Das Beste an dem ganzen Zelt jedoch waren die zwei einzeln stehenden Betten. Ich hätte es nicht ertragen, heute neben Leo zu liegen, lieber fürchtete ich mich die ganze Nacht.

Das Abendessen war köstlich, ich schlug mir buchstäblich den Bauch voll. Auch den anderen schmeckte es ausgezeichnet und alle genossen den Abend in vollen Zügen. Wein floss in rauen Mengen und die Stimmung war so gut wie lange nicht mehr. Die Nacht lag wie eine dicke Decke über der Masai Mara und durch das Blätterdach funkelten die Sterne über unserem Lager. Vom nahen Fluss drangen die Laute der Hippos herüber. Schon während des Sonnenuntergangs hatten die Hyänen und Schakale ihren nächtlichen Chorus begonnen.

Ich hatte mich in eine dicke Decke gehüllt auf einen Sessel vor das Gemeinschaftszelt gesetzt und beobachtete Kovu dabei, wie er die Feuer rund um das Lager schürte. Beim Abendessen hatte er versichert, dass die Feuer ausreichten, um uns die Wildtiere der Umgebung in der Nacht vom Leib zu halten. Ich konnte nur hoffen, dass er Recht behielt.

Der Ruf eines Löwen ganz in der Nähe strafte seine Beteuerungen Lügen. Schon auf unserem kurzen abendlichen Gamedrive auf dem Weg vom Airstrip zum Lager hatte ich einige der stolzen Großkatzen erblickt. Genüsslich räkelten sie sich in der Abendsonne und bereiteten sich auf ihre nächtliche Jagd vor.

In der Masai Mara gab es bestimmt hunderte von ihnen. Die Jäger unter ihnen, meist weibliche Tiere, nutzten das Dämmerlicht, um ihre Beute zu schlagen. Ich war beeindruckt von der Anmut dieser Tiere. Die fremden Geräusche der Nacht waren angsteinflößend und berauschend zugleich. Ein wohliger Schauer ging über meinen Rücken, während ich aufmerksam in die Stille lauschte und dabei versuchte, die einzelnen Tiere zu erkennen.

Durch den offenen Zelteingang sah ich, wie sich alle gemütlich um den Tisch versammelt hatten, um ihren allabendlichen Gin Tonic zu trinken, bevor sich heute sicher jeder von ihnen früh zurückziehen würde. Einzig Harald fehlte. Er hatte sich schon früh verabschiedet, die heutige Fehlplanung schien ihn noch immer zu belasten.

Es herrschte eine idyllische Stimmung, doch irgendetwas fiel mir auf. Plötzlich wurde es mir bewusst: Leo fehlte.

Mir gegenüber hatte er nicht erwähnt, dass er schon ins Zelt gehen würde. Eigenartig. Völlig in Gedanken versunken, nippte ich lustlos an meinem Gin, da entdeckte ich plötzlich zwei Schatten am Rand des Lagers, ganz in der Nähe unseres Zeltes. Zuerst erschrak ich, da ich dachte, es wären Wildtiere eingedrungen, doch dann erkannte ich zwei Gestalten, die sich umarmten.

Hatte einer der Wildhüter seine Frau mit im Lager? Ich konnte die Szene nicht einordnen. Dann trat die kleinere Gestalt in den Schein des Feuers und bewegte sich auf mich zu. Marie! Mir fiel es wie Schuppen von den Augen. Nicht nur Leo fehlte, auch sie war nicht bei den anderen. Leo und Marie? War er die andere Gestalt in der Dunkelheit? Alles schien sich plötzlich zu lichten. War das möglich?

Das Blut rauschte in meinen Ohren und ich konnte die Situationen in den vergangenen Tagen wie ein Puzzle zusammenlegen. Zwischen den beiden lief etwas. Sie hatten eine Affäre. Ganz bestimmt! Es war mehr als eindeutig. Wieso hatte ich das nicht schon viel früher kapiert?

Der vertraute Umgang seit Beginn der Reise, Leos ständige Hilfsbereitschaft Marie gegenüber, seine miserable Laune, wenn es um mich ging. All das ergab plötzlich einen Sinn. In der Sunbird Lodge war Leo erst Stunden später in den Bungalow gekommen, ich hatte längst tief geschlafen. War er bei Marie gewesen? Klar, ich hatte ihm das vorgeworfen, aber doch eigentlich selbst nicht daran geglaubt. Der Vorwurf war nur aus meiner Wut gekommen. Ich hatte ihm das Nächstbeste an den Kopf geworfen, das mir einfiel. Ich war eifersüchtig gewesen, dass er sich mehr um Marie als um mich kümmerte. Nie im Traum wäre ich darauf gekommen, dass Marie da mitspielt. Das konnte doch nicht sein, Harald hatte krank im Bett gelegen. Sie hatte sich doch sicher um ihn gekümmert.

Keine Ahnung wie lange das schon so ging …

Obwohl ich längst beschlossen hatte, mich von Leo zu trennen, durchfuhr mich plötzlich ein tiefer Schmerz. Wieso musste es so schrecklich enden? Ich hatte mir immer gewünscht, als Freunde auseinanderzugehen, falls die Liebe zwischen uns jemals verblassen würde. Es tat fast körperlich weh!

Marie hatte mich entdeckt und winkte mir zu, als sie in meine Nähe kam. Wie konnte sie sich nur so verstellen und sich sicher sein, dass ich von allem nichts bemerkt hatte?

»Ganz allein hier draußen? Komm doch mit hinein, ich brauch noch einen Schlummertrunk.«

»Lass nur, Marie. Ich bleibe lieber hier draußen.«

»Genieß es! Falls du noch einen Absacker möchtest, Gin gibt's genug!«

»Danke, ich bin versorgt.«

Ich war kaum in der Lage zu antworten, ohne dass sie merkte, wie ich mich fühlte. Mir schnürte es die Kehle zu.

In diesem Moment trat Leo aus der Dunkelheit und ging schnurstracks ins Zelt hinein. Das war der Beweis! Er hatte mich nicht einmal bemerkt. Als er sich seinen Gin eingoss, legte er wie selbstverständlich den Arm um Maries Schulter und sagte etwas in die Gruppe hinein. Lautes Gelächter folgte. Das durfte doch nicht wahr sein!

Diese Unverfrorenheit schockierte mich am meisten. Alle konnten doch sehen, wie die beiden Harald und mir Hörner aufsetzten! Waren außer uns etwa alle im Bilde?

In meiner Verzweiflung schoss ich von meinem Sessel auf, sodass dieser umfiel. Kovu war aufmerksam geworden.

»Was ist los, Madame?«

»Ich möchte ins Zelt, Kovu. Kannst du mich bitte begleiten?«

Stumm nahm er seine Fackel und verschwand vor mir in der Dunkelheit.

Ungefähr auf halber Strecke sah ich Pedro allein vor dem Zelt sitzen. Er las im Schein seiner Lampe. Ich hatte gar nicht bemerkt, dass er nach dem Abendessen verschwunden war. Seit dem Vorfall am Steg waren wir nicht mehr ins Gespräch gekommen. Ich hoffte, er würde mich nicht erkennen.

»Du gehst schon zu Bett, Eliza? Allein?«

»Ja, war heute ein anstrengender Tag und morgen müssen wir früh raus.«

Kovu blieb stehen. Pedro erhob sich von seinem Sessel und trat einen Schritt auf mich zu. Behutsam legte er mir seine kräftige Hand auf die Schulter:

»Ich hoffe, es geht dir gut. Falls du mich brauchst, ich schlafe hier nebenan. Kovu war so freundlich, ich hab ihn darum gebeten.«

Fassungslos starrte ich ihn an.

»Mein Schlaf ist nicht sehr tief, du musst nur nach mir rufen. Ich lasse es nicht zu, dass er dir noch einmal wehtut.«

Gott sei Dank verstand Kovu uns nicht.

»Bitte, Pedro, es ist alles in Ordnung … bin nur müde«, erwiderte ich mit tränenerstickter Stimme. »Ich möchte jetzt allein sein.«

Pedro trat einen Schritt zur Seite und ließ mich vorbei.

»Ich bin für dich da, wenn du mich brauchst. Bitte melde dich, okay, Eliza?«

In diesem Augenblick fühlte ich mich so zerbrechlich. Ich war nicht in der Lage, irgendetwas zu sagen. Stumm folgte ich Kovu in die Dunkelheit.

Beim Zelt angekommen, bedankte und verabschiedete ich mich hastig, öffnete den Eingang und verschloss ihn sofort hinter mir. Ohne mich auszuziehen, ließ ich mich aufs Bett fallen. In meiner Tasche in Griffweite suchte ich verzweifelt und leider erfolglos nach einer Schlaftablette. Mist! Die Tabletten sollten mich in einen tiefen und heiß ersehnten Schlaf führen, mir die Ruhe geben, die ich so dringend brauchte. Meine Gedanken kreisten nur noch und ich war völlig aufgewühlt. Es wurde mir einfach alles zu viel. Ich wollte nur noch schlafen.

Pedro! Er war als Einziger in der Lage, das ganze Trauerspiel zu durchschauen. Manchmal hatte ich das Gefühl, dass er fähig war, in mein Innerstes zu blicken. Ihm konnte ich nichts vormachen.

Das machte mir Angst und freute mich gleichzeitig. Einerseits wollte ich auf keinen Fall, dass er sich einmischte, andererseits fühlte ich mich auf eine seltsame Weise zu ihm hingezogen. Er war Gentlemen genug, um mich nicht vor dem Rest der Gruppe bloßzustellen.

Niemand schien zu merken, was hier gespielt wurde. Ob Harald was ahnte? Sollte ich ihn darauf ansprechen oder direkt mit Marie reden?

Ein seltsames Geräusch außen an der Zeltplane riss mich aus meinen Fantastereien. Rhythmisches Scharren und Rascheln, als ob da draußen ein Tier wäre. Ich war sofort hellwach. Mein ganzer Körper war angespannt und bereit zur Flucht. Doch wohin? Ich war gefangen in diesem Zelt. Starr vor Angst. Mein erster Gedanke: Löwen! Sollte ich schreien oder mich ruhig verhalten? Ich hatte nicht die leiseste Ahnung. Irgendetwas an diesem Geräusch kam mir bekannt vor, das beruhigte mich unterbewusst.

Ganz vorsichtig, auf Zehenspitzen, schlich ich mich durch die Dunkelheit zum Zelteingang, dem unheimlichen Geräusch entgegen. Nur mit zwei Fingern versuchte ich, die Zeltplane neben dem Eingang etwas anzuheben. Am Abend hatte ich gesehen, dass sich dort eine Art Fenster befand, ein Fliegengitter von einer Plane überzogen. Mein Herz pochte bis zum Hals, ich konnte nicht atmen vor lauter Anspannung, als ich in Zeitlupentempo die Plane hochhob. Was ich im Schein des Mondlichts erkannte, zauberte mir augenblicklich ein Lächeln ins Gesicht: Zwei Zebras grasten völlig unbeeindruckt direkt vor meinem Zelt. Mit weichen Nüstern durchkämmten sie das Gras und ihre Atemluft bildete kleine Nebelschwaden in der kalten Luft. Leise, um die reizenden Tiere nicht zu stören, zog ich mich wieder zurück.

Zurück im Bett genoss ich die Geräusche der Nacht. Wiederholt hörte ich in der Ferne das Brüllen eines

Löwen und die Rufe der Hyänen. Ich fühlte mich seltsam sicher unter der warmen Bettdecke, wusste ich doch, dass Pedro ganz in der Nähe war. Eingelullt von den Stimmen der Tiere fiel ich bald in einen tiefen Schlaf.

Masai Mara II

Der Morgen war erstaunlich kühl, ich fröstelte, als ich zum wartenden Jeep ging. Kovu und seine Männer erwarteten uns schon. Aus dem Hauptzelt stiegen kleine Rauchwolken in den Himmel und der köstliche Duft von frisch gebackenem Brot lag in der Luft. Mein Magen knurrte, doch er würde sich noch etwas gedulden müssen. Zuerst wollten wir auf unserer morgendlichen Pirschfahrt die Masai Mara erkunden, dieses riesige, zur Serengeti gehörende Grasland. Die mehr als 1 500 Quadratkilometer große Savanne wurde nur vom Volk der Masai bewohnt. Ansonsten war dieses Gebiet völlig menschenleer. Für eine Europäerin wie mich kaum vorstellbar! Bisher war ich nur in Regionen gewesen, in denen jederzeit eine Stadt zumindest in Reichweite war.

Ich war gespannt, was der Tag heute alles bringen würde. Er hatte nicht gerade freundlich begonnen. Oder eigentlich doch:

Als ich ein Plätschern vor unserem Zelt hörte, musste ich mich zuerst orientieren, so tief hatte ich geschlafen. Im Halbdunkel erkannte ich Leo in seinem Bett. Sein ruhiger und regelmäßiger Atem zeigte, dass er noch tief und fest schlief. Er wäre mir vermutlich keine große Hilfe gewesen, hätte sich eines der gefährlichen Tiere in der vergangenen Nacht hierher verirrt, war mein erster Gedanke. Unwichtig. Immerhin fühlte ich mich deutlich erholter als zuvor. Der Schlaf mitten in dieser unberührten Natur, auf den primitiven Feldbetten, hatte mir gutgetan. Vorsichtig, um Leo nicht zu wecken, öffnete ich den Zelteingang.

Direkt davor stand eine Schüssel mit dampfendem Wasser auf einem Dreibein. Das war bestimmt Kovus Werk, dachte ich dankbar. Nebelschwaden stiegen vom Fluss auf und tauchten die gesamte Umgebung in eine gespenstisch schöne Stimmung. Die Luft roch nach feuchter Erde. Der Wald erwachte und die Rufe zahlreicher Vögel in nächster Umgebung durchdrangen die morgendliche Stille. Möglichst ohne Lärm zu machen, setzte ich mich auf einen der Sessel vor dem Zelt und genoss den Augenblick. Safari-Feeling pur!

Nachts bei unserer Ankunft hatte alles viel weiter entfernt gewirkt. Im Morgengrauen konnte ich sehen, dass die Zelte in einem riesigen Halbkreis um das Hauptzelt angeordnet waren. Alle schienen noch zu schlafen. Plötzlich entdeckte ich Pedro, der nur mit einer khakifarbenen Cargohose bekleidet aus dem Zelt trat.

Er hatte mich noch nicht bemerkt. Als er seinen muskulösen Oberkörper über das Wasser beugte, fühlte ich mich wie eine Spannerin, doch ich genoss den Anblick. Er sah einfach umwerfend aus! Als er mit seinen Fingern durch das feuchte, schwarze Haar strich, stockte mir der Atem. Pedro passte vollkommen in diese Umgebung. Er wirkte, als hätte er nie etwas anderes getan. Ein Abenteurer.

Nun drehte er sich in meine Richtung und winkte mir zu, prompt spürte ich, wie mir das Blut in die Wangen stieg.

»Guten Morgen, Eliza! Ich hoffe, du hast gut geschlafen.«

Er schenkte mir ein strahlendes Lächeln und ich konnte nur noch, stotternd wie ein Teenager, antworten:

»Hi, guten Morgen!«

Ich fühlte mich ertappt und kam mir unendlich blöd vor, am liebsten wäre ich im Erdboden versunken. Trotzdem konnte ich nicht anders und schaute noch mal kurz hin, lächelte ihn an. Sein Anblick war zu verlockend. Pedro zwinkerte mir spitzbübisch zu und grinste übers ganze Gesicht. Er hatte mich durchschaut! Wieder errötete ich. Wie konnte das sein? Ich kannte ihn ja kaum, doch er verwirrte mich zunehmend.

Auf einmal hörte ich ein Rumoren im Zeltinnern, schnell drehte ich mich um und trat in mein Zelt. Auf keinen Fall wollte ich nochmals einen unnötigen Konflikt schüren.

»Morgen, Leo. Kovu hat heißes Wasser gebracht.«

»Morgen.«

Es war kaum mehr als ein kurzes Brummen, das Leo von sich gab. Mir sollte es recht sein, für mich gab es ohnehin nicht mehr viel zu reden. Dennoch tat mir sein abweisendes Verhalten immer wieder weh, schmerzte tief.

Schnell wendete ich mich ab und schlüpfte in meinen dicken Pulli. Er sollte nicht merken, wie ich mich fühlte, schließlich interessierte er sich nicht mehr für mich. Die Schmach, dass er mich auslachte oder gar wieder aggressiv wurde, wollte ich mir ersparen. Beim Hinausgehen warf ich mir noch rasch eine Jacke über und ließ Leo im Zelt zurück. Sollte er doch selber sehen, wo er blieb! Ich ertappte mich bei dem Wunsch, die Löwen hätten IHN verspeist, nicht eine dieser unschuldigen Antilopen. Im selben Augenblick schämte ich mich schrecklich für meine bösen Gedanken.

Leo hin oder her, jetzt war es Zeit für die erste Safari meines Lebens!

Rasch hatten wir den schützenden Wald hinter uns gelassen und die Savanne breitete sich mit ihrer ganzen Schönheit vor uns aus. Auf dem hohen Gras glitzerten Tautropfen wie kleine Edelsteine und Nebelfetzen hingen in der Luft. Das Licht des erwachenden Tages verlieh dem Horizont einen blasslila Schimmer, ein unglaubliches Schauspiel. Die klirrend kalte Luft brannte in meinem Gesicht und ich drückte mich tiefer in meine Jacke. Schon nach wenigen Minuten erspähten wir die ersten Antilopenherden. Genüsslich fraßen sie das saftige Grün, froh wieder eine Nacht ihren Häschern entkommen zu sein. Nur wenige Meter daneben entdeckten wir eine Löwenfamilie, die ihre vollgefressenen Leiber in den Himmel streckte. Sie putzten ihr Fell, einige schliefen. Auch wenn sie uns nicht zu beachten schienen, entging mir der aufmerksame Blick der Weibchen nicht. Zwei der Tiere näherten sich sogar neugierig.

Aufgeregt beobachtete ich die Großkatzen aus nächster Nähe. Bisher hatte ich ja keine Vorstellung, wie gewaltig diese Tiere sind. Jeder Körperteil ist ein Muskel, jede Tatze so groß wie ein Teller, jeder Schritt so anmutig und bedacht, das Fell golden wie die Sonne und die Augen … die Augen so durchdringend und wild, dass mir das Blut in den Adern gefror. Aufmerksam schlichen die zwei Damen um den parkenden Wagen, kaum zwei Meter entfernt. Das hier waren keine Löwinnen aus dem Krüger Nationalpark, wurde mir schlagartig bewusst. Keine dieser Katzen, die an täglich vorbeifahrende Autos gewöhnt sind. Nein, hier befanden wir uns in einer der abgelegeneren Regionen.

Der Guide hatte uns schon in der Früh instruiert: keine ruckartigen Bewegungen, keinen Mucks, bloß nicht aufstehen. Großkatzen nahmen Geländewagen als einheitliche Objekte wahr. Sie sahen nicht in Farbe, sondern in Grautönen. Deshalb sollten wir neutrale Farben tragen. Trotzdem wurde mir etwas mulmig, als einer der Löwinnen lange in meine Richtung starrte. Ich hielt den Atem an. Konnte sie mich riechen? Wusste sie, dass ich hier war? Sprang sie gleich in meine Richtung? Und diese Augen … kein einziges Zwinkern, nur ein eiskalter Blick. Ich versuchte, mich selbst zu beruhigen, in dem ich mir in Erinnerung rief, dass sie ja gerade gefressen hatte.

Ganz in der Nähe befanden sich drei männliche Löwen, deren Mähnen allesamt noch im Wachstum waren – Söhne, die ihre Mutter noch brauchten. Die Jungs lagen im Gebüsch, sie schienen neugierig, aber gleichzeitig zu faul, um sich groß um uns zu kümmern. Löwenmännchen verbrachten die meiste Zeit ihres Lebens dösend. Sie deshalb aber als faul zu bezeichnen, würde ihnen nicht gerecht. In jungen Jahren, bevor die Männchen ihr eigenes Rudel fanden, mussten sie selber jagen. Ansonsten war allgemein bekannt, dass die Löwinnen eines Rudels für die Jagd zuständig waren. Genau aus diesem Grund ließ ich die hübsche Lady auch keinen Augenblick aus den Augen, während wir sie aus vermeintlicher Sicherheit beobachteten.

Inzwischen hatten wir den Fluss erreicht, der sich neben uns durch die Landschaft schlängelte. Auf kleinen Inseln in der Flussmitte sonnten sich zahlreiche Krokodile. Wie starre Zeugen aus längst vergangener Zeit lagen sie reglos im Sand. Nichts deutete darauf hin, dass diese riesigen Echsen lauernde Jäger waren, jederzeit bereit die scharfen Zähne ins Fleisch ihrer Beute zu stoßen, um überleben zu können. Fressen und gefressen werden – so lautete hier die Devise. Beim Anblick der edlen Tiere zog eine Gänsehaut über meinen Rücken. Ich genoss dieses Gefühl zwischen Spannung, Neugier und ein klein wenig Angst.

Geraume Zeit später wendete Kovu plötzlich den Jeep und steuerte direkt auf die steile Uferböschung zu. Als ob das Fahrzeug vornüber ins Wasser kippen würde, passierten wir die steile Kante. Wo um alles in der Welt wollte er hin? Mir entwich ein spitzer Schrei, als der Kotflügel an einem Stein entlangschrammte und das Auto in gefährliche Schieflage geriet. Alle Muskeln in meinem Körper spannten sich an. Ich versuchte, mich irgendwo festzuhalten. Die Knöchel meiner Finger traten weiß hervor, während ich verzweifelt versuchte, nicht aus dem Wagen zu fallen.

Alles ging Schlag auf Schlag. Kovu betätigte mehrere Schalthebel, setzte vor und zurück und befreite uns so aus der misslichen Lage. Ihm war nichts anzumerken, er wirkte völlig entspannt. Schon tauchten die Vorderräder in den Marafluss ein. Wasserfontänen spritzten hoch, während er durch den ersten Teil der Furt raste.

Das Wasser stand gefährlich hoch und schwappte immer wieder über die Seiten. Plötzlich drosselte er das Tempo und balancierte den Wagen förmlich über riesige Felsplatten in der Flussmitte. War das tatsächlich ein Übergang? Konnte das möglich sein?

Ich kannte bisher keinen Menschen, der in der Lage gewesen wäre, diesen Fluss mit einem Fahrzeug zu durchqueren. Nochmals kippte das Fahrzeug massiv zur Seite, doch diesmal war deutlich zu hören, wie die Vorderräder durchdrehten. Wir kippten immer mehr und plötzlich gab Kovu hektische Anweisungen. Kurz zuvor hatte er sich noch angeregt mit Leo unterhalten, als ob er auf einem Highway durch die Landschaft düsen würde!

Die Männer sprangen ins hüfttiefe Wasser und versuchten mit vereinten Kräften, den Jeep wieder in die Fahrrinne zu wuchten. Jetzt hatten wir offensichtlich ein handfestes Problem! Kovu fluchte laut vor sich hin. Sein Gesicht war verzerrt vor Anspannung. Ich klammerte mich verzweifelt an meinen Sitz und versuchte, das Gewicht auf die andere Wagenseite zu verlagern, um die Männer bei ihrem Unterfangen zu unterstützen. Meine Gedanken galten vor allem den Krokodilen, die wir eben noch flussabwärts gesehen hatten. Die Männer waren ihnen im Wasser schutzlos ausgeliefert!

Ein letztes Aufbäumen, die Reifen fanden Halt auf dem rutschigen Untergrund und der Wagen rollte wieder an. Die Erleichterung war den Männern anzusehen. Schnell war die kleine Böschung am anderen Ufer überwunden und nach und nach kletterten alle wieder in den Wagen. Kovu grinste erleichtert: »Thank god, no crocodile!« Das konnte man laut sagen: »Thank god!« Wir hatten riesiges Glück gehabt! Wie groß, erkannten wir schon wenige Minuten später.

Die Route folgte weiter dem Fluss, als zahlreiche kreisende Geier unsere Aufmerksamkeit erregten. Direkt unter uns war im Wasser ein großer Tumult. Mehrere riesengroße Krokodile machten den Geiern einen im Fluss treibenden Kadaver streitig.

Widerlich süßlicher Geruch von Aas lag in der Luft. Die Vögel versuchten immer wieder, einen Leckerbissen zu ergattern, das wilde Durcheinander der Krokodile hielt sie nicht davon ab. Die Geier stoben wild durcheinander, um nicht selbst Opfer eines der gefährlichen Tiere zu werden. Philipp war begeistert. Hier boten sich ihm unzählige Fotomotive aus nächster Nähe, wie er sie sonst nirgendwo bekommen würde. Darauf hatte er gewartet. Afrika war ein Eldorado für jeden Hobbyfotografen. Fantastisch! Es machte Spaß, ihm dabei zuzusehen, mit welcher Leidenschaft er versuchte, die besten Motive einzufangen. Auch Harald hatte das Fotofieber erfasst und er konzentrierte sich auf die atemberaubenden Motive rings um uns.

Keiner von uns war je auf Safari gewesen, somit waren die Eindrücke für uns alle überwältigend. Die Zeit verging wie im Flug, während wir durch die endlosen Weiten der Savanne fuhren. Es gab unzählige Dinge zu entdecken. Die einzelnen, hoch in den Himmel aufragenden Bäume verschafften der Landschaft den Eindruck, von Flecken überzogen zu sein. Die Einheimischen hatten diesem paradiesischen Flecken Erde einen besonderen Namen gegeben: Masai Mara – das gefleckte Land der Masai.

Am Horizont tauchte plötzlich ein riesiger, bunter Heißluftballon auf. Der Anblick war spektakulär! Ein überdimensionaler Farbklecks, der lautlos auf uns zuschwebte. Diese sanfte Art zu reisen, passte wunderbar zu der unberührten Natur. Langsam glitt der Ballon durch die Lüfte, die Tiere ließen sich durch den großen Schatten nicht beirren. Einer Wolke gleich schwebte er über sie hinweg. Ich sog die Eindrücke dieses Tages mit all meinen Fasern in mich auf. Die Umgebung nahm Besitz von mir und ließ mich eine innere Ruhe spüren, eine Leichtigkeit, die mir bislang fremd war. Zum ersten Mal dachte ich nicht mehr darüber nach, was noch passieren würde.

Ohne es überhaupt zu bemerken, waren wir wieder zum Camp zurückgefahren. Erst auf den letzten Metern erkannte ich den Weg durch das Dickicht. Kovus Männer hatten inzwischen auf einem riesigen Tisch vor dem Hauptzelt zahlreiche lokale Köstlichkeiten vorbereitet. Es war beeindruckend, was diese Männer leisteten.

Auf Holzfeuern, mitten im Niemandsland, zauberten sie für uns ein Festmahl. Vor dem Lunch blieb noch etwas Zeit, diese wollte ich nutzen, um endlich mal zu duschen. Kovu hatte mir angeboten, dass einer seiner Männer für mich Wasser aus dem Fluss holen würde. Endlich konnte ich den Staub und den Schweiß der letzten Tage loswerden. Im Zelt bereitete ich rasch alles vor. Als ich mich ausgezogen hatte, sah ich plötzlich einen der Männer direkt hinter dem Zelt. Im Schatten der Bäume konnte ich durch das Insektengitter nur seine Augen erkennen. Panisch suchte ich nach einem Handtuch, um meine nackte Haut zu bedecken. Er blickte völlig unbeeindruckt weiterhin durch das Gitter:

»Wanna have a shower, Madam?«

Ich musste trotz meiner unangenehmen Lage lachen und antwortete:

»Yes, please.«

Er grinste mich nur an und nickte. Was dachte dieser Mann nur von mir? Wie ein aufgescheuchtes Huhn war ich nackt im Bad umhergerannt, während er nur darauf wartete, Wasser in den Behälter oberhalb des Zeltes zu gießen, damit ich duschen konnte. Wie verrückt war das denn? Das Wasser war eiskalt, mir blieb die Luft weg! Zügig spülte ich den Sand aus meinem Haar und schrubbte die Haut sauber. Während ich mich mit dem Handtuch trocken rubbelte, kribbelte mein ganzer Körper. Dieses angenehm saubere Gefühl war fantastisch. Schnell schlüpfte ich in ein paar frische Sachen.

In der Zwischenzeit hatten sich alle am großen Tisch eingefunden und tauschten angeregt die Erlebnisse des heutigen Tages aus. Da wir mit zwei Fahrzeugen unterwegs waren, gab es viel zu erzählen. Ich ließ mich von den angeregten Gesprächen und dem Stimmengewirr einlullen und war froh, nur zuhören zu müssen. Nach dem köstlichen Mahl gingen die Diskussionen weiter. Von den anderen unbeachtet legte ich mich in eine der Hängematten, die zwischen den Bäumen hing, um zu lesen. Die letzten Tage waren gespickt mit Erlebnissen und mein Körper lechzte nach Entspannung.

Sonnenstrahlen, die durch das dichte Blätterdach fielen, ließen unzählige Schatten über mir tanzen. Diese Ruhe war wie Balsam für meine Seele. Schon nach wenigen Zeilen übermannte mich die Müdigkeit.

Keine Ahnung wie lange ich geschlafen hatte, doch das Lager wirkte wie ausgestorben, als ich erwachte. Ich sah nur Kovu, der neben dem Lagerfeuer döste, mit dem Rücken an einen der Bäume gelehnt. Da wir schon so früh aufgestanden waren, hatten wohl noch mehr die Chance auf ein Mittagsschläfchen genutzt, bevor wir zum nächsten Game Drive aufbrechen würden.

Auf dem Weg zum Zelt hatte ich ein eigenartiges Gefühl in der Magengegend, doch ich konnte nicht sagen, woher. Etwas Unheilvolles lag in der Luft. Nirgends im Lager waren Menschen zu sehen. Als ich vor unserem Zelt ankam, hörte ich leise Geräusche.

»Leo?«

Keine Antwort.

Ich öffnete die Plane und machte einen Schritt in das halbdunkle Innere. Was mich dort erwartete, sprengte meine Vorstellungskraft.

Auf dem Bett vor mir lagen zwei nackte Körper eng umschlungen, die sich im gemeinsamen Rhythmus bewegten. Nur ihr unterdrücktes Stöhnen war zu hören, sie hatten mein Eindringen nicht bemerkt. Es fühlte sich an, als ob mir jemand den Boden unter den Füßen wegreißen würde: Leo und Marie!

Ich war unfähig, mich von der Stelle zu bewegen oder meinen Blick abzuwenden. In meinem Hirn lief alles wie in Zeitlupe ab: Der schweißnasse Rücken von Leo, die Beine von Marie, die um seine Hüften lagen, die

Bewegungen seines Beckens, während er immer wieder in sie hineinstieß!

In diesem Moment bemerkte mich Marie. Sie wurde kreidebleich und starrte mich an. Sofort schob sie Leo von sich weg:

»Eliza!«

Leo drehte sich mit vor Entsetzen geweiteten Augen um.

»Was soll das? Ihr seid widerlich! Ich hole jetzt sofort Harald!«

»Das wirst du nicht tun!«

Leo war aufgesprungen und stand bedrohlich vor mir.

»Bleib sofort stehen, ich kann dir alles erklären!«

Marie trat auch vor mich und versuchte, mich zu beruhigen. Ich wollte nur noch weg. Es war vorbei. Alles zerstört. Wie lange hatten die beiden mich schon getäuscht? Schnell drehte ich mich um und machte einen Schritt Richtung Ausgang, doch Leo fasste nach meinem Handgelenk und riss mich zurück.

»Lass deine Finger von mir! Wage es ja nicht, mich anzufassen! Ich geh jetzt zu Harald. Er soll wissen, was hier vor sich geht,« fauchte ich ihn an und versuchte mich aus seinem harten Griff zu befreien.

Pure Panik stand Leo im Gesicht, während er mich weiter festhielt:

»Du wirst gar nichts tun!«

In diesem Moment stieß er mich mit unglaublicher Wucht von sich, ich taumelte und stürzte nach hinten und prallte mit dem Kopf gegen einen harten Gegenstand. Es wurde dunkel um mich.

Bevor ich endgültig das Bewusstsein verlor, hörte ich Marie, die panisch schrie:

»Du hast sie getötet, Leo! Sieh nur das viele Blut! Sie bewegt sich nicht mehr. Oh Gott, sie ist tot!«

Was dann passierte, sollte ich erst später erfahren. Wie aufgeregt Marie und Leo waren, während ich so vor ihnen lag, konnte ich mir vorstellen. Mit so etwas hatte bei Gott niemand gerechnet.

Marie war auf ihre Knie gesunken und blickte Leo panisch an:

»Mach was! Das wollte ich nicht! Wir müssen Hilfe holen!«

Leo trat zu Marie und legte ihr energisch die Hand auf den Mund:

»Sei sofort still! Du rufst noch das ganze Camp zusammen!« Marie starrte Leo mit vor Angst geweiteten Augen an und nickte.

»Ich wollte sie doch nicht töten. Verdammte Scheiße! Wir müssen sofort weg von hier!«

»Was sollen wir tun, Leo? Sie werden uns einsperren!«

»Beruhig dich endlich. Dein Gezeter hilft uns jetzt auch nicht. Halt sofort die Klappe, ich muss nachdenken!«

Marie beugte sich über den leblosen Körper und strich Eliza mit zitternden Fingern eine Strähne aus dem Gesicht:

»Es tut mir so leid«, flüsterte sie verzweifelt.

Tränen verschleierten ihren Blick, als Leo sie grob an der Schulter hochriss: »Lass das! Davon wird sie auch nicht mehr lebendig! Wir müssen jetzt überlegen, wie wir von hier wegkommen. So schnell wie möglich. Niemand darf was bemerken!«

Marie schüttelte nur stumm den Kopf. Seine Kälte machte ihr Angst. Wieder sagte sie: »Sie werden uns einsperren!«

Leo ging hektisch im Zelt auf und ab.

»Halt endlich den Mund! Ich weiß, was wir tun. Ich hole den Guide, der mir heute Morgen ein Angebot für die Privatsafari gemacht hat. Weißt du, welchen ich meine? Der ist korrupt genug, der bringt uns bestimmt nach Nairobi, wenn ich ihn ordentlich bezahle. Du wartest hier auf mich. Rühr dich nicht vom Fleck!«

Noch ahnte niemand etwas von den sich überstürzenden Ereignissen des Nachmittags. Keiner hatte auch nur die leiseste Ahnung, was für schreckliche Szenen sich in unserem Zelt abgespielt hatten.

Auf Kovus Bitte hatten sich alle im Gemeinschaftszelt versammeln sollen, um die Details möglicher Gefahren zu klären. Bei Einbruch der Dunkelheit galt besondere Vorsicht, selbst eine kleine Panne konnte fatale Folgen haben. Die Nacht brach hier schnell herein und damit auch die Zeit der Jäger. Die Gefahr, durch eine Unvorsichtigkeit Opfer eines Raubtiers zu werden, war des Nachts ungleich größer als tagsüber. Kovu ging lieber auf Nummer sicher. Auch ich hatte vorgehabt, dabei zu sein, bevor sich diese grauenhafte Szene abspielte. Die restliche Truppe hatte ungeduldig auf das Eintreffen der Fehlenden gewartet, bis Pedros Schreie die Ruhe des Dschungels zerrissen.

»Eliza, hörst du mich?!«

War das Pedros Stimme? Ich hatte das Gefühl, alles um mich herum würde sich drehen. Doch, das war Pedro, ich erkannte eindeutig seine Stimme. Und ja, jetzt wurde langsam alles klarer um mich herum.

»Eliza, komm schon! Bitte, wach auf!«

Pedro hob mich langsam hoch. Selbst durch meine halb verschlossenen Augen sah ich die Sorge in seinem Gesicht.

»Pedro?«

Mein Kopf dröhnte, er fühlte sich an, als würde er gleich platzen. Ich wollte wissen, woher der Schmerz kam, und strich mir suchend über die schmerzhafte Stelle an meinem Hinterkopf, betastete sie vorsichtig. Pedro versuchte sanft, mich davon abzuhalten.

Als ich das Blut an meinen Fingern sah, blickte ich ihn fassungslos an:

»Ich blute! Hatte ich einen Unfall? Pedro?«

Meine Zunge fühlte sich pelzig an, als ob ich tagelang nichts getrunken hätte. Ich musste mich anstrengen, um überhaupt ein Wort herauszubringen.

Pedros Lippen bebten und obwohl ich benommen war, sah ich deutlich, dass er mit den Tränen kämpfte. Was um alles in der Welt war hier los?

»Eliza, du lebst!« Mit diesen Worten zog er mich fest an seine Brust und bedeckte meinen Kopf mit Küssen.

»Keine Ahnung, was passiert ist, du lagst hier am Boden. Ich hab dich gefunden, als ich nach Leo gesucht habe!«

»Wieso?«

»Ich weiß es nicht, Eliza. Wir waren wie üblich vor dem Hauptzelt verabredet und warteten. Leo war nicht da. Ich hatte dermaßen die Schnauze voll von Leos Sonderbehandlungen! Wieso mussten immer alle auf ihn warten? Da bemerkte ich, dass auch du fehltest, was gar nicht zu dir passt. Ich beschloss, euch zu suchen, damit wir noch aufbrechen konnten, bevor es dunkel wurde.«

Dann erzählte mir Pedro, wie er mich gefunden hatte:

»Ich hatte mir vorgenommen, kein Blatt mehr vor den Mund zu nehmen. Mir ist die Arroganz dieses Typen so zuwider. Ich lief zu eurem Zelt und rief nach Leo – keine Antwort. Von innen war nicht das leiseste Geräusch zu hören und so riss ich die Plane zur Seite. Als ich hineinblickte, erstarrte ich vor Schreck: In einer riesigen Blutlache am Boden lag dein Körper, wie leblos. Ich schrie auf und rief deinen Namen. Verzweifelt suchte ich nach einem Lebenszeichen. Ich zitterte am ganzen Körper, als ich mich über dein Gesicht beugte, in der Hoffnung, dass du atmest!«

Ich hörte ihm stumm zu. Konnte nicht fassen, was er da erzählte.

»Ich weiß, ich bin Arzt, doch in diesem Moment war ich wie betäubt. Am Boden vor mir lag kein Patient, das warst du, Eliza! Du hast dich nicht bewegt und ich wusste nicht, was geschehen war. Ich beugte mich über deinen geöffneten Mund, um zu prüfen, ob du noch atmest.«

Pedros Wangen waren gerötet, als er fortfuhr:

»Ich atmete tief durch, sammelte Kraft und konzentrierte mich auf meine ärztliche Aufgabe. Dann spürte ich einen Luftzug aus deinem Mund, nur ganz leicht, doch ich wusste: Du lebst!«

Obwohl ich Pedro gebannt zuhörte, konnte ich seine Worte kaum begreifen. Ich drückte meinen Kopf noch fester an seine Brust, hier fühlte ich mich sicher. Langsam kam die Erinnerung zurück, doch ich wollte ihn nicht unterbrechen. Er bebte förmlich.

»Erst jetzt war ich in der Lage, um Hilfe zu rufen und es gelang mir, dich routiniert zu untersuchen. Ich drehte dich vorsichtig zur Seite, um dir das Atmen zu erleichtern. Als Kovu und Harald zu uns stießen, warst du noch immer nicht bei Bewusstsein. Sie beobachteten uns nur und waren wir erstarrt. Kovu traute sich als Erster zu fragen, ob du noch lebst und ob ich wisse, was passiert sei.«

Pedro stellte an meinem Hinterkopf eine grässliche Wunde fest, sie erklärte das viele Blut. Ansonsten konnte er keine äußeren Verletzungen ausmachen.

Nun fügte sich alles zusammen, ich konnte mich wieder erinnern. Leo! Ich hatte ihn mit Marie erwischt! Mehr wusste ich nicht mehr. Was war danach geschehen? Leo und Marie – noch immer konnte ich es nicht fassen. Ich wusste nicht, wie ich es den anderen erklären sollte.

»Wo ist Leo? Wir müssen ihm sofort Bescheid sagen!« Harald, den ich erst jetzt bemerkte, wirkte völlig durcheinander. Hektisch ging er im Zelt auf und ab und fuhr sich verzweifelt durchs Haar.

»Ich glaube kaum, dass du ihn findest. Das hier war kein Unfall«, sagte Pedro. Er deutete auf die blutbesudelte Kante am Schreibtisch. Der Sturz hatte eine deutliche Spur hinterlassen. Er kniete noch immer neben mir und hielt vorsichtig meinen Kopf.

»Harald, geh in mein Zelt und hol das Verbandszeug! Es ist in meiner Tasche.«

»Wie meinst du das – kein Unfall?«, fragte Harald.

»Geh jetzt, hab ich gesagt!«

»Tut mir leid, bin gleich wieder da.«

Mit diesen Worten stürzte er aus dem Zelt und kam wenige Augenblicke später mit dem Verlangten zurück. Kovu hatte inzwischen eine Decke über meine Schultern gelegt.

»Harald, beruhig dich! So bist du mir keine Hilfe. Eliza hat vermutlich eine Gehirnerschütterung, sie wird schon wieder. Geh und informiere die anderen. Ich will allerdings keinen Auflauf hier. Bring nur Marie mit, ich brauche ihre Unterstützung, wenn ich die Wunde nähe.« Harald flüchtete förmlich aus dem Zelt.

»Pedro, ich muss dir was sagen.«

»Psst, Eliza, nicht jetzt. Du brauchst Ruhe.«

»Doch, es ist wichtig, Pedro. Es war kein Unfall. Sie sind bestimmt nicht mehr hier.«

Pedro blickte mich fassungslos an und Harald platzte atemlos ins Zelt.

»Leo ist weg! Einer der Jeeps fehlt und ich kann Marie nirgends finden!«

Er starrte uns mit weit aufgerissenen Augen an.

»Wo ist Marie? Ich verstehe das nicht! Hoffentlich ist ihr nichts passiert. Wo ist sie? Ich habe mit Steffen die Flugrouten für morgen gecheckt und sie hat gesagt, sie legt sich kurz hin …«

Langsam trat Kovu auf ihn zu, legte beruhigend seinen Arm um Haralds Schultern und führte ihn aus dem Zelt. Er leistete keinen Widerstand, wirkte wie eine kraftlose Hülle.

Unter Tränen versuchte ich, Pedro in Bruchstücken zu schildern, an was ich mich erinnern konnte. Wie ich Leo und Marie ertappt hatte, der Streit, der sich zwischen uns entfacht hatte. Danach wusste ich nichts mehr. In meinem Kopf bedeckte eine dicke, schwarze Wolke die letzten Stunden. Mir fehlte jede Erinnerung …

Pedro saß neben mir und nickte stumm. Er konnte sich selbst einen Reim darauf machen, was danach geschehen war.

Nairobi

Die Aufregung im Camp kannte keine Grenzen. Kovu konnte nicht verstehen, dass offensichtlich einer seiner Männer Marie und Leo zur Flucht verholfen hatte. Inzwischen mussten die drei schon meilenweit entfernt sein, bestimmt auf dem Weg nach Nairobi.

Kovu sah erbärmlich aus. Einer seiner Männer als Komplize einer Straftat! Seine Nerven lagen blank. Er, der sich immer so um seine Gäste bemühte, hatte einen Verbrecher in seinen Reihen. Der Mann war neu in seinem Team, hatte erst vor wenigen Wochen bei ihm angeheuert, trotzdem fühlte Kovu sich für sein Tun verantwortlich. Steffen, der ihn schon länger kannte, war bemüht ihn zu beruhigen, was aber nur kläglich glückte.

Pedro versuchte unterdessen, die Situation in den Griff zu bekommen. Nachdem er mich notdürftig verbunden hatte, brachte er mich zum Hauptzelt. Meine körperlichen Schmerzen waren vergleichsweise gering. Klar, der Kopf brummte etwas, doch das war kaum der Rede wert. Viel größer, fast abartig schrecklich, waren die seelischen Qualen. Die Enttäuschung nagte tief in mir, fraß sich immer mehr in mein Herz. Hatte Leo mich töten wollen, um mich aus der Welt zu schaffen? Oder war das Ganze doch nur ein unglücklicher Unfall? Das konnte ich kaum glauben. In meinem Kopf überschlugen sich die Fragen. Marie und Leo hatten mich verletzt zurückgelassen, keine Hilfe geholt. Schlimmer noch: Sie waren wie räudige Verbrecher aus dem Camp geflüchtet.

Pedro stand wild gestikulierend vor den restlichen Reiseteilnehmern. Offensichtlich erläuterte er ihnen, was passiert war. Sie konnten ihre Fassungslosigkeit nicht verbergen. Hermann schüttelte unaufhörlich den Kopf. Keiner von ihnen schien zu verstehen, wie so etwas passieren konnte.

Harald hingegen kauerte, unbeachtet von den anderen, neben dem Hauptzelt, die Hände vors Gesicht geschlagen, es sah aus, als würde er weinen. Er hatte offenbar nichts geahnt. Er hatte Marie auf Händen getragen und was war der Dank? Sie hinterging ihn auf das Schändlichste, noch dazu mit seinem Freund. Diese Frau hatte keinerlei Skrupel! Wie konnte ich mich nur so in ihr täuschen? Marie war doch immer so offen und freundlich zu mir gewesen.

Bleierne Müdigkeit legte sich über mich und ich musste mich zwingen, nicht einzuschlafen, bis Pedro ins Zelt trat und geradewegs auf mich zukam:

»Tut mir leid, dass es so lange gedauert hat. Sie waren völlig aus dem Häuschen. Ich habe die Gruppe erstmal auf einen Game Drive geschickt. Lange ist es zwar nicht mehr hell, doch die brauchen jetzt dringend einen Tapetenwechsel.«

Ohne meine Antwort abzuwarten, setzte er sich zu mir und wickelte vorsichtig den Verband ab. Er wirkte dabei fast etwas verhalten, als wollte er mir auf keinen Fall weh tun. Inzwischen hatte ich mich etwas aufgerichtet, damit er besser arbeiten konnte.

»Die Wunde ist nicht gefährlich, Eliza. Allerdings ist sie ziemlich tief, ich muss sie nähen. Tut mir leid.«

»Mach nur, ich hab keine Angst.«

Pedro bereitete auf dem Tisch seine Utensilien vor. Ich beobachtete, wie er mit konzentriertem Blick alles überprüfte, etwas Desinfektionsmittel in ein steriles Schälchen goss und Flüssigkeit aus einer Ampulle aufzog. Seine Tätigkeiten waren mir vertraut, schließlich gehörten sie zu Hause zu meinem Alltag. Doch selbst Patient zu sein, war mir fremd, trotzdem fürchtete ich mich kein bisschen. Bei Pedro war ich in guten Händen.

Mit größter Vorsicht strich er mein Haar am Hinterkopf zur Seite:

»Das kann jetzt etwas weh tun, Eliza. Was sag ich denn? Du kennst dich ja aus. Sorry, ich komm mir grad vor wie ein Student, als ob ich das noch nie gemacht hätte.«

Seine Bemühungen taten mir gut, ich fand es unglaublich süß, wie fürsorglich er sich um mich kümmerte.

»Mach dir nicht so viele Gedanken Pedro, die Narbe sieht keiner.«

»Du wärst selbst mit einer Narbe mitten im Gesicht noch immer wunderschön.«

Es war nicht mehr als ein Flüstern, doch ich hatte jedes Wort gehört: »Wunderschön«, so hatte mich schon ewig niemand mehr bezeichnet.

»So, jetzt kommt ein kleiner Stich, nicht erschrecken.«

Ich spürte den Stich kaum, so verzaubert war ich von seinen Worten. In kürzester Zeit hatte Pedro meine Wunde genäht und mit einem Verband versorgt. Sorgsam richtete er mehrere Kissen:

»Leg dich jetzt etwas hin und ruh dich aus. Ich muss mich um Harald kümmern, er braucht mich.«

»Geh nur, Pedro. Danke.«

Ich streckte meine Finger aus und berührte ihn vorsichtig am Arm. Pedro beugte sich zu mir und küsste mich sanft auf die Wange:

»Bis später, ruh dich aus!«

Ich wusste nicht, wieso, doch seine Nähe fühlte sich so vertraut an und ich sehnte mich nach seiner Rückkehr, noch bevor er das Zelt verlassen hatte.

Harald saß immer noch wortlos vor dem Zelt, als Pedro ihn fand.

»Hier, Harald, ich hab dir was zu trinken mitgebracht.« Mit diesen Worten reichte er ihm ein Glas Gin und setzte sich neben ihn auf den Boden. Harald nahm das Getränk entgegen und nickte stumm. Plötzlich fragte er:

»Warum, Pedro? Sag mir, warum? Ich habe alles für diese Frau getan. Ich habe sie geliebt!«

Pedro legte den Arm um seine Schultern:

»Das kann ich dir nicht beantworten. Es tut mir leid, Harald. Komm, trink, das tut dir gut.«

Langsam senkte sich die Dämmerung über das Lager und Harald und Pedro lauschten den Geräuschen des Waldes und dem Knistern des Lagerfeuers. Sie verstanden sich ohne viele Worte.

An diesem Abend war nicht mehr an einen Weiterflug zu denken, so viel war klar. Das Risiko wäre viel zu groß. Als die Gruppe ins Lager zurückkehrte, hatte Steffen, scheinbar unbemerkt, das Kommando übernommen und klärte die versammelte Mannschaft über das weitere Vorgehen auf:

»Wir werden morgen früh wie geplant nach Nairobi fliegen, um dort für den Weiterflug aufzutanken und einige kleinere Reparaturen durchzuführen. Die Route ist soweit gesichert. Falls sich noch irgendwelche Änderungen ergeben, werdet ihr zeitig informiert.«

Mit diesen Worten verließ Steffen das Zelt. Kurz und knapp. So kannte ich ihn gar nicht. Harald war nicht erschienen. Kein Wunder!

Ohne viele Worte zu verlieren, verabschiedeten wir uns von Kovu, der betreten von einem Fuß auf den anderen trat. Er war bestimmt froh, uns loszuwerden. Schon in der Dämmerung brachen wir auf und ließen diesen herrlichen Flecken Erde hinter uns.

Bei der Fahrt zum Rollfeld konnte ich nochmal einen Blick auf diese ursprüngliche Landschaft und seine Bewohner werfen. Der Abschied fiel mir schwer.

Ich war glücklich und traurig zugleich, als Steffen uns die Landung ankündigte.

Nairobi.

Für mich das verfrühte Ziel einer Reise, von der ich mir so viel erhofft hatte. Stattdessen war ich an meinem persönlichen Tiefpunkt angelangt.

Auf dem kurzen Flug hatte ich Zeit, alles Revue passieren zu lassen: Von meinem Mann betrogen, verletzt und verlassen, hatte ich das Gefühl, als würde sich die Welt nicht mehr weiterdrehen. Nichts war mehr übrig von der Zukunft, die wir uns ausgemalt hatten. In einem Alter, in dem meine biologische Uhr täglich lauter tickte, musste ich mich damit auseinandersetzen, dass ich die Zeit wohl mit dem falschen Mann verbracht hatte. Mein Wunsch nach einer Familie hatte allzu oft Leos Plänen weichen müssen und wurde immer weiter in die Zukunft verbannt. Jetzt hatte ich den Salat!

Ich musste nochmal ganz von vorne anfangen. Als der Flieger aufsetzte, wurde ich unsanft aus meinen Gedanken gerissen.

Rasch raffte ich meine Habseligkeiten zusammen und verabschiedete mich von meinen Mitreisenden. Die Männer taten mir fast leid. Peinlich berührt von der ganzen Geschichte, taten sie sich schwer, die passenden Worte zu finden. Mehr als ein kurzes »Ciao. Tschüss …« bekamen sie nicht über die Lippen. Was hätten sie auch sagen sollen? Alles super, Eliza? Schönen Heimflug. Nein, es gab nichts mehr zu bereden. Ich wusste ja selber nicht, was ich sagen sollte.

Als sich alle verabschiedet hatten, trat Pedro aus dem Schatten der Maschine, zog mich zur Seite und beschwor mich:

»Bitte, Eliza, bleib hier. Du kannst doch die Reise mit uns gemeinsam beenden. Überleg doch! Ich bitte dich.«

»Pedro, ich kann nicht. Was soll ich noch hier, ganz allein?«

»Bleib. Bleib mir zuliebe. Ich möchte diese Reise mit dir gemeinsam erleben. Denk darüber nach, noch ist es nicht zu spät. Eliza, bitte.«

Pedro zog mich zärtlich an seine Brust und legte die Arme um mich. Das war mir zu viel. Ich versuchte, mich sanft von ihm zu lösen, als er flüsterte:

»Eliza, du bist eine unglaublich starke Frau. Ich bin immer für dich da! Du bedeutest mir sehr viel. Ich muss dich unbedingt wiedersehen. Ganz egal, ob du mit uns reist oder nicht.«

Sofort spürte ich, wie Tränen in meinen Augen brannten und ich mich beherrschen musste, um nicht an Ort und Stelle loszuheulen. Um Fassung ringend riss ich mich los und wandte mich an Steffen:

»Können wir gehen?«

Pedro starrte mich entgeistert an.

»Leb wohl, Pedro.«

Damit drehte ich mich um und folgte Steffen zügig ins Flughafengebäude. Wenigstens sah Pedro meine Tränen nicht. Es zerriss mir fast das Herz, ihn so verzweifelt zu sehen. Auch er bedeutete mir inzwischen sehr viel, mehr als ich mir eingestehen wollte, doch das sollte er nicht erfahren.

Der Airport quoll fast über vor wartenden Menschen. Augenblicklich wurden wir von den Massen verschluckt. Frauen in traditionellen Gewändern mit schweren Lasten auf den Köpfen warteten neben Business Ladys auf dem Weg zum nächsten Meeting. Kinder rannten um die Wette und spielten Fangen. Männer unterhielten sich bei einer Tasse Kaffee oder saßen dösend im Wartebereich. Es war ein buntes Durcheinander. Ein Sammelsurium an Kulturen und Persönlichkeiten, an Farben und Gerüchen.

Nairobi entpuppte sich als wahre Drehscheibe, von hier aus starteten Flüge weltweit. Ich hoffte nur, rasch einen Anschlussflug zu bekommen. Vollkommen gleichgültig wohin. Jeder europäische Flughafen war mir als Ziel willkommen, nur weg von hier. Dort würde ich dann weitersehen, doch noch war ich nicht so weit.

Schon am gestrigen Abend hatte Steffen versucht, mir den Abbruch der Reise auszureden:

»Es ist doch alles schon bezahlt. Überleg doch, Eliza! Bleib bei uns, das ist jetzt genau die Ablenkung, die du nötig hast. Bis du nach Hause zurückkehrst, haben sich viele Dinge geklärt. Was willst du jetzt dort? Soll Leo doch der Teufel holen, dieser Schuft!«

Ich war Steffen insgeheim sehr dankbar für seine Bemühungen. Obwohl er schon über Jahre mit Leo befreundet war, stand er jetzt auf meiner Seite und versuchte händeringend mir zu helfen.

Gemeinsam bahnten wir uns einen Weg durch dieses Getümmel. Immer auf der Suche nach dem Schalter einer Airline, die Flüge nach Europa anbot. Steffen hatte mir trotz seiner Bedenken angeboten, mir dabei zu helfen, Afrika so schnell wie möglich zu verlassen.

Etwas in mir ließ mich zögern. Auf der einen Seite wollte ich nur noch weg von hier. Andererseits, was erwartete mich zu Hause? Mein Urlaub war noch nicht zu Ende. Ich musste tausend Dinge regeln, wenn ich daheim ankam, mir eine neue Bleibe suchen, die Scheidung einreichen, meiner Familie und unseren Freunden erklären, was vorgefallen war ... Mir wurde übel, wenn ich nur daran dachte. Völlig in Gedanken folgte ich Steffen quer durch die Halle.

Plötzlich blieb er unvermittelt stehen. Ich prallte gegen seine Schulter und hörte ihn rufen:

»Marie?!«

Ich traute meinen Augen nicht!

Marie war aschfahl und völlig aufgelöst.

»Gott, bin ich froh, dich zu sehen, Steffen!«

Sie brach in Tränen aus. Ihr verzweifeltes Schluchzen übertönte fast den Lärm der Menge, als sie Steffen um den Hals fiel:

»Leo ist weg! Er hat mich einfach verlassen!«

Sie hatte mich noch nicht bemerkt. Fassungslos versuchte ich, das gerade Gehörte zu verarbeiten. Zuerst hatte Leo mich verlassen, um mit ihr zusammen zu sein, dann ließ er sie hier sitzen? Ich stand wie angewurzelt, dann entdeckte mich Marie:

»Eliza!«

Nun wich noch der letzte Rest an Farbe aus ihrem Gesicht.

»Du lebst! Oh Gott, ich dachte, er hätte dich getötet!«

Sie stürmte auf mich zu und noch bevor ich wusste, wie mir geschah, schlang sie die Arme um mich.

»Es tut mir so leid! Ich wollte das nicht!«

Unfähig, auch nur ein einziges Wort zu sagen, ließ ich ihre Umarmung über mich ergehen – mitten im Chaos des Airports Nairobi, völlig verloren und starr vor Schreck, zwischen all den unbekannten Menschen.

Steffen hatte sich als Erster wieder unter Kontrolle und führte uns zu einer ruhigen Stelle am Rand der Halle. Ich hätte Marie in diesem Moment am liebsten die Augen ausgekratzt, doch ihre Reue schien echt, sie wirkte noch verzweifelter als ich.

»So, Marie, Eliza, ihr setzt euch hierher und jetzt will ich alles wissen. Von Anfang an. Wie bist du hierhergekommen und wo zum Teufel ist Leo?«

Steffen gelang es, in einem schmuddeligen Café einen Platz für uns zu ergattern. Der Tisch bog sich förmlich unter all dem schmutzigen Geschirr, doch immerhin hatten wir hier etwas mehr Ruhe als in der Abflughalle.

Maries Worte kamen stockend.

Sie saß mit niedergeschlagenem Blick vor uns und wurde immer wieder von Weinkrämpfen geschüttelt. Ich nahm meine Umgebung nicht mehr wahr, saß nur da und starrte Marie an. Noch immer hatte ich kein Wort gesagt. Steffen hielt meine Hand und gemeinsam warteten wir gebannt auf Maries Erklärung.

»Eliza, es tut mir so leid. Ich wollte das alles nicht! Ich dachte, du bist tot! Als ich versuchte, dir zu helfen, hat Leo mich einfach weggezerrt. Da war überall Blut, du hast dich nicht mehr bewegt. Ich hatte solche Angst!«

Erneut wurde sie von ihren Gefühlen übermannt und konnte nicht mehr sprechen. Sie streckte langsam ihre Hand aus und versuchte, meinen Arm zu berühren, angewidert zog ich ihn sofort zurück.

»Warum, Marie? Warum?«, waren die einzigen Worte, die mir über die Lippen kamen.

»Es tut mir so leid, Eliza. Ich wollte dir nie wehtun. Er hat immer gesagt, dass es zwischen euch schon lange aus sei. Ich hab mich in Leo verliebt. Das war nie meine Absicht.«

»Lass mich mit deinem Gefasel über Liebe in Ruhe. Er ist mein Mann!«

Ich wollte mir das nicht mehr weiter anhören. Sie war schließlich diejenige, mit der er durchgebrannt war. Ich wollte sofort weg von hier. Steffen hielt mich sanft zurück, als ich versuchte aufzustehen.

»Nicht doch, Eliza. Bitte hör mir zu!«, bettelte Marie.

»Als du wie leblos am Boden lagst, war ich fassungslos. Ich kniete neben dir und flehte Leo an, Hilfe zu holen, doch er hielt mir den Mund zu und maulte mich an, ich solle sofort mit dem Gezeter aufhören, sonst würde ich noch das ganze Camp zusammenrufen. Er sagte immer wieder, dass er nichts dafür könne und dich nicht töten wollte. Hektisch lief er im Zelt auf und ab und war sehr aufgebracht. Dauernd sagte er, ich solle die Klappe halten. Leo war so anders, so kannte ich ihn bisher nicht. Als ich mich über dich beugte, um zu sehen, ob du noch atmetest, riss er mich grob von dir weg. Da hatte ich sogar Angst, er würde auch mich noch umbringen.

Plötzlich war er weg. Ich saß heulend neben dir, unfähig, irgendetwas zu tun. Dein Anblick raubte mir den Verstand. Du lagst vor mir am Boden: blass, bewegungslos, mit blutverschmiertem Haar und geschlossenen Augen. Ich werde diesen Anblick nie vergessen! Als Leo zurückkam, erschrak ich entsetzlich. Er riss die Zeltplane zur Seite und stürmte ins Zelt, raffte das Nötigste zusammen und zerrte mich hinter sich her durchs Gebüsch, am Lager vorbei, zum Parkplatz. Dort wartete ein Fahrzeug auf uns, das uns nach Nairobi bringen sollte. Wortlos startete der Guide den Wagen und fuhr los. Einfach so!

Ich konnte nicht fassen, dass niemand bemerkte, was vorgefallen war! Augenblicke später hatten wir das Lager schon hinter uns gelassen. Die Fahrt hierher war der reinste Horror, ich weinte unentwegt. Leo hatte den Fahrer mit einer hohen Summe bestochen, damit er uns, ohne Fragen zu stellen, wegbrachte. Ich hatte nur einen Gedanken: Und jetzt? Mit einem Mörder auf der Flucht. Seine Komplizin! Ich dachte, ich drehe durch. Leo starrte nur geradeaus. Sein Blick war eiskalt. Er sagte kein einziges Wort, während der Guide mit uns durch die Savanne raste. Stell dir vor, er hat sogar das Funkgerät abgedreht und die GPS-Peilung außer Kraft gesetzt, damit uns niemand orten konnte.«

»Und wo ist Leo jetzt?«, platzte es aus mir heraus.

»Ich weiß es nicht, das musst du mir glauben. Ich war mit den Nerven am Ende! Als wir in Nairobi ankamen, wollte ich sofort zurück ins Lager. Natürlich hatte ich Angst, aber ich wollte wissen, wie es dir geht, ob du noch lebst, und Harald war ich auch eine Erklärung schuldig. Er war immer gut zu mir gewesen, das hatte er nicht verdient. Leo beschimpfte mich, sagte, er wolle sicher nicht ins Gefängnis, nur weil ich hysterisch sei, und wir buchten ein Zimmer in einem heruntergekommenen Hotel nahe am Flughafen. Eliza, ich hatte solche Angst! Leo war plötzlich so fremd. In seinen Augen war nur noch Hass!«

Marie berichtete weiter, dass sie vor Erschöpfung eingeschlafen sei und es Leo in der Zwischenzeit anscheinend gelungen war, einen Flug für sich zu buchen. Er hatte lautlos seine Sachen gepackt und war zum Flughafen gefahren. Ahnungslos hatte er sie zurückgelassen, sich nicht einmal von ihr verabschiedet. Wohin sein Flug ging, wusste nicht einmal sie.

Leo hatte seinen wahren Charakter offenbart. Mich fröstelte bei dem Gedanken an ihn. Als Marie ungemütlich geworden war, hatte er sie sofort fallengelassen. Ohne jede Rücksicht hatte er sie in einem billigen Hotel mutterseelenallein zurückgelassen.

Obwohl ich sehr wütend auf Marie war, empfand ich Mitleid mit ihr. Sie hatte für den Mann, den sie liebte, alles riskiert und er ließ sie einfach im Stich. Leo flüchtete vor der Realität und überließ sie allein ihrem Schicksal! Nun saßen wir gemeinsam hier, mitten in Afrika: die verlassene Ehefrau und die enttäuschte Geliebte. Was für ein jämmerlicher Anblick!

Steffen starrte uns an und schüttelte den Kopf:

»Das ist alles noch schlimmer, als ich mir gedacht hatte. Ich weiß nicht, wie es euch geht, aber ich für meinen Teil brauche jetzt erstmal einen Drink!«

Mit diesen Worten ließ er uns allein. Keine von uns sagte etwas. Stumm starrten wir einander an. Unser beider Welt lag in Scherben. Verursacht durch ein und denselben Mann. Wir nahmen nicht einmal mehr die Hektik und den Lärm um uns herum wahr. Marie senkte ihren Blick und brach das Schweigen:

»Eliza, ich kann nie mehr gut machen, was geschehen ist. Ich möchte nur, dass du weißt, wie froh ich bin, dass es dir gut geht. Nie hätte ich ertragen, wenn dir etwas passiert wäre. Mir ist klar, dass keine Entschuldigung der Welt ausreicht, doch es tut mir unendlich leid. Das musst du mir glauben!«

Nun erfuhr ich mehr, als mir lieb war. Marie erzählte ungeschönt, was sich in den letzten Monaten zugetragen hatte:

»Das erste Mal traf ich Leo zufällig bei einem der Herrenabende bei uns zu Hause. Ich war früher als geplant zurückgekommen und die Männer schon leicht angeheitert, als ich ins Wohnzimmer kam.

Steffen und Harald unterhielten sich wie üblich über nichts anderes als die Fliegerei und ihre geliebte Cessna. So kamen Leo und ich ins Gespräch. Er war so aufmerksam und bemüht, ich verliebte mich augenblicklich in ihn.

Am Ende des Abends tauschten wir die Nummern aus und ab diesem Zeitpunkt trafen wir uns regelmäßig. Ich war der Meinung, er hätte sich schon länger von dir getrennt. Harald hatte mal etwas in der Richtung erwähnt, das verringerte meine Skrupel.

Bei den heimlichen Treffen in den vergangenen Monaten malten wir uns eine gemeinsame Zukunft aus. Nach der Reise wollten wir reinen Tisch machen, uns endlich von unseren Fesseln lösen. Ich gebe zu, ich war mehr als naiv. Leo versicherte mir, ihr nähmet nur noch rein freundschaftlich an der Reise teil. Vermutlich war es Wunschdenken von mir, doch ich glaubte ihm.«

Ich saß kopfschüttelnd vor ihr.

»Du bist doch noch gar nicht lange mit Harald verheiratet! Warst du denn nicht glücklich mit ihm? Ihr saht für mich aus wie ein perfektes Paar!«

»Eliza, du wirst mich jetzt bestimmt für eine furchtbare Schlampe halten, doch meine Welt war nie perfekt. Als ich Harald kennenlernte, war mir schnell klar, dass er das perfekte Sprungbrett für mich sein konnte. Mein größtes Privileg ist mein Aussehen, es ist das Einzige, was ich vorweisen kann. Anfangs lief es nicht schlecht zwischen uns. Harald bereitete mir das Paradies auf Erden. Er las mir jeden Wunsch von den Augen ab und trug mich auf Händen. Ich hatte bei ihm das Gefühl, über den Altersunterschied hinwegsehen zu können. Schließlich war er durch und durch ein Gentleman der alten Schule. Die Vorzüge eines Lebens mit Harald waren nicht von der Hand zu weisen. Doch nach einiger Zeit widerte mich dieser alte Mann an.

Für die Befriedigung meiner Bedürfnisse hatte sich schon vor Leo hin und wieder eine Gelegenheit geboten. Mal eine kurze Affäre mit dem Golflehrer, ab und zu ein Tête-à-Tête mit dem Trainer aus dem Fitnessstudio. Nie etwas Ernstes, immer nur purer Sex. Bis ich Leo traf. Seit ich ihn kennengelernt hatte, war alles anders. Ich ertrug Harald kaum noch. Seine alternde Haut ekelte mich bei jeder Berührung, Sex war eine Qual. Ohne dass ich mich davor betrank, war nicht mehr daran zu denken.«

Fassungslos starrte ich Eliza an. Wie hatte ich mich so täuschen können! Nichts war hier perfekt, absolut gar nichts.

Als Steffen zurückkam, hatte ich das Gefühl, es seien Stunden vergangen. Unmittelbar stand Marie auf und verabschiedete sich:

»Eliza, ich wünsche dir ein glückliches Leben. Hoffentlich kannst du mir irgendwann verzeihen. Steffen, bitte sag Harald, dass es mir leidtut. Ich bin zu feige, es selbst zu tun!«

Mit diesen Worten drehte sie sich um und wurde augenblicklich von der Menge verschluckt. Ich starrte ihr sprachlos hinterher. Steffen stand mit den Drinks in der Hand da und blickte mich fragend an:

»Hab ich was verpasst?«

Ich war wie gelähmt: »Steffen, das erzähle ich dir irgendwann. Im Moment schaff ich es nicht. Ich bin völlig fertig. Bitte gib mir einen Drink, den hab ich jetzt nötig!«

Marie war weg. Ich blieb zurück mit all diesen Informationen über einen Mann, von dem ich immer gedacht hatte, ich würde ihn kennen, mit dem ich mein halbes Leben verbracht hatte – er war ein Fremder. Ich konnte keinen klaren Gedanken mehr fassen. Steffen nippte an seinem Glas und sah mich an:

»Ich hab es mir überlegt, du bleibst hier, Eliza! Wir reisen gemeinsam weiter, ich dulde keine Widerrede. Was willst du zu Hause? Wenn Leo dort ist, wirst du wieder mit allem konfrontiert. Was du jetzt brauchst, ist Abstand und Ruhe. Das ist das Einzige, das hilft, um die ersten Wunden zu schließen. Glaub mir, ich kenne mich da aus. Du bist so eine tolle Frau, lass dir dein Leben nicht von einem Mann zerstören.«

Völlig entgeistert blickte ich Steffen an. Er hatte recht! Obwohl ich nicht die geringste Ahnung hatte, ob ich mich jemals von diesen Ereignissen erholen würde, wollte ich noch nicht zurück in unsere Wohnung und dort auf Leo treffen.

Inzwischen breitete sich die wohltuende Wirkung des Scotchs in meinem Körper aus, ich entspannte mich langsam. Gemeinsam mit Steffen beschloss ich, Leo eine E-Mail zu schicken. Wir würden ihm anbieten, dass ich von einer Strafanzeige absehen würde, wenn er im Gegenzug dafür aus unserer Wohnung ausziehe und sie mir überlasse. Ich wollte nichts weiter als meine Ruhe. Und mir war der Gedanke zuwider, bei meiner Rückkehr zuerst eine Bleibe suchen zu müssen.

Ich bewunderte Steffen für seine Besonnenheit. Mir selbst war es nicht möglich, organisiert zu denken, meine Gedanken schweiften immer wieder ab. Steffen fasste meine Hand und drückte sie:

»Also, ist es beschlossene Sache, du kommst mit uns. Du schaffst das! Ab sofort bist du die einzige Lady an Bord, wir werden dich auf Händen tragen, wirst schon sehen!«

Mit einer theatralischen Bewegung verbeugte er sich vor mir und zwinkerte schelmisch. Das erste Mal in diesen Tagen konnte ich lächeln. Steffen tat mir richtig gut. Am Airport war alles wie bisher, unbemerkt vom Rest der Welt änderte sich mein Leben jedoch gerade grundlegend. Unzählige Menschen kamen und gingen. Die Luft war erfüllt von Stimmengewirr und Gerüchen, die ich oft nicht zuordnen konnte.

In der Zeit, in der Steffen sich um einen Flug für mich hätte kümmern sollen, wollten Harald und Pedro ein Ersatzteil für unser Navi organisieren. Kurz vor der Landung hatten sie sich darüber unterhalten. Das beruhigte mich, immerhin hatte so niemand wegen mir unnötig Zeit verloren. Ich war schon sehr gespannt auf die Reaktion der anderen. Auf Pedro!

Ruanda

Leicht angespannt wartete ich in der langen Schlange des »Immigrationsschalters«, den Pass in der Hand. Harald hatte uns kurz nach der Landung gestanden, dass er es versäumt hatte, unser Visum zu beantragen.

Angesichts all der Turbulenzen, die wir auf der abenteuerlichen Reise quer durch diesen Kontinent gemeistert hatten, war dies für mich eine reine Formsache. *»The african way of life«* hatte es mir in den letzten Wochen gezeigt: Es gibt immer eine Lösung. Das Visum war bei Gott nicht unser größtes Problem in diesen Tagen. Harald wirkte immer noch sehr mitgenommen und auch ich hatte Mühe, nicht ständig den gleichen Gedanken nachzuhängen.

Mein Blick schweifte durch die hochmoderne Flughafenhalle. Von Kigali hatte ich einiges erwartet, nur das nicht. Die Nachrichten vom Genozid mit den unzähligen Toten waren in meiner Erinnerung noch zu greifbar, doch dieses Land war wie Phönix aus der Asche wieder neu entstanden. Durch die überdimensionale Glasfassade konnte ich einen Blick ins Freie erhaschen. Überall standen moderne Häuser und Geschäfte, sogar der Flughafen war nagelneu.

Ein paar Meter vor mir wurden die Stimmen lauter und rissen mich aus meinen Gedanken. Ich entdeckte Manfred, der in eine hitzige Diskussion mit einem der Schalterbeamten verwickelt war. Nicht schon wieder! In extra gebrochenem Englisch vermittelte er dem jungen Beamten seine übermächtige Position als Weißer in diesem Land. Mich widerte dieses Verhalten an und diesmal, so schien es, bekamen wir ernsthafte Probleme. Harald mischte sich ein und versuchte in seiner diplomatischen Art die Situation zu beruhigen.

Pedro kam auf mich zu, er wirkte extrem aufgebracht.

»Leo hat bei seiner Flucht das ganze Bargeld mitgenommen! Alles ist weg, verstehst du?«

Es fiel mir wie Schuppen von den Augen. Zu Reisebeginn hatte Harald das gesamte Bargeld aufgeteilt, um bei einem Raub nicht alles zu verlieren. Da in der Savanne Geldautomaten und Banken Mangelware sind, führten wir eine beachtliche Menge an Bargeld mit. Leo hatte einen riesigen Betrag bei sich gehabt, da er auch für die Verwaltung der Finanzen die Verantwortung übernommen hatte.

»Was sollen wir jetzt machen?«

»Keine Ahnung! Harald will am Abend in Ruhe mit uns reden. Vermutlich müssen wir abbrechen.«

Blanke Wut stieg in mir auf. Sollte zu guter Letzt auch für alle anderen die Reise an Leo scheitern? Dieser verdammte Schuft! Wie konnte er nur so rücksichtslos sein! Mich zu verlassen, das war eine Sache, doch wie konnte er nur so skrupellos sein und die restliche Gruppe mit hineinziehen! Pedro war sein Ärger deutlich anzusehen. Trotz allem legte er mir den Arm um die Schultern, als schien er zu spüren, was in mir vorging:

»Ärgere dich nicht, Eliza, du kannst nichts dafür. Es tut mir leid, doch langsam entpuppt sich der wahre Charakter dieses Mannes. Er ist ein egoistischer Idiot! Sag nichts zu den anderen, wir fahren erst mal zur Lodge. Ich muss mir auf dem Weg dorthin etwas einfallen lassen.«

Ich nickte.

Harald winkte uns zu, er hatte die Situation am Schalter beruhigen können und wir durften passieren. Als ich aus dem Flughafengebäude ins Freie trat, traute ich meinen Augen nicht. Vor uns lag eine moderne Stadt, die gerade erst entstanden zu sein schien. Ein nagelneuer Kleinbus erwartete uns und wir konnten die Fahrt ins Hochland pünktlich antreten.

Wo war das gewohnte Chaos?

Trotzdem war meine Stimmung im Keller, aber ich beschloss, mich nicht unterkriegen zu lassen. Sollte unser Abenteuer hier enden, wollte ich zumindest diesen Tag noch in vollen Zügen genießen.

Nach kurzer Zeit hatten wir das Großstadtgetümmel hinter uns gelassen und unser Bus kämpfte sich eine der steilen Passstraßen empor. Mein Blick durch das regennasse Fenster zeigte mir Ruanda von seiner schönsten Seite.

Stolze Frauen in bildschönen Gewändern mit schweren Lasten auf dem Kopf, Kinder, die sie begleiteten und ebenfalls Ballast trugen, wenn sie liefen, säumten den Weg. Die Kleinsten wurden von ihren Müttern oder Geschwistern auf dem Rücken getragen. Für die immer wieder auftretenden Regengüsse schien jeder Einheimische einen Regenschirm bei sich zu tragen. Ihre farbigen Kleider bildeten einen hübschen Kontrast zum üppigen Grün der Regenwälder ringsum.

In den Dörfern, die wir passierten, wurden wir von lachenden und winkenden Kindern begrüßt. Die Freundlichkeit dieser Menschen überwältigte mich!

Männer mit Fahrrädern transportierten riesige Säcke, prall gefüllt mit Obst oder Kartoffeln, die steilen Bergstraßen hinauf und in halsbrecherischer Geschwindigkeit hinunter – in diesem Land der tausend Hügel eine wahre Meisterleistung. Kraftfahrzeuge und Maschinen sahen wir kaum, überall bewirtschafteten Menschen den nahrhaften Boden von Hand. Jeder Quadratmeter schien kultiviert zu sein. Knochenarbeit. Obwohl die Armut nicht zu übersehen war, schienen sie glücklich zu sein. Wie im Flug verging die Fahrt zur Lodge am Fuße des Vulkans inmitten eines Gorillaschutzgebietes.

Ein schmaler Schotterweg führte mitten durch einen dichten Wald, voll mit Farmen und riesigen Laubbäumen, direkt zu der versteckt liegenden Lodge.

Inzwischen sprach niemand mehr ein Wort. Offensichtlich war durchgesickert, dass Leo mit praktisch unserem gesamten verbliebenen Vermögen durchgebrannt war. Die Stimmung hatte ihren Tiefpunkt erreicht, niemand wusste, wie es weitergehen sollte.

Für morgen wäre eine Safari zu den Gorillas geplant gewesen, ohne Bargeld jedoch unmöglich. Alle weiteren Safaris hingen davon ab, ob wir noch über genügend Geld verfügten. Gewiss, in der nächstgrößeren Stadt hatte es vielleicht eine Möglichkeit gegeben, über Umwege an Geld zu kommen, doch bis dahin? Wir brauchten Geld für die Lodge, die Gorillas, Kerosin … Diese Probleme schienen für mich unüberwindbar!

Gleich nach unserer Ankunft entdeckte ich Harald wild gestikulierend mit seinem Telefon im Garten. Er versuchte wieder einmal, eine Lösung zu finden, kein leichtes Unterfangen. Er tat mir inzwischen richtig leid. Zu seinen privaten Problemen – als hätte das nicht schon gereicht – gesellten sich praktisch täglich neue, mit denen er nicht gerechnet hatte.

Wie uns der Resortleiter mitgeteilt hatte, würde uns heute Abend eine Wildhüterin mit Infos über die Gorillas versorgen. Ich konnte es kaum erwarten, diesen anmutigen Tieren in freier Wildbahn zu begegnen, wenn dieser Traum auch in weite Ferne gerückt war.

Das köstliche Abendessen wurde mangels einer gesicherten Stromversorgung bei Kerzenschein serviert. Ich genoss die wildromantische Stimmung, obwohl alle sehr nervös waren. Plötzlich erhob Harald sich.

»Ich denke, ihr seid alle über unsere Situation im Bilde. Der Großteil des Bargelds ist dahin. Leo hat bei unserer Rückkehr mit Konsequenzen zu rechnen. Ich habe die Polizei schon informiert. Er wird bei seiner Ankunft in Empfang genommen.

Unsere Probleme sind damit keineswegs gelöst, das ist mir bewusst. Deshalb habe ich mir Folgendes überlegt: Wenn ich heute Abend zurück nach Kigali fahre, kann ich in der dortigen Bank Bargeld besorgen, ich habe schon die nötigen Schritte in die Wege geleitet. Ein Freund von mir hat Kontakte zum hiesigen Bankdirektor.«

»Wie soll das funktionieren, es gibt pro Tag nur eine Busverbindung zwischen Kigali und hier«, meldete sich Manfred.

Ein beunruhigtes Murren ging durch die Gruppe.

»Einer der Guides hat ein Motorrad. Ich werde jetzt gleich losfahren, dann kann ich mich heute Abend noch mit dem Chef der Bank treffen, bis morgen früh bin ich zurück, versprochen.«

»Das ist doch brandgefährlich. Die Straßenverhältnisse sind nicht die besten und es gibt überhaupt keine Beleuchtung.«

»Eure Bedenken sind durchaus begründet, deshalb wird Steffen mich begleiten. Ich bin sicher, wir werden es schaffen.«

Offenbar hatte Harald sich längst entschieden. Es gab nur diese Option.

»Wir sehen uns morgen. Ich werde vor der Tour hier sein.«

Pedro saß neben mir, im Dunkeln suchte ich nach seiner Hand. Allmählich wurde mir alles zu viel. Noch mehr Aufregung würde ich kaum ertragen.

»Passt auf euch auf!«

»Das werden wir.«

Glücklicherweise bemerkte die junge Frau, die uns einen Vortrag über die Region und ihre Attraktion, die Gorillas, halten würde, dass bei uns einiges im Argen lag. Schon die ganze Zeit über hatte sie völlig unbeeindruckt vor dem offenen Kamin gesessen und unseren Diskussionen gelauscht. Mir war aufgefallen, dass diese blonde, hübsche Frau zu keiner der Gruppen zu gehören schien:

»Hey, darf ich mich vorstellen? Mein Name ist Gesa. Schön, dass ihr hier bei uns gelandet seid. Ich hab mitbekommen, dass ihr ein, zwei kleinere Probleme habt – sorry, dass ich gelauscht hab. Vorab ein Tipp: Lasst euch nicht unterkriegen, die Gorillas tun's auch nicht.«

Mit dieser Einführung war das Eis gebrochen und sie begann, uns ihre Geschichte zu erzählen:

»Wie ihr hört und vielleicht seht, stamme ich nicht aus dieser Ecke.«

Die ganze Gruppe wurde von ihr in den Bann gezogen und immer wieder brachen wir in Lachen aus.

»Wie gesagt, heiße ich Gesa und komme aus Berlin. Das erleichtert uns heute Abend die Konversation. Falls diverse Fragen auftauchen sollten, das tun sie praktisch immer: Nein, ich wurde nicht wie Mogli im Dschungel aufgezogen und nein, meine Eltern sind keine Tierforscher, die ihr Kind halb nackt zwischen den Löwen spielen ließen. Ganz im Gegenteil. Ich stamme direkt aus der Großstadt und konnte früher kaum ein Zebra von einem Gnu unterscheiden. Meine Mutter bekam fast einen Herzanfall, als ich ihr erzählte, dass ich Wildhüterin werden wolle. Sie hofft, denke ich, heute noch, dass ich irgendwann zur Vernunft kommen werde.«

Inzwischen hatte ich Tränen in den Augen, doch nicht mehr, weil mir zum Heulen zumute war. Diese junge Frau verbreitete mit ihrem Charme und Esprit eine so fröhliche Atmosphäre, dass ich mich vor Lachen bog. Sie trug khakifarbene Hosen und ein ausgewaschenes Hemd. Auf ihrem Kopf thronte ein Ranger-Hut, unter dessen Krempe zwei freche Zöpfe herauslugten. Mit ihrem sonnengebräunten, ungeschminkten Gesicht sah sie bildhübsch aus. Und glücklich. Ja, ihr war anzusehen, wie glücklich sie war.

In der folgenden Stunde erzählte Gesa uns, wie sie nach Afrika gekommen war:

Nach einer Zeit, in der sie völlig orientierungslos in Berlin von einem Tag auf den anderen gelebt hatte, entschied sie sich spontan, eine Ranger-Ausbildung in Afrika zu machen. Der Weg war nicht leicht. Als Großstadtkind hatte sie Einiges zu lernen, angefangen damit, wie man sich möglichst lautlos durch die Wildnis bewegt, wie man ohne jegliche Hilfsmittel Feuer macht bis zum Schießen mit einem richtigen Gewehr. Nicht zuletzt musste sie alles Wissenswerte über die Tiere und Pflanzen der Region wissen.

Staunend hingen wir an ihren Lippen und merkten gar nicht, wie die Zeit verging.

»So, genug von mir, jetzt kommen die wirklichen Stars des Abends!«

Mit diesen Worten führte sie uns direkt in einen Vortrag über Gorillas. Die gesamte Region lebte indirekt von der Vermarktung dieser geschützten Tiere. Auf den riesigen Vulkanen rings um das Camp lebten insgesamt zehn Gorillafamilien. Die Tiere an sich waren völlig zurückgezogen, selten verirrte sich mal einer der Menschenaffen ins Siedlungsgebiet. Wenn das geschah, wurde Gesa oder einer ihrer Kollegen gerufen, um ihn zurück ins Reservat zu bringen. Jeder Gorilla war einzigartig, ihre Gattung, trotz aller Versuche sie zu schützen, immer noch gefährdet.

Schon Jane Goodall hatte hier geforscht. Auf diesen Grundlagen lebten sie in ihrer angestammten Umgebung mit klaren Vorschriften. Kein Mensch konnte hier auf eigene Faust im Gelände umherirren und nach Gorillas suchen. Alles wurde kontrolliert und das war auch gut so.

Auch als Gesa ihren Vortrag längst beendet hatte, saßen wir noch gemeinsam am offenen Kamin und plauderten. Diese junge Frau imponierte mir mit ihrem Mut und ihrer positiven Lebenseinstellung. Von ihr konnte ich mir Einiges abschauen. Ich hätte ihr gern noch länger zugehört, doch inzwischen war ich todmüde. Im schalen Licht einer Laterne machte ich mich auf den Weg. Über das Gelände der Lodge gelangte ich zu einer der kleinen Hütten, die mir Harald bei unserer Ankunft zugewiesen hatte.

Rasch schloss ich die knarrende Tür hinter mir. Irgendwie hatte ich Angst. Weshalb nur? Hier gab es weder Löwen noch andere Raubtiere, schalt ich mich im Stillen. *Mensch Eliza, reiß dich zusammen.* Wie gerne hätte ich jetzt einen Mann an meiner Seite gehabt, nur um nicht allein zu sein.

Eisige Feuchtigkeit machte sich in dem winzigen Raum breit. Nicht einmal das Feuer, das einer der Angestellten im Kamin entfacht hatte, vermochte den Raum zu erwärmen. An Schlaf war nicht zu denken, als ich unter die klammen Decken kroch. Die unzähligen Eindrücke des heutigen Tages und die Gewissheit, dass Harald und Steffen gerade mit einem klapprigen, alten Motorrad durch die Nacht rasten, ließen meine Gedanken kreisen. Ich spürte, wie meine Anspannung wieder wuchs.

Gorillas

Das üppig bewachsene Bergland wurde von dichten Nebelschwaden verhüllt, als sich der Jeep über eine steile, mit Matsch bedeckte Bergstraße emporquälte. Allen Widrigkeiten zum Trotz schraubte sich der Wagen immer weiter hoch. Auf der Rückbank gab es kaum genügend Platz für drei, sodass ich immer wieder mit meinen Schultern gegen Philipp und Pedro stieß. Unser Fahrer versuchte, uns die Umgebung so gut wie möglich zu erklären, was ihm kaum gelang, viel zu sehr forderten ihn die extreme Straßenverhältnisse. Der starke Regen in der Nacht hatte das Seine dazu beigetragen. Aus jedem noch so kleinen Rinnsal war ein Bach geworden, so durchquerten wir unzählige kleine Furten und die Wege zum Reservat waren fast unpassierbar.

Schon gestern Abend hatte ich den Anblick des riesigen, inaktiven Vulkans genossen, über den sich das Naturschutzgebiet erstreckte. Rings um unsere Lodge konnte ich mindestens sieben dieser schlafenden Riesen ausmachen. Obwohl an den Hängen üppig bewachsen, ließ ihre Form keinen Zweifel an deren Herkunft.

Der heutige Tag hatte nicht besonders entspannt gestartet …

Nachdem ich stundenlang wach gelegen hatte, war ich in den frühen Morgenstunden irgendwann eingeschlafen. Pedro musste ein paar Mal kräftig an meine Türe klopfen, um mich wach zu bekommen. Völlig zerknautscht öffnete ich ihm:

»Hey, guten Morgen. Was gibt's?«

»Gut ist an diesem Morgen bislang nichts. Es gibt noch keine Spur von Steffen und Harald. Sie müssten längst hier sein!«

Blass vor Aufregung stand Pedro unter der Tür und wartete.

Schnell warf ich mir einen dicken Pulli über und folgte ihm zum Hauptgebäude. Im Kaminzimmer waren schon alle versammelt und in heller Aufregung.

»Was sollen wir tun, wenn ihnen was passiert ist?«

»Wie können wir herausfinden, was los ist?«

»Pedro, du musst etwas unternehmen!«

Wie durch Zauberhand hatte die Gruppe plötzlich Pedro zu ihrem Anführer erkoren und alle redeten gleichzeitig auf ihn ein. Er stand vor dem Kamin und starrte gedankenverloren in die Flammen.

»Das Wichtigste ist, dass keiner von uns in Panik ausbricht. Steffen hat mir versichert, dass sie am Morgen zurück sind, eine genaue Zeit hat er dabei nicht genannt. Also bleibt bitte ruhig. Wir warten jetzt einfach ab. Sollte sich in den nächsten zwei Stunden nichts tun, werde ich mir was einfallen lassen.«

Murrend wendeten sich die Männer ab und Pedro und ich blieben allein zurück.

»Verdammt, Eliza, was soll ich nur tun? Sollte den beiden tatsächlich was passiert sein, weiß ich auch nicht weiter. Ich kann die Maschine nicht fliegen. Langsam wächst mir die ganze Sache über den Kopf.«

»Beruhig dich, Pedro. Steffen und Harald wissen schon, was sie tun. Ich bin sicher, sie werden jeden Moment hier sein.«

Das stimmte nicht ganz, ich war mir da keineswegs sicher, doch ich versuchte, mir meine Beunruhigung nicht anmerken zu lassen. Es genügte, dass Pedro für alle anderen den Starken mimen musste.

Seite an Seite saßen wir vor dem Feuer und starrten in die Flammen. Ich hatte Pedro in der Zwischenzeit mit einer dampfenden Tasse Kaffee versorgt. Wir sprachen kein Wort. Das Schweigen aus Angst, dass etwas Schlimmes passiert sein könnte, stand wie eine Mauer zwischen uns.

Aus dem Augenwinkel hatte ich freie Sicht auf eine überdimensionale Wanduhr und ich beobachtete gebannt, wie deren Zeiger ohne Zögern ihren Weg fortsetzten. Die Minuten fühlten sich an wie Stunden. Panik stieg unaufhaltsam in mir auf. Ich hatte Mühe, meine Hände ruhig zu halten und mich abzulenken.

Plötzlich sprang Pedro auf:

»Hast du das gehört?«

Ja! Von draußen war ganz deutlich der Motor eines Motorrads zu hören. Fast zeitgleich stürmten wir aus dem Zimmer hinaus ins Freie.

Sie hatten es geschafft! Vor dem Gebäude stand das halbverrostete Motorrad und Harald und Steffen grinsten uns aus ihren schmutzverschmierten Gesichtern entgegen:

»Ihr dachtet wohl, wir haben uns mit der Kohle aus dem Staub gemacht.«

Pedro rannte auf sie zu und klopfte ihnen freundschaftlich auf die Schultern.

»Mensch, ihr zwei versteht es, die Spannung aufs Äußerste zu treiben!«

Schnell war geklärt, weshalb sie so spät zurückkamen. Die Fahrt nach Kigali und die Geldübergabe waren überraschend problemlos über die Bühne gegangen. Die beiden wurden sogar vom Bankdirektor persönlich eingeladen, sich bei ihm zu Hause etwas auszuruhen. Bei der Fahrt zurück gab es allerdings Probleme. Wie nicht anders zu erwarten, hatte das alte Motorrad unter der Last der Männer schlappgemacht und der Hinterreifen war geplatzt. Erst nach mehr als zwei Stunden gelang es ihnen mithilfe eines Einheimischen, in einem kleinen Dorf einen Ersatzreifen zu organisieren.

Jetzt waren sie hier, das war das Wichtigste. Nun würde alles gut werden, dessen war ich mir sicher.

Wir passierten eines der kleinen Dörfer und ich beobachtete interessiert, was sich vor meinen Augen abspielte. Den Bewohnern wurde fast Unmenschliches abverlangt. Nur mit Muskelkraft bestellten sie die Felder und machten selbst die steilsten Hänge urbar. Jeder Quadratmeter wirkte bewirtschaftet. Die Einheimischen lebten hauptsächlich von Obst und Gemüse, Nutztiere sahen wir kaum. Neben Hühnern und vereinzelten Kühen gab es keine Anzeichen auf Viehhaltung. Immer wieder winkten uns Kinder am Straßenrand zu. Die Menschen wirkten erstaunlich fröhlich, obwohl sie nur in Hütten lebten, die aus grob zusammengebundenen Ästen bestanden, mit Lehm und Kuhdung verputzt. Philipp unterbrach meine Beobachtungen, indem er auf ein großes Tor unmittelbar vor uns deutete. Wir hatten unser Ziel erreicht: der Volcanoes Nationalpark.

Einige Gruppen waren schon eingetroffen, sie bekamen gerade ihren Guide zugeteilt, als wir uns aus dem Jeep schälten. Hier herrschten strenge Regeln. Das erforderliche Gorilla-Permit hatte Harald schon vor Monaten gebucht, jetzt galt es noch, die Formalitäten zu erledigen und den Gesundheitscheck zu überstehen.

Für den Erhalt der Gorillapopulation war es unerlässlich, extrem strenge Vorschriften einzuhalten. Ein eingeschleppter Grippevirus könnte dazu führen, dass eine ganze Gorillakolonie innerhalb kürzester Zeit dahingerafft werden würde. Die Menschenaffen waren äußerst anfällig für Krankheiten. Undenkbar, die Touristen unkontrolliert herumlaufen zu lassen. Nach einem kurzen Briefing konnten wir loslegen. Wir hatten Glück, maximal zehn Personen pro Gruppe wurden zugelassen, so konnten wir zusammenbleiben – meine Männer und ich!

Hinter unseren Trägern und schwer bewaffneten Wildhütern stapften wir, ausstaffiert mit Gummistiefeln, tapfer den Berg empor. Ich genoss den Spaziergang an der frischen Luft umso mehr, da wir die letzten Tage mehr oder weniger sitzend im Flieger verbracht hatten. Zu Hause lief ich jeden Tag meine zehn Kilometer, die gewohnte Bewegung fehlte mir. Während ich mich mit den Wildhütern unterhielt, führte unser Weg über Felder, Wiesen und Äcker hinauf in Richtung Dschungel.

Als ich einen der Wildhüter auf die Maschinengewehre ansprach, erklärte er mir die Misere. Gorillas waren nicht scheu und leider bei Wilderern äußerst beliebt. Der asiatische Markt boomte. Um die Art zu erhalten, war es unerlässlich, sie zu schützen, dazu mussten sie besonders tagsüber sehr streng bewacht werden. Sobald die Tiere sich zum Schlafen in ihr täglich neu gebautes Nest zurückzogen, waren sie weitgehend unsichtbar und somit auch für Wilderer keine leichte Beute mehr. Aber selbst nachts patrouillierten die Wildhüter durchs Gebiet.

Am Beginn des dschungelähnlichen Waldes angekommen, ließ der Guide die Träger rasten, sie warteten hier auf uns. Möglichst ohne Lärm zu machen folgten wir dem Guide ins Dickicht.

Abgerissene Äste und Blätter verrieten uns schon bald die Anwesenheit der Berggorillas, wenn wir auch noch keinen zu Gesicht bekommen hatten. Die Anspannung stieg ins Grenzenlose. Außer dem Rascheln des Laubes wurde die Stille nur durch das laute Keuchen Manfreds gestört. Die Tour forderte unseren übergewichtigen Begleiter sehr. Schweißgebadet stapfte er hinter mir den steilen Hang hinauf. Als ich begann, mir darüber den Kopf zu zerbrechen, was wir hier in der Wildnis für ihn tun könnten, sollte sein untrainierter Körper schlappmachen oder – noch schlimmer – er einen Herzinfarkt bekommen, wurde ich durch ein lautes Knacken abrupt aus meinen Gedanken gerissen. Wie aus dem Nichts querte eine Gruppe Gorillas den schmalen Pfad unmittelbar vor uns. Ohne uns eines Blickes zu würden, bahnten sie sich den Weg auf eine kleine Lichtung, wo sie sofort genüsslich an Zweigen knabberten und im Gras tollten.

Der Wildhüter flüsterte uns ein paar Anweisungen zu:

»Nicht berühren. Keine ruckartigen Bewegungen und ganz wichtig: keine Panik. Gorillas sind Pflanzenfresser.«

Der Anblick dieser friedlichen Tiere ließ mich die Luft anhalten. Wir kauerten uns am Rand der Lichtung ins Gras und beobachteten die kleine Familie. Die Jungtiere tollten herum, neckten die Weibchen, ja selbst ihren riesengroßen Anführer, den Silberrücken. Alles an diesen Tieren erinnerte mich an Menschen, einzig, dass ihnen Gewalt fremd war, unterschied sie von uns. Immer wieder näherte sich eines der Tiere neugierig. Ein Weibchen überraschte mich völlig unvorbereitet, als sie plötzlich hinter mir aus dem Dickicht trat und mich mit ihrer Schulter vorsichtig zur Seite schubste. Mein Herz fiel mir beinahe in die Hose vor Schreck!

Die Zeit schien stillzustehen, so hatte ich gar nicht bemerkt, wie lange wir schon im Dickicht saßen, als uns der Guide das Zeichen zum Aufbruch gab. Voller Eindrücke und unvergesslicher Bilder machten wir uns auf den Rückweg.

Kaum hatten wir den Wald hinter uns gelassen, trafen wir auf eine kleine Gruppe Kinder, die ihrer Mutter bei der Feldarbeit kräftig zur Hand ging. Auf diese Gelegenheit hatte ich gewartet. Mein Rucksack war voll mit kleinen Leckereien und bunten Stiften, die ich von zu Hause mitgebracht hatte. Die Kinder umringten mich sofort, als sie merkten, dass ich etwas zu verschenken hatte. Ihre schmutzverschmierten Gesichter strahlten fröhlich, lachend rissen sie mir die Geschenke aus der Hand. Jeder wollte der Erste sein, hier regierte offensichtlich das Gesetz des Stärkeren. Ich hatte alle Hände voll zu tun, um alles möglichst gerecht zu verteilen. Hinter mir lachten und applaudierten die Jungs:

»Hey, Eliza, wenn du nicht aufpasst, behalten sie dich noch hier! Da hast du wohl jemand anständig Freude bereitet.«

Auch als ich schon alles verteilt hatte, wurde ich noch von den Kindern umringt. Sie begleiteten uns einige Zeit auf dem Weg talwärts. Ihre Fröhlichkeit war ansteckend. Obwohl nur in Lumpen gehüllt und barfuß strahlten sie eine Lebensfreude aus, die ihresgleichen suchte. Weder die Nässe noch die kühle Witterung konnte ihnen den Spaß verderben. Beim Jeep angekommen verabschiedeten wir uns von ihnen und ließen den Nationalpark hinter uns.

Kurze Zeit später hatten wir die Lodge erreicht und uns im Kaminzimmer zum Kaffee niedergelassen. Jeder hatte etwas zu erzählen, selbst Philipp und Hermann, die sonst sehr zurückhaltend waren, wirkten wie verzaubert und schilderten den anwesenden Gästen das Erlebte in den schillerndsten Farben. Ich lehnte mich zurück und genoss eine Tasse Tee am wärmenden Feuer. Das Geplauder und die Erzählungen erfüllten den Raum und lullten mich ein, sodass ich erst bemerkte, dass Steffen sich zu mir gesellte, als er einen der schweren Ledersessel näher rückte.

»Darf ich? Cool, diese Gorillas, nicht wahr? Hatte zuvor noch nie einen in freier Wildbahn gesehen.«

Ohne meine Antwort abzuwarten, ließ er sich in den Sessel fallen. Nachdem wir einige Zeit über die Reise, Gorillas, Gott und die Welt geplaudert hatten, blieben wir allein im Kaminzimmer zurück. Die anderen hatten sich nach und nach verabschiedet, um sich vor dem Abendessen noch einmal zurückzuziehen. Steffen hatte uns inzwischen mit Drinks versorgt, das Holz im Kamin knisterte und ich genoss die gemütliche Atmosphäre. Schade war nur, dass ich Pedro den ganzen Tag kaum gesehen hatte. Ich hatte fast das Gefühl, er würde mir absichtlich aus dem Weg gehen. Auch jetzt war er anscheinend schon in seinem Bungalow. Ohne meine Aufforderung erzählte Steffen mir, wie er Marie kennengelernt hatte.

»Marie wurde mir vor einigen Jahren auf einer Modemesse von einem meiner Kunden vorgestellt. Sie lief damals für sein Label und wir waren auf derselben Aftershowparty, als ich sie das erste Mal traf. Ihre Erscheinung hat mich umgehauen, einfach eine Wucht! Wir landeten schon am ersten Abend miteinander im Bett und es entwickelte sich eine stürmische Affäre, die länger dauerte, als ursprünglich geplant. Marie war total crazy, einfach völlig verrückt, offen für alles! Als sie sich zunehmend schwertat, im Modelbusiness geeignete Jobs zu finden, verschaffte ich ihr einen tollen Posten im Marketing. Ich verfügte schließlich über genügend Kontakte in der Branche. Es war mir ein Vergnügen, ihr weiterhelfen zu können. Du musst wissen, sie hatte es echt nicht leicht. Ihre Kindheit war der reinste Horror: Mutter Alkoholikerin, der Vater ein gemeiner Schlägertyp. Auch Marie selbst war immer wieder auf Koks, bevor wir uns kennenlernten. Allerdings hatte sie einen entscheidenden Trumpf: ihre Schönheit, gepaart mit einer unwiderstehlichen Ausstrahlung.«

Plötzlich erinnerte ich mich an Maries Worte. Am Airport in Nairobi hatte sie mir ihr Leben ähnlich beschrieben.

»Ich wollte sie aus der Szene rausbringen. Weißt du, im Grunde ist sie ein herzensguter Mensch. Sie ist nur oft viel zu leichtgläubig. In dieser Zeit war ich noch verheiratet und ich musste die Beziehung geheim halten. Meine Frau hätte mir das Fell abgezogen, schließlich ist sie eine top Anwältin. Irgendwann wurde aus unserer Affäre Freundschaft. Wir hatten uns aneinander sattgevögelt. Entschuldige den Ausdruck, doch Marie und ich sind beide eher pragmatisch veranlagt. Romantik war nie unser Ding. Mir war es wichtig, dass sie versorgt war, also habe ich sie Harald vorgestellt. Klar, er war ihr vom ersten Augenblick an verfallen. Ich dachte damals, er wäre die perfekte Lösung für Marie, wohlhabend und einiges älter als sie. Du musst wissen, sie hatte schon immer einen Hang zu älteren Männern. Von ihrer Liaison mit Leo habe ich nichts geahnt, das musst du mir glauben, bitte, Eliza. Ich war selber überrascht. Schließlich haben Marie und ich uns bis vor einiger Zeit ab und zu auf ein kleines Stelldichein getroffen, wenn uns beiden danach war. Wie gesagt, wir hatten ein recht lockeres Verhältnis zueinander.«

Ich saß nur da und traute meinen Ohren nicht. Vor mir taten sich Abgründe auf! War ich tatsächlich so konservativ, geradezu prüde? Für mich war Treue in einer Beziehung immer ein ungeschriebenes Gesetz gewesen. Steffen breitete eben sein Leben vor mir aus und ich wusste nicht einmal, ob ich das alles überhaupt wissen wollte. Seine Frau tat mir leid, ob sie je etwas von seinem Doppelleben ahnte?

»Leo ist trotz allem nicht zu verstehen. Er hatte doch alles, was man sich nur wünschen kann! Du bist eine absolut tolle und einzigartige Frau. Eliza, ich hoffe, ich überrumple dich nicht, aber ich möchte, dass du weißt, was ich für dich empfinde.«

Der Raum begann, sich gefährlich um mich zu drehen. Was um alles in der Welt passierte hier gerade? Steffen erhob sich und beugte sich über mich, sein Gesicht kam meinem immer näher, bevor ich realisierte, was er vorhatte.

»Steffen! Nicht doch!«

Rasch drehte ich meinen Kopf zur Seite und er ließ von mir ab:

»Tut mir leid, Eliza, das war nicht meine Absicht.«

Inzwischen war ich aufgesprungen und machte mich daran zu gehen.

»Steffen, was hast du dir dabei gedacht! Verdammt, was soll das?«

Mit diesen Worten verließ ich den Raum und ging mit raschen Schritten zu meinem Bungalow. Ich ließ ihn zurück, ohne ihn noch eines Blickes zu würdigen.

In meiner Aufregung hatte ich nicht einmal bemerkt, dass Pedro mit einem Buch in der Hand in einer versteckten Ecke des Kaminzimmers gesessen hatte.

Zambia

Bald wurde es hell, durch die Lücken in den Bäumen zu meiner Rechten sah ich, wie das andere Ufer aus dem Dunkel auftauchte, ein hoch aufragender Wall aus dunklem und hellerem Grün mit Flecken aus blassem Fels, von Nebelschwaden verschleiert. Das Dunkelblau des Nachthimmels hellte zu einem pinkfarbenen Perlmutt auf, wie ich es bisher nur im Inneren von Muscheln gesehen hatte.

Die einzige Wasserquelle in dieser kargen, ausgedörrten Landschaft, in der wir gestern spät abends gelandet waren, bildete ein schmaler, wilder Bach, der schäumend dahinrauschte und sich ab und an in Becken voller Strudel ergoss, die aussahen, als könnten sie einen direkt in die Hölle ziehen. Dieser Bach nährte und versorgte die Pflanzen und Lebewesen eines riesigen Landstriches mit dem lebenspendenden Nass. Er war der Überrest, die eiserne Notration, die hier in der Trockenzeit ein Überleben überhaupt ermöglichte. Der Größe des Flussbetts nach zu urteilen, handelte es sich, wenn er Wasser führte, um einen riesigen Fluss.

Meine Beobachtungen wurden jäh unterbrochen vom Lärm einer Pavianmeute, die das Dach meines Zeltes zum Schauplatz ihrer morgendlichen Spielstunde auserkoren hatte. Unter ohrenbetäubendem Gekreische ließen sie sich immer wieder auf die Zeltplane fallen, jagten wild darüber hinweg, sodass die Plane diesem Wahnsinn kaum standhalten konnte. Da ich keine Uhr besaß, wusste ich nicht, wie lange die Affenbande schon ihr Unwesen trieb, sicher schon ein paar Stunden. Zeit für mich das Weite zu suchen!

Im wärmenden Licht der aufgehenden Sonne schlenderte ich an der Uferkante entlang zum Hauptgebäude, um dort beim Frühstück auf die restliche Truppe zu warten. Die Terrasse lag noch im Schatten, doch ich war nicht die Einzige, die an diesem Morgen unterwegs war. In ein intensives Gespräch vertieft saßen Pedro und unser Guide bei einer Tasse Kaffee in der Lobby. Erst als ich schon fast neben ihnen stand, bemerkten sie mich und blickten mich erstaunt an:

»Guten Morgen! Du bist aber schon früh auf den Beinen.«

»Guten Morgen, tja nicht so ganz freiwillig! Ich hab ein paar ziemlich ungemütliche Nachbarn.«

Die beiden warfen sich einen fragenden Blick zu und brachen in schallendes Lachen aus:

»Die Paviane? Ja, Missi, die bringen uns alle von Zeit zu Zeit auf die Palme. Diese Biester scheinen sich täglich ein neues Opfer zu suchen. Heute waren Sie an der Reihe, wie ich sehe! Der junge Guide grinste übers ganze Gesicht.

»Kaffee? Stark und dunkel?«

Pedro hielt mir eine Tasse mit der tiefschwarzen, dampfenden Flüssigkeit entgegen, die ich dankbar annahm.

»Danke, das ist meine Rettung!«

Ich setzte mich zu ihnen und folgte dem Gespräch, bei dem ich sie unterbrochen hatte. Der junge Mann berichtete ausführlich über die angespannte Lage in der Region.

Der dringend benötigte Regen war bislang ausgeblieben, die übliche Regenzeit hätte schon vor Wochen einsetzen müssen. Sie litten seit Monaten unter der Dürre und gleißenden Hitze, selbst die hitzeerprobten Bewohner Zambias klagten über die andauernd hohen Temperaturen. Viele Felder konnten in diesem Jahr nicht angebaut werden, weil die Mittel für eine ausreichende Bewässerung fehlten. Hinzu kam, dass erst vor wenigen Tagen der hiesige Präsident völlig überraschend verstorben und somit die politische Lage angespannt war, was dem jungen Mann jedoch nur ein Schulterzucken entlockte:

»Wir werden sehen, was kommt.«

Wir plauderten noch einige Zeit über alles Mögliche, wobei ich den Eindruck hatte, dass Pedro mit den Gedanken nicht immer bei der Sache war. Er verhielt sich eigenartig. Er war keineswegs unfreundlich, im Gegenteil, doch irgendetwas war anders als sonst. Distanzierter.

Nach und nach trudelten die Gäste der Lodge ein und bedienten sich an dem üppigen Buffet. Mir stieß der Überfluss in Anbetracht der Situation der Bevölkerung bitter auf, wenn auch der Tourismus sicher eines der stärksten Standbeine der hiesigen Wirtschaft war. Überfluss und Armut lebten in diesem Land Tür an Tür.

Harald und Steffen präsentierten uns die geplanten Aktivitäten des heutigen Tages. Was mich anging, betraf mich das Programm tagsüber nur peripher. Hermann und ich verfolgten andere Pläne. Schon länger hatten wir geplant, dass ich ihn begleiten würde, wenn er hier eine Schule besuchte, um unsere mitgebrachten Schulsachen, Stifte, Hefte und das gesammelte Geld zu verteilen.

Hermann unterstützte schon seit vielen Jahren Hilfsprojekte in Afrika, war selbst monatelang in diversen Ländern vor Ort gewesen, um die Projekte voranzutreiben. Ihm war es eine Herzensangelegenheit, direkt an eine Schule zu gehen. Wenn es auch nur ein Tropfen auf den heißen Stein war, Hilfe war hier überall dringend vonnöten.

Die restliche Gruppe wollte sich in einem Nationalpark ganz in der Nähe auf die Suche nach den berühmten »Big Five« machen. Selbst wenn mich die Aussicht auf eine weitere Safari reizte, kam mir dieser Ausflug mit Hermann sehr gelegen. Wir würden ein paar Stunden von den anderen getrennt unterwegs sein. Anschließend wollte ich die Gelegenheit nützen, um mich auszuruhen. Mein Kopf schien zu platzen bei all den unglaublichen Erlebnissen und Eindrücken der letzten Tage.

Hermann und ich hatten gerade auf dem Rücksitz des völlig desolaten Geländewagens Platz genommen, als ich fasziniert unseren Guide dabei beobachtete wie er, wie schon am Tag zuvor, mit einer verblüffenden Selbstverständlichkeit unters Lenkrad griff und zwei blanke Drähte zum Vorschein kamen. Geschickt hantierte er kurz mit den Enden und der Wagen sprang an. Als er meinen verdutzten Blick bemerkte, grinste er mich an und meinte:

»Mein neuer Schlüssel!«

Ich schüttelte nur lachend den Kopf. Der Wagen

besaß weder Tachonadel noch Zündschloss, was hier niemanden zu überraschen schien. Hermann boxte mir freundschaftlich in die Seite:

»Andere Länder, andere Sitten, Eliza!«

Mir sollte es recht sein, Hauptsache der Wagen brachte uns zum Ziel. Ein paar Augenblicke später rasten wir über staubige Schotterpisten, vorbei an kleinen Dörfern. Das Land war dünn besiedelt, die meisten Menschen lebten in den größeren Städten oder eben entlang der Hauptstraßen. Hier auf dem Land fristeten die wenigen verbliebenen Bauern ein ärmliches Dasein. Händler säumten die Straßen durch die Dörfer. An ihren Ständen boten sie Waren aller Art an: Teppiche, Kleider, Pfannen, Autoreifen, Obst und Gemüse, selbst vereinzelte Motorräder wurden hier an den Mann gebracht oder repariert.

Mir fiel auf, dass die kleinen Siedlungen jeweils um große Mangobäume gelegt waren. Frauen und Kinder waren damit beschäftigt, mit riesigen Holzstangen selbst die entlegensten Äste zu erreichen, um die reifen Früchte zu ernten. Mangos gab es im Überfluss. Wie uns der Fahrer erklärte, fanden die Früchte in den unterschiedlichsten Formen ihren Platz auf den Speiseplänen der Familien. Gekocht oder roh, pikant oder süß, Mangos waren fixer Bestandteil der Ernährung.

Unsere Kleider und Gesichter waren über und über mit Staub bedeckt, als wir schließlich im Hof der Schule ankamen. Zahlreiche Kinder tummelten sich hier. Wir hatten Glück, es war gerade Pause und der Zeitpunkt unseres Besuchs günstig. Wir waren noch nicht ausgestiegen, da umringte schon eine riesige Kinderschar unseren Wagen. Knapp hinter den Kleinen konnte ich einen älteren Mann ausmachen, der schnurstracks auf uns zukam. Wie von Zauberhand machten die Kinder einen Weg für ihn frei. Das musste er sein, der Direktor. Hermann hatte gestern Abend mit ihm telefoniert.

Mit offenen Armen kam er, weißhaarig und mit einem Anzug bekleidet, auf uns zu und deutete den Kindern, sich zu beruhigen. Als sich der erste Rummel gelegt hatte, setzten wir uns, begleitet von den Kindern, in den Schatten eines riesigen Mangobaumes in der Mitte des Pausenhofes, der uns vor der glühenden Hitze der Sonne schützte.

Mich rührte die Herzlichkeit, mit der wir empfangen wurden. Hermann sprach kurz zu den Kindern und Lehrern, bevor wir die Spenden übergaben. Mehrere Mädchen hatten sich spontan zu mir gesetzt und zeigten mir freudestrahlend ihre Schulhefte, spielten mit meinen Haaren und bewunderten meine Schuhe. Obwohl alle Schülerinnen und Schüler Schuluniformen trugen, waren sie barfuß. Für Schuhe reichte das kärgliche Budget der meisten Familien nicht. Unsere kleine Unterstützung kam mehr als gelegen.

Die Kinder präsentierten voller Stolz IHRE Schule. Gemeinsam mit den Lehrpersonen und dem Direktor führten sie uns über das Gelände und zeigten uns die Klassenräume – kärglich ausgestattete Lehmgebäude mit uralten Tischen und Bänken. Schon auf den ersten Blick wurde deutlich, dass der Platz für die vielen Jungen und Mädchen nicht ausreichte. Der Direktor erzählte uns vom herrschenden Platzmangel. Viele mussten nach wie vor auf dem Pausenhof unterrichtet werden, da es an Gebäuden fehlte, nur eines war neu, erbaut von Hermanns Stiftung.

Hermann und die Zuständigen vor Ort waren schon längere Zeit regelmäßig in Kontakt, wie ich erfuhr. Da er zum ersten Mal selbst hier war, überzeugte er sich erfreut von den Verbesserungen, die bereits umgesetzt worden waren. Weitere Bauten waren in Planung.

Die Kinder erwarteten uns nach dem kurzen Rundgang im Pausenhof mit einer Überraschung. Begleitet von Trommeln und Gesängen, hatten sie einen traditionellen Tanz für uns vorbereitet. Klatschend und singend tanzten sie über den staubigen Untergrund. Hermann und der Direktor unterhielten sich intensiv über die geplanten Projekte, für die Hermann schon weitere Unterstützung zugesagt hatte. Ich gab mich ganz dem Rhythmus der Musik hin und ließ mich von den lachenden Schülerinnen und Schülern sogar zu einem Tanz überreden.

Wenig später machten wir uns, begleitet von den fröhlichen Rufen der Kleinen, auf den Rückweg. Tief in mir spürte ich eine Zufriedenheit wie schon lange nicht mehr. Hermann ging es offensichtlich ganz ähnlich:

»Viel ist es nicht, doch immerhin können wir einigen wenigen Kindern eine kleine Freude machen.«

Ich beobachtete, wie er verstohlen eine Träne wegwischte, bevor er meine Hand drückte.

»Ich bin immer noch ganz gerührt. Danke, dass ich dabei sein durfte.«

Auf unserem Weg zurück nahm der Fahrer eine andere Strecke. Während wir an einer Baustelle warten mussten, überholte uns ein junges Mädchen auf ihrem

Rad, sie konnte kaum älter als fünfzehn sein. Auf dem Gepäckträger befand sich ein riesiger Korb, der übervoll mit Gemüse bepackt war. Sie trug einen knielangen, geblümten Rock, der locker um ihre Beine spielte und ein ausgebleichtes Top. Das lange Haar hatte sie mit einem bunten, um ihren Kopf geschlungenen Stoff zusammengebunden. Auf dem Rücken trug sie, mit einem Tuch befestigt, einen Säugling. Ihre natürliche Schönheit war überwältigend, nie war mir ein derart bildschönes Mädchen begegnet. Sie strahlte uns mit einem makellosen Lächeln an, um im nächsten Augenblick in der Staubwolke der Baustelle zu verschwinden.

Zurück im Camp nutzte ich die Zeit, bis unsere restliche Gruppe zurückkehren würde, um mich etwas auszuruhen. Ich war erschöpft, wohl auch wegen der frühmorgendlichen Störungen durch die Paviane.

Irgendetwas ließ mich aus dem Schlaf hochschrecken. Es fühlte sich an, als ob mich etwas im Gesicht berührt hätte. Blinzelnd öffnete ich meine Augen, um mich zu orientieren, und erstarrte vor Schreck: Da war eine riesige Spinne! Sie saß direkt am Fußende meines Bettes und starrte mich an. Blanke Panik kroch in mir hoch. Ich schrie um mein Leben! Schon wurde die Zeltplane aufgerissen, begleitet von lautem Gepolter, und Pedro stand mit einem Stock bewaffnet im Raum.

»Was ist passiert?«

Er zerrte das Moskitonetz zur Seite.

»Da! Da, sie nur!«

Sein Blick folgte meiner ausgestreckten Hand. Der Stock fuhr einer Machete gleich auf mein Bett nieder und tötete die Spinne mit einem einzigen Schlag. Noch

immer nicht imstande aufzustehen, saß ich mit ange-
winkelten Beinen, nur mit BH und Höschen bekleidet,
auf dem Bett und wurde von einem Weinkrampf geschüttelt. Pedro raffte das Laken zusammen und warf
es mitsamt der getöteten Spinne vor das Zelt. Dann
setzte er sich zu mir aufs Bett und legte seine Arme
schützend um mich.

»Sch…, alles gut, Eliza. Beruhig dich. Es passiert
nichts!«

Ich klammerte mich in meiner Verzweiflung an ihn,
wollte ihn gar nicht mehr loslassen. Pedro wiegte mich
sanft hin und her, sprach beruhigend auf mich ein:

»Alles gut, dir kann nichts passieren, sie ist tot.«

Seine Wärme und die Ruhe in seiner Stimme taten
mir unendlich gut. Normalerweise hatte ich keine
Angst vor Spinnen, doch dieses überdimensionale Vieh
war einfach zu viel! Wie war das Ding überhaupt unter
das Moskitonetz gekommen? Und, oh Gott, ich glaube,
es war mir übers Gesicht gekrabbelt! Pedro tat alles, um
mich zu beruhigen:

»Normalerweise greifen sie Menschen nicht an. Selbst
wenn sie dich gebissen hätte, das Gift der Tarantel ist
für Menschen nicht tödlich.«

Mit tränenverschleiertem Blick sah ich zu ihm auf:

»Ich bin so froh, dass du hier bist, Pedro!«

Nach diesen Worten veränderte sich sein Gesichtsausdruck, wurde ganz weich. Er beugte sich über mich,
strich mir sanft die Haare zur Seite und legte seine Lippen auf die meinen. Der Kuss war so zärtlich, für einen
Augenblick ließ ich es einfach zu, genoss das Gefühl,
sank in seine Arme. Abrupt löste sich Pedro von mir,

stieß mich von sich und sprang auf. Ich war völlig vor den Kopf gestoßen!

»Es tut mir leid, das hätte nicht passieren dürfen!«

Er faselte, ich solle Steffen bitte nichts davon erzählen und er wolle nicht, dass es Ärger gibt, und schon war er verschwunden. Perplex blieb ich zurück, sah gerade noch, wie Pedro übers Gelände ging, fast rannte. Was um alles in der Welt hatte das zu bedeuten? Was hatte Steffen damit zu tun?

Um einen klaren Kopf zu bekommen, spritzte ich mir eiskaltes Wasser ins Gesicht, bevor ich mir die passenden Klamotten für die Abendsafari heraussuchte. Gott sei Dank hatte offenbar niemand etwas von meiner Spinnenhysterie mitbekommen. Ich wollte auf keinen Fall schon wieder der Mittelpunkt sein. Langsam hatte ich genug davon, es war mir peinlich genug, was schon geschehen war. Immer wieder schweiften meine Gedanken zu Pedro. Er faszinierte und verwirrte mich zugleich. Dieser Mann strahlte eine Ruhe und Sicherheit aus, wie ich es bisher nie erlebt hatte. Seit er mich an jenem Abend in Kenia gebeten hatte, auf mich Acht zu geben und Leo zu verlassen, hatte sich in mir etwas verändert.

Von draußen hörte ich die Rufe von Hermann:

»Eliza, bist du so weit? Wir müssen los!«

Rasch griff ich nach meiner Jacke und einem Tuch, um die Haare vor dem alles durchdringenden Staub der Sandpisten zu schützen. Nun stand dem abendlichen Game Drive nichts mehr im Wege, ich war froh über die Ablenkung. Die Männer warteten bereits auf mich, von Pedro keine Spur. Wenig später hörte ich, dass er unter dem Vorwand, sich nicht wohlzufühlen, die abendliche Fahrt auslassen würde. Was war plötzlich los mit ihm?

Kaum hatten wir das Tor zum Nationalpark passiert, kreuzte eine Elefantenherde unseren Weg. Fasziniert beobachteten wir, wie behutsam die mächtigen Tiere mit ihrem Nachwuchs umgingen, die Kleinen mit dem Rüssel immer wieder in die richtige Richtung lenkten und ihnen die besten Leckerbissen zeigten. Die untergehende Sonne zeichnete lange Schatten in die Savanne und färbte die kleinen Wolken am Abendhimmel in kitschiges Rosa. Die Stimmung konnte nicht zauberhafter sein.

Im Licht der beginnenden Dämmerung entdeckten wir zahlreiche Tiere, die sich auf die Nacht vorbereiteten, langsam zur Ruhe kamen. Die Vielfalt in diesem Gebiet war schier unerschöpflich: Zebras, Gnus, Springböcke, Antilopen … Unser Fahrer steuerte auf das Flussufer zu, damit wir einen Blick auf die Krokodile werfen konnten, die sich dort aufhielten, als er plötzlich die Geschwindigkeit massiv drosselte und den Motor abstellte. Mit dem Zeigefinger auf den Lippen deutete er uns, keinen Mucks zu machen, er hatte etwas entdeckt.

Im Schatten einiger Bäume am Ufer bewegte sich ein Tier.

»Leopard!«, zischte unser Guide.

Vor uns im dürren Gras streifte ein großes Leopardenmännchen durchs Gebüsch. Sein prachtvoll gemustertes Fell machte ihn in dieser Umgebung fast unsichtbar, seine Schritte lautlos. Er war auf der Suche nach Wasser. Wir standen nur wenige Meter von ihm entfernt, ich konnte seinen Atem hören.

»Sowohl Männchen als auch Weibchen der Leoparden sind Einzelgänger. Sie verteidigen ihre Reviere mit einem Röcheln.«

Die Worte unseres Guides würden für mich immer im Zusammenhang mit diesem Geräusch stehen. Es war der gruseligste Laut, den ich je gehört hatte. Er übertraf bei Weitem das Lachen der Hyänen, die ihre Beute verspeisten, oder das Brüllen der Löwen. Da war es wieder, dieses Röcheln. Löwengebrüll ließ keine Fragen offen, da wusste man, woran man war. Das Röcheln des Leoparden hatte etwas vergleichsweise Kraftvolles, aber gleichzeitig Heimtückisches.

Ohne sich von uns stören zu lassen, setzte der Leopard seinen Weg zum Fluss fort, ließ sich im Sand nieder und trank genüsslich aus dem Rinnsal. Das edle Tier zog uns alle in seinen Bann, wir waren fast ein wenig enttäuscht, als unser Guide zurücksetzte und wir weiterfuhren.

»Ihr habt riesiges Glück, normalerweise lässt sich keiner der Leoparden bei Tageslicht blicken, schon gar nicht aus nächster Nähe. Wir dürfen ihn aber auf gar keinen Fall stressen, darum sind wir nicht dortgeblieben.«

Alle strahlten übers ganze Gesicht und wir setzten den Game Drive fort, um uns den Sonnenuntergang von einem der Hügel in der Mitte des Parks anzusehen. Oben angelangt drehten sich alle Gespräche nur um den Leoparden. Keiner hatte je einen in freier Natur gesehen. Nur Philipp war etwas enttäuscht, er hatte ganz hinten gesessen, von dort war seine Sicht so eingeschränkt gewesen, dass er kein brauchbares Foto machen konnte.

»Weißt du, Eliza, für mich ist Fotografie das Studium vom Licht, alles hängt davon ab, wie es fällt. Natürlich musst du dich auch intensiv mit dem Gegenüber auseinandersetzen, seinem Verhalten, seiner Lebensweise. Nur dann entstehen natürliche, authentische Bilder. Nur dann kannst du ein Erlebnis tatsächlich festhalten.«

»Ich bin mir sicher, Philipp, du wirst hier noch viele Erlebnisse festhalten.«

Der Blick auf die untergehende Sonne verschlug uns den Atem, rotglühend versank der Feuerball am Horizont. Ich ertappte mich dabei, wie ich mir Pedro her wünschte. Gerne hätte ich diesen Augenblick mit ihm genossen, ohne die anderen. Nur wir zwei, ganz allein. Ich stellte mir vor, wie er mich in die Arme nahm und wir uns im Schein der untergehenden Sonne leidenschaftlich küssten, vielleicht auch mehr?

Was nur wenige Minuten später geschah, übertraf alles bisher Erlebte!

Wir hatten gerade Halt gemacht, um einer kleinen Herde Springböcke zuzusehen und das verbleibende Licht für ein paar Fotos zu nützen, als sich ein großer Leopard unserem Wagen näherte. Er pirschte durch das kniehohe Gras, ohne unsere erhöhte Position hätte ich ihn nicht einmal bemerkt!

Vorsichtig stieß ich Philipp an, der inzwischen seinen Platz getauscht hatte und links von mir saß, und deutete auf die Großkatze unmittelbar neben uns. In

Zeitlupe tastete er nach der Leica in seiner Tasche, ich sah, wie sich Philipps Nackenhaare aufstellten. Das Tier war nun in seinem Sucher, es pirschte sich immer näher und benutzte den Jeep als Deckung. Ich hielt den Atem an.

Die Antilopen fraßen unterdessen völlig unbeeindruckt weiter, den Blick interessiert auf unseren Wagen gerichtet, von dem für sie im Moment keine Gefahr ausging. Sekundenbruchteile später schoss der Leopard aus seiner Deckung hervor und riss eines der Tiere nieder.

Die Antilopen stoben panisch auseinander, flüchteten vor der Gefahr. Wild mit den Beinen um sich schlagend lag das erbeutete Tier hilflos am Boden, sein Hals wurde von der Katze erbarmungslos zugedrückt, der Widerstand zusehends schwächer. Für den Leoparden war es ein riesiger Kraftakt, dieses viel größere Tier so lange festzuhalten, bis es verendet war. Wir wurden Augenzeugen, als das Leben aus der Antilope wich, sie ihren letzten Atemzug tat. Fressen und gefressen werden – Teil des Kreislaufs der Natur.

Philipp drückte auf den Auslöser. Beim Geräusch des Verschlusses hob der Leopard aufmerksam den Kopf und blickte in unsere Richtung. Er begann, den eben gerissenen Springbock mit aller Kraft fortzuziehen. Gebannt beobachteten wir, wie es ihm gelang, in mühseliger Kleinarbeit das riesige Tier auf einen Baum zu zerren. Sein Keuchen war nicht zu überhören.

Die Antilope auf einem Baum zu verstecken, war die einzige Chance, seine Beute vor hungrigen Hyänen zu schützen, die überall lauerten, und so sein Überleben zu sichern. Um ihn nicht weiter zu stören, zogen wir uns vorsichtig zurück. Inzwischen war es dunkel und fast keine Tiere mehr zu sehen, selbst im Lichtkegel unseres Wagens sahen wir nur hie und da ein Paar Augen aufblitzen. Der Guide hatte erklärt, dass man allein an der Augenfarbe unterscheiden konnte, um welche Art von Tieren es sich handelte. Leuchteten die Augen rot aus der Dunkelheit, waren es aller Wahrscheinlichkeit nach nachtaktive Tiere, bei gelben dagegen handelte es sich im Normalfall um tagaktive wie zum Beispiel Impalas. Die Suche nach den verschiedenen Augen machte unglaublich Spaß.

Es waren diese Erlebnisse, die das Leben auf Safari so süchtig nach mehr machten. Ich war keine Freundin von Adrenalinschüben und würde mich niemals mit einem Fallschirm aus einem Flugzeug werfen oder Bungee-Jumping machen. All das gab mir nichts. Aber heute Nacht hatte ich einen Nervenkitzel gefunden, der tatsächlich nach meinem Geschmack war. Noch nie hatte ich so viele Gefühle auf einmal in mir gespürt: Aufregung, Spannung, Angst, Freude – alles überschlug sich und doch waren meine Gedanken glasklar. Sich einmal im Leben so lebendig zu fühlen, das war es wert.

Das alles beherrschende Gesprächsthema dieses Abends in der Lodge war natürlich die Begegnung mit »unserem Leoparden«. Selbst die anderen Gäste hörten gebannt den Erzählungen zu. Wild durcheinander plappernd wollte jeder etwas beitragen. Begleitet von Gelächter, Wein und allerlei Jägerlatein ließen wir den Abend entspannt ausklingen.

Endlich entwickelte sich die Reise so, wie wir es uns vorgestellt hatten. Ich tauchte ein in die gemütliche Atmosphäre, allein Pedro fehlte mir. Er war noch immer nicht aufgetaucht, hatte sich auch für das Abendessen entschuldigt und stattdessen etwas in sein Zelt bestellt. Ich wusste nicht, was los war. Es war doch nichts vorgefallen! Er durfte mich getrost küssen, schließlich war ich inzwischen eine verlassene Singlefrau und somit niemandem eine Erklärung schuldig.

Manfred schenkte mir noch etwas Wein nach und Philipp präsentierte auf dem mitgebrachten Laptop die besten Bilder des Tages. Mein Favorit war ein Schnappschuss, bei dem der Leopard nach dem Riss noch einmal kurz den Kopf hob. Der wache Blick, diese unbändige Kraft – ein Schauspiel der Natur. Philipp hatte die Situation derart hautnah eingefangen, dass mir ein leiser Schauer über den Rücken lief. Die Eleganz dieses herrlichen Tieres und seine Energie waren förmlich zu spüren.

Da erst fiel mir auf, dass Harald sich etwas abseits von dem ganzen Rummel in einen der großen Lehnsessel gesetzt hatte. Sein Blick schweifte müde in die Ferne. Es war der Ausdruck eines tief gekränkten Menschen. Ihn hatte der Verlust von Marie noch viel stärker getroffen als mich der Verrat von Leo. Seine Liebe war voller Hoffnung und Vertrauen gewesen, alles ganz frisch. Ich konnte nachvollziehen, wie er sich fühlte, und doch war es mir nicht möglich, ihm zu helfen. Mir fehlten die passenden Worte, ich wusste nicht, was ich zu ihm sagen sollte, um seinen Schmerz zu lindern. Als würde er merken, dass ich ihn beobachtete, erhob er sich und ging, ohne sich noch einmal umzudrehen, nach draußen.

Victoria

Die weißen Kieselsteine knirschten unter den Reifen, als wir die ausladende Einfahrt zum »Victoria Falls Hotel« hinauffuhren. Schon von Weitem konnte ich einen Angestellten erkennen, der gekleidet wie ein Butler aus der Kolonialzeit unsere Ankunft erwartete. Was für ein Kontrast zu den Zeltlagern der letzten Wochen! Verrückte Welt!

Das Hotel, ein ehemaliges Herrenhaus, das nach dem Weggang der Besitzer eine neue Funktion erhalten hatte, thronte auf einem flachen Hügel. So musste es ausgesehen haben in einer Zeit, als dieses Land von den Engländern erobert und erforscht wurde. Schon in der Haupthalle fühlte ich mich augenblicklich in die Vergangenheit zurückversetzt. An den Wänden prangten unzählige Trophäen, Felle und Bilder. Zeitzeugen des Kolonialismus, Indizien für die Ausbeutung ganzer Generationen.

Für Harald war der Abstecher hierher eine Herzensangelegenheit und somit Fixpunkt der Reise. Schließlich hatte sein großes Idol Walter Mittelholzer an diesem Ort viel Zeit verbracht und war während seiner abenteuerlichen Flüge immer wieder hier abgestiegen.

Im Foyer des Hotels prangte ein übergroßes Wandbild, das die Reise des berühmten Schweizers verewigte. Steffen und Harald posierten stolz davor. Ich freute mich für die beiden, sie hatten ihr großes Ziel erreicht und das Projekt bisher mehr oder weniger erfolgreich bewältigt. Ich für meinen Teil fühlte mich in den Zelten und Bungalows deutlich wohler. Das Ganze hatte etwas von einem Museum. Die Atmosphäre in dem feudalen Hotel wirkte auf mich etwas übertrieben.

Einer der Butler begleitete mich durch endlos lange Korridore in einen der Seitenflügel, um mir mein Zimmer zu zeigen. Ich würde den Betreibern des Hotels Unrecht tun, wenn ich nicht zugeben würde, dass alles liebevoll hergerichtet, nahezu perfekt war. Nein, daran lag es nicht. Vielmehr störten mich die Extreme, das Ungleichgewicht. Auf dem Weg von Livingstone hierher sahen wir nur Dürre, hier gab es einen makellosen Rasen und blühende Sträucher rankten sich an den weiß getünchten Wänden empor. Vielleicht lag es einfach an mir, doch ich tat mich schwer, mich daran zu gewöhnen, dass es solche Unterschiede gab. Zudem hatte ich nicht einmal passende Kleider für so ein schickes Hotel im Gepäck.

Ich hatte mich mit Steffen verabredet, um zu den Wasserfällen zu spazieren, die von meinem Zimmer aus in Sichtweite südlich des Hotels lagen. Während ich auf ihn wartete, schlenderte ich durch die Parkanlagen des Hotels. Üppige Blumenrabatten und Grünflächen wurden von riesigen, steinalten Laubbäumen beschattet. Das weiße Herrenhaus mit den Säulengängen und prächtigen Terrassen ließ die ganze Szenerie wie den Teil eines Gemäldes erscheinen. Die alten Kolonialherren hatten sich darauf verstanden, ihr Leben fern der Heimat so angenehm wie möglich zu gestalten.

Ich rügte mich selbst im Stillen für mein Genörgel, während mein Blick über die riesengroße Anlage glitt.

Mir blieb die Wahl: Ich konnte diesen traumhaften Flecken Erde mit all seinen Vorzügen genießen, oder mich weiter aus Protest gegen den Luxus wehren. Ändern würde ich dadurch nichts, so viel war sicher.

Steffen kam mit einem breiten Lächeln auf mich zu und begrüßte mich mit einem Kuss auf die Wange. Er trug ein weißes Hemd, helle Hosen und sah blendend aus. Klar, er war deutlich älter als ich und obwohl ich mir noch nie etwas aus älteren Männern gemacht hatte, musste ich zugeben, dass sein Charme durchaus Wirkung auf mich hatte.

Freundschaftlich legte er einen Arm um meine Schultern, als wir über einen staubigen Schotterweg vom Hotel zu den Fällen spazierten. Jeder musste denken, wir wären ein Paar. Irgendetwas daran störte mich. Doch ich schob meine Bedenken zur Seite, schließlich wollte ich den Ausflug genießen und ihn mir nicht wie so oft in letzter Zeit durch trübe Gedanken verderben lassen.

Die Flora änderte sich schlagartig beim Betreten des abgesperrten Geländes. Der Dunst der Wasserfälle ließ unzählige Pflanzen sprießen. Üppige Palmen und Gewächse mit Blüten, die mir bislang unbekannt waren, säumten unseren Weg. Wir tauchten ein in eine völlig andere Welt, nur wenige Schritte von der Dürre entfernt.

Schon am Eingang des Geländes thronte eine übergroße Statue von »Sir David Livingstone«. Der schottische Missionar hatte im Jahr 1855 bei einer seiner Reisen die Victoriafälle entdeckt und sie nach der damaligen Königin benannt. Die Gischt der hinabstürzenden Fluten stob weit in den Himmel und tauchte die Umgebung in einen Nebel. Das Licht der Sonne spiegelte sich im Dunst in unzähligen Regenbogen wider.

Der Sambesi führte genügend Wasser, um uns ein unvergessliches Erlebnis zu bescheren. Viele der Besucher verweilten an den Hotspots der Route durch den Park, Steffen hingegen kannte sich hier aus. Er führte mich zu den weniger bekannten Aussichtspunkten, die uns freien Blick auf die Fälle gewährten. Immer wieder legte er wie zufällig seine Hand an meine Hüften, um mir einen Ausblick oder eine Pflanze zu zeigen, von der es Hunderte gab.

Mein Körper verspannte sich unter seinen Berührungen und ich versuchte, mich diskret von ihm zu lösen. Es fühlte sich nicht richtig an, obwohl Steffen sich sichtlich bemühte, mir alles zu zeigen. Ich hoffte, er würde meinen Widerwillen nicht allzu sehr spüren, doch etwas in mir wehrte sich gegen seine Nähe. Ich konnte die bezaubernde Kulisse der Wasserfälle gar nicht recht genießen. Die Anspannung ließ mich unachtsam werden und ich stolperte, Steffen reagierte sofort und fasste mich an den Schultern:

»Alles in Ordnung? Du wirkst irgendwie abwesend.«

»Tut mir leid, ich bin nur etwas müde, das ist alles.«

Auf dem Rückweg machten wir auf der Hotelterrasse halt, dort trafen wir auf unsere Freunde, die es sich bei einem Sundowner gemütlich gemacht hatten. Mitten unter ihnen saß Manfred, der den Aufenthalt hier besonders zu genießen schien:

»Ich fühle mich wie ein Kolonialherr – fantastisch! Ist das Leben nicht schön?«

Die versammelte Runde stimmte in sein Lachen ein und prostete ihm zu.

Ich machte gute Miene zum bösen Spiel und hielt auch mein Glas hoch, obwohl mir diese Aussage bitter aufstieß. Doch ich wollte niemandem den Abend verderben. Aus dem Augenwinkel sah ich Pedro. Seit seinem Kuss hatten wir kein Wort mehr miteinander gesprochen. Ich spürte, wie er mich beobachtete, und wollte die Situation zwischen uns endlich bereinigen, also prostete ich ihm zu und lächelte ihn an. Sein Blick verriet mir, dass er verstand. Ich spürte förmlich, wie eine Last von mir abfiel. Als ich mich verabschieden wollte, um mich fürs Abendessen umzuziehen, trat Steffen hinter mich und flüsterte mir ins Ohr:

»Ich hab ein kleines Geschenk auf dein Zimmer bringen lassen. Du würdest mir eine große Freude bereiten, wenn du es heute Abend tragen würdest.«

Ich spürte, wie mir die Hitze ins Gesicht stieg, als ich mich zu ihm drehte und nickte. Als ich mich wieder umdrehte, war Pedro verschwunden, hoffentlich hatte er die Situation nicht in den falschen Hals bekommen. Ich war verwirrt von meinen eigenen Gefühlen: Einerseits genoss ich die Komplimente und Bemühungen von Steffen, doch innerlich war ich hin und her gerissen. Viel zu lange schon hatte sich kein Mann mehr um mich bemüht. Klar, Steffen war charmant und zuvorkommend, doch Pedro berührte mich auf ganz spezielle Weise. Tiefer.

Im Zimmer angekommen fiel mein Blick sofort auf ein Paket, das mit einer großen Schleife verschlossen auf meinem Bett lag. Das konnte warten. Erst als ich aus der Dusche kam, machte ich mich daran, das Paket zu öffnen. Während ich an dem breiten Samtband zog, um es zu entfernen, fiel mir eine Karte in die Hand:

Ich hoffe, es gefällt dir, meine Schöne. A.

Als ich den glänzend türkisfarbenen Stoff vorsichtig in die Höhe hob, verschlug es mir fast den Atem. In meinem Kleiderschrank gab es kein auch nur annähernd so elegantes Teil! Unter dem hauchzarten Papier, in das dieser Traum aus Seide gebettet war, kam noch ein Paar prächtiger, mit Strass verzierter High Heels zum Vorschein. Steffen musste verrückt geworden sein! Es gab keinen Grund, mir so ein teures Geschenk zu machen. Fast schon andächtig schlüpfte ich in das Kleid und genoss das kühle Gefühl, als sich der herrliche Stoff sanft auf meine Haut legte. Es passte wie angegossen!

Pedros Blick, als ich die Treppe zur Terrasse hinunterstieg, sagte mehr, als Worte hätten ausdrücken können.

Er stand, in einen legeren Anzug gekleidet, ein Glas Wein in der Hand, lässig an das gemauerte Geländer angelehnt da und starrte mich mit offenem Mund an. Als ich an ihm vorbei auf die Terrasse ging, erwiderte er mein Lächeln und zwinkerte mir spitzbübisch zu. Ich spürte, wie die Hitze in mir aufstieg und ich ging rasch weiter. Er sollte nicht sofort sehen, wie viel mir seine Bewunderung bedeutete.

Überall standen Fackeln und Laternen, der warme Wind wehte leise Musik aus dem Pavillon zu uns herüber. Dort spielte eine Bluesband, einige Paare schwebten übers Parkett. Die Atmosphäre war sehr elegant. Als ich mich zu »meinen Männern« an den festlich gedeckten Tisch setzte, erntete ich unzählige Komplimente und begann, den Abend so richtig zu genießen.

Nach dem Abendessen führte Steffen mich in den Park und wir lauschten bei einem Glas Champagner der Musik:

»Tanzt du?«

»Sorry, Steffen, ich glaube, ich bin auf diesem Gebiet ziemlich eingerostet!«

»Das kann ich mir kaum vorstellen. Komm, probieren wir es aus. Lass dich von mir führen.«

Widerwillig ließ ich mich von Steffen auf die Tanzfläche lenken, ich wollte nach seiner Großzügigkeit auf keinen Fall unhöflich sein. Glücklicherweise wurde gerade ein langsames Stück gespielt. Meine letzten Tanzschritte lagen lange zurück, ich konnte mich nicht erinnern, wann ich das letzte Mal getanzt hatte. Vermutlich war unser Hochzeitswalzer das einzige Mal, dass Leo und ich gemeinsam getanzt hatten. Er konnte klassischen Tanz nicht ausstehen. Ich fand das immer schade, doch über die Jahre gewöhnte ich mich daran und ließ es mit der Zeit ganz bleiben.

Steffen legte seinen Arm an meine Hüfte und setzte zum Tanz an. Er war zweifelsohne ein Könner auf dem Gebiet, das war nicht zu übersehen. Kräftig und bestimmt übernahm er die Führung und wir glitten scheinbar mühelos übers Parkett. Trotzdem war alles in mir angespannt. Seine Nähe, die Art wie er mich ansah, all das gefiel mir ganz und gar nicht, war mir zu intensiv, zu fordernd. Irgendetwas an ihm stieß mich ab, obwohl er nichts unversucht ließ, um mich zu verwöhnen.

Der Abend war ein voller Erfolg, das Essen, der Wein. In der Gruppe war die Stimmung besser denn je. Dennoch fühlte ich mich in Steffens Gesellschaft während unseres Tanzes nicht wohl. Er flüsterte mir immer wieder Komplimente ins Ohr, die ich lachend abtat. Seine Arme fühlten sich wie Fesseln an, die sich immer enger um mich legten. Endlich war das Stück zu Ende und ich löste mich aus seiner Umarmung.

»Lass uns doch ein Stück gehen, die Nacht ist noch jung, Eliza. Ich hab für uns auf meinem Zimmer eine Flasche Champagner eingekühlt, da sind wir ungestört.«

Alles in mir wehrte sich dagegen, mit ihm allein zu sein. Ich wusste nicht, was los war. In den letzten Tagen hatte ich oft an Steffen gedacht, seine fürsorgliche und charmante Art genossen. Die Gespräche mit ihm taten mir gut, unsere frisch geknüpfte Freundschaft bedeutete mir viel. Heute jedoch war alles anders. Die Art, mit der er mich ansah, jagte mir einen eisigen Schauer über den Rücken.

»Ich bin müde, Steffen, und muss dringend raus aus den hohen Schuhen.« Ich deutete auf die funkelnden Heels. »Ein anderes Mal gern.«

Mit diesen Worten drehte ich mich um und war in der Dunkelheit verschwunden, noch bevor er reagieren konnte. So schnell ich konnte, lief ich über den Rasen des Südflügels, auf halber Strecke befreite ich mich von den Schuhen und rannte durch die Dunkelheit. Nichts wie weg von Steffen! Kurz vor meinem Zimmer prallte ich mit Pedro zusammen.

»Ja, hallo! Da hat es jemand aber eilig!«

Ich errötete. Pedro! Wir hatten kaum Gelegenheit gehabt, uns an diesem Abend zu unterhalten, obwohl ich durchaus bemerkt hatte, dass er mich immer wieder beobachtete. Pedro hatte sich im Hotel mit einem befreundeten Arzt getroffen, der ebenfalls das Land bereiste. Wir wurden einander beim Essen vorgestellt, bevor sich die beiden Männer absonderten, um sich in Ruhe unterhalten zu können. Pedro wirkte an diesem Abend nicht mehr so angespannt, immer wieder hörte ich sein lautes Lachen, die beiden Freunde schienen einen gemütlichen Abend zu verbringen.

»Ups, ich wollte dich nicht erschrecken!«, brachte ich hervor.

Mein Anblick war bestimmt ziemlich grotesk. Barfuß im Abendkleid, die Schuhe in den Händen stand ich vor ihm. Aus dem Knoten meiner Haare hatten sich einige Strähnen verselbstständigt und meine Wangen glühten.

»Du hast mich nicht erschreckt, doch du siehst aus wie Aschenputtel auf der Flucht.«

Pedro grinste und kratzte sich am Nacken. Er machte sich über mich lustig!

»Aschenputtel auf der Flucht, haha! Ganz unrecht hast du nicht. Ich wollte nicht mit Steffen allein sein, drum bin ich abgehauen.«

Nun grinste auch ich. Die Situation war tatsächlich ähnlich. Pedros Gesichtsausdruck verdunkelte sich augenblicklich.

»Wie? Ich verstehe nicht. Ich dachte, Steffen und du …«

Völlig verdutzt starrte ich Pedro an:

»Was? Du hast gedacht, zwischen uns läuft was? Steffen ist für mich ein Freund, mehr nicht!«

Pedro sah mich mit einem Blick an, den ich nicht deuten konnte. Er streckte mir galant seinen Arm entgegen:

»In diesem Fall darf ich dir das Angebot machen, dich auf dein Zimmer zu begleiten. Nicht, dass es noch weitere Komplikationen gibt.«

Froh, dass er da war, nahm ich seinen Arm und ließ mich die letzten paar Meter durch den Korridor begleiten. Ich schritt dahin wie eine Prinzessin und fühlte mich fast so. An der Tür verabschiedete er sich ganz gentlemanlike und verbeugte sich vor mir:

»Mylady, es war mir eine Ehre!«

Kichernd wie ein Teenager deutete ich einen Knicks an und schloss die Tür zu meinem Zimmer auf.

»Danke, Pedro! Schlaf gut.«

»Ich habe zu danken, es war mir ein Vergnügen, den Abend mit einer so hinreißenden Frau zu verbringen.«

Mit einem Augenzwinkern winkte ich ihm nochmals zu, bevor ich die Tür hinter mir schloss. Den Rücken an die Tür gelehnt stand ich im dunklen Zimmer. Am liebsten hätte ich sie nochmals aufgerissen und Pedro zurückgeholt, um die Nacht mit ihm zu verbringen. Ich erschrak über meinen Gedanken. Was war nur los mit mir? Ich spürte, wie sich mein ganzer Körper nach seinen Berührungen sehnte. Ich wollte IHN spüren. Rasch öffnete ich den Reißverschluss und ließ das Kleid achtlos zu Boden gleiten, bevor ich das Fenster aufriss, um mich abzukühlen. Mein ganzer Körper glühte geradezu.

Mit den Gedanken noch immer bei Pedro ließ ich meinen Blick über die Hotelanlage gleiten. Die Bar war hell erleuchtet, obwohl sich nur noch einzelne Gäste dort versammelt hatten.

Am Rand entdeckte ich Harald und Steffen, von der restlichen Gruppe war niemand mehr zu sehen. Es musste bereits weit nach Mitternacht sein – ich hatte inzwischen jegliches Zeitgefühl verloren – und die älteren Herren wohl schon zu Bett gegangen sein.

Zur Beruhigung genehmigte ich mir noch ein Glas Wein und hüllte mich in einen flauschigen Bademantel, bevor ich mich auf den dunklen Balkon setzte, an Schlaf war ohnehin nicht zu denken. Viel zu aufgewühlt war ich von den Ereignissen dieses Abends. Immer wieder glitten meine Gedanken zu Pedro und ich ertappte mich dabei, wie ich meinen Körper berührte und mir dabei wünschte, es wären seine Hände, die mich liebkosten. Leise Musik erfüllte die Nachtluft und der Himmel war übersät von unzähligen Sternen.

Steffen und Harald unterhielten sich offensichtlich prächtig, ihr Stimmengewirr und Lachen drang bis zu mir. Sie waren nur wenige Meter von meinem Balkon entfernt, konnten mich im Dunkeln jedoch nicht sehen.

Plötzlich erschienen zwei junge Frauen auf der Bildfläche. Selbst aus einiger Entfernung war zu erkennen, dass sie mehr Make-up als Kleidung trugen. Die Art, wie die beiden auf ihren Absätzen schwankten, ließ ahnen, dass sie schon beschwipst waren. Sie trugen enge knappe Tops, das eine rot, das andere silbern mit Fransen. Die kleinere Frau, die ihre Brüste präsentierte wie Melonen auf einem Regal, ging voran. Sie hatte einen derart kurzen Rock an, dass sie ihn sich gleich hätte sparen können. Wie selbstverständlich steuerten die zwei Frauen auf Harald und Steffen zu, die sie zu erwarten schienen. Ich beobachtete, wie Steffens Hand bei der Begrüßung der Kleineren über ihre Hüften glitt und dann den Rücken hinauf zu ihren nackten Schultern wanderte, während er sich vorbeugte und mit seinen Lippen ihren Hals berührte. Mein Gott, was passierte hier gerade? Woher kamen diese Frauen? Woher kannten sie die beiden?

Harald musste derweilen der anderen etwas Schmutziges ins Ohr geflüstert haben, denn sie warf den Kopf in den Nacken, lachte, und versuchte kokett, ihm eine Ohrfeige zu verpassen. Harald lachte ebenfalls und wich dem Schlag aus. Daraufhin fasste er in die Hosentasche und reichte der Frau einen Geldschein. Mir fiel es wie Schuppen von den Augen! Prostituierte. Hier ging es um Sex. Steffen hatte bei mir nicht bekommen, was er erwartete, nun hatten sie sich käufliche Liebe bestellt.

Angewidert beobachtete ich, wie sie Arm in Arm von der Bar zum Hauptgebäude gingen. Die beiden Männer ekelten mich an. Hatte Steffen tatsächlich gedacht, dass ich mich so leicht von ihm um den Finger wickeln lassen würde? War ihm unsere Freundschaft nicht mehr wert? Hatte er alles nur gesagt, um möglichst schnell an Sex zu kommen? Was für ein Frauenbild besaß dieser

Mensch? Und Harald? Noch vor wenigen Tagen schien seine Trauer um Marie fast unüberwindbar.

Mir reichte es, ich schloss die Balkontür. Während ich wütend an den Vorhängen riss, konnte ich sehen, wie das Quartett in der Dunkelheit verschwand. Was war mit diesen Männern nur los?

Chobe River

Die Veranda erstrahlte im sanften Licht der unzähligen Kerzen, die unsere zwei Gastgeberinnen entzündet hatten. Eine leichte Brise, die vom Fluss herkam, vertrieb endlich die fast unerträgliche Schwüle des Tages.

»Meine Herren, ich hoffe, ihr seid noch nicht verhungert. Es tut mir leid, doch nach dem heutigen Tag hab ich dringend meinen Schönheitsschlaf gebraucht!«

Alle hoben ihr Glas und prosteten mir fröhlich zu, noch bevor ich mich hingesetzt hatte.

Der heutige Tag hatte mir tatsächlich viel abverlangt …

Gleich in der Früh hatte ich eine unschöne Begegnung mit Steffen. Auf dem Weg zum Taxi, das uns zum Flughafen bringen sollte, war ich ihm praktisch direkt in die Arme gelaufen. Er kam auf mich zu, als wäre nichts gewesen.

»Hallo, meine Hübsche! Gut geschlafen, Prinzessin?«

Völlig entgeistert starrte ich ihn an:

»Was soll das, Steffen?«

»Wie? Was soll das? Was meinst du?«

»Das weißt du genau! Wo ist denn deine hübsche Begleitung von letzter Nacht?«

»Wüsste nicht, was dich das angeht, Eliza!«

»Na ja, ich finde das abstoßend. Wie kannst du nur? Das war doch eine Nutte?«

»Ja, sie war eine Nutte! Bist du jetzt zufrieden?«

»Es geht nicht darum, ob ich zufrieden bin.« Inzwischen war unsere Unterhaltung lauter geworden, und einer der Angestellten blickte verstohlen den Gang entlang in unsere Richtung.

»Was denkst du denn? Schließlich bin ich auch nur ein Mann.«

»Das hat doch damit nichts zu tun!«

»Ja, was soll ich sagen, Eliza. Ich hab alles drangesetzt, dass du mich begleitest, doch du warst ja zu stolz. Mir blieb nichts anderes übrig.«

Kopfschüttelnd starrte ich ihn an und flüsterte:

»Ich dachte, die Ereignisse der letzten Tage haben uns zusammengeschweißt. Ich dachte, wir wären Freunde …«

Mit diesen Worten drehte ich mich um und stapfte wutentbrannt davon. Seinen Versuch, mich zurückzuhalten, machte ich zunichte, indem ich seine Hand abschüttelte. Ich konnte und wollte jetzt nicht mehr mit ihm darüber reden. Vielleicht hatte er ja recht, und es ging mich nichts an. Schließlich waren wir erwachsen und jeder konnte selber entscheiden, was er für richtig hielt. Ich blieb kurz stehen und drehte mich zu Steffen um, der mir gefolgt war:

»Es tut mir leid, Steffen, du hast recht. Es geht mich absolut nichts an, was du tust. Ich war gestern nur mit allem etwas überfordert. Mir liegt sehr viel an dir.«

»Mir doch auch, Eliza. Das musst du doch bemerkt haben.«

»Das ist es ja. Du bist mir als Mensch, als Freund und enger Vertrauter wichtig. Mehr ist da nicht. Es tut mir leid. Ich möchte dich als Freund nicht verlieren.«

»Eliza, mir tut es leid. Ich hätte nicht mit der Tür ins Haus fallen dürfen. Du bist eine tolle Frau, ich bewundere dich und dachte, du wärst bereit für mehr. Mein Fehler.«

Steffen machte einen Schritt auf mich zu und nahm mich in den Arm.

»Ich möchte nicht, dass eine solche Dummheit zwischen uns steht, Eliza. Sorry, es tut mir leid.«

Ich erwiderte seine Umarmung, froh darüber, diesen Streit so schnell aus der Welt geschafft zu haben.

Von Victoria kommend, mussten wir unzählige Strapazen in Kauf nehmen, um schließlich an unser Ziel, die kleine Lodge mitten im Wald, zu gelangen.

Schon der Anblick der kleinen, am Ufer vertäuten Boote gleich nach der Landung ließ meine Nackenhaare zu Berge stehen, als wir am Chobe River ankamen. Zu intensiv waren noch die Erinnerungen an den Unfall am Lake Nakuru in meinem Hinterkopf verankert.

Diese winzigen Nussschalen sollten uns durch die Stromschnellen hindurch zu der flussabwärts liegenden Zollstation bringen. In der Grenzregion reiste man in kürzester Zeit in Botswana ein, um nur ein paar Meter weiter nach Namibia zu kommen. Kompliziert, doch es führte kein Weg daran vorbei.

Bevor wir eines der Boote besteigen konnten, klebte mir mein Shirt am Rücken und das lag nicht nur an der Hitze! Pedro hatte meinen verzweifelten Blick bemerkt und mir aufmunternd auf die Schulter geklopft.

»Wird schon gut gehen!«

Ich war nicht mal halb so zuversichtlich, wie ich mich gab. Selbst Hermann schien das zu bemerken und redete aufmunternd auf mich ein.

Gesagt, getan verteilten wir uns in den Booten und die Fahrt ging los. In einem Höllentempo steuerte unser Bootsführer das silberne Boot zwischen Felsen und Stromschnellen hindurch, ich wagte kaum, meine Augen offen zu halten. Im Hinterkopf hallten noch die Worte, die mir Manfred vor dem Start zugerufen hatte:

»Hüpf bloß nicht rein, Eliza, hier darfst du nicht baden gehen, hörst du?« Sein Lachen hatte selbst das Rauschen des Flusses übertönt. »Hier gibt's hunderte Krokos!«

»Mensch, Manfred, lass den Quatsch! Das muss echt nicht sein. Schau nur zu, dass du nicht hineinfällst!«, schlugen sich Steffen und Harald auf meine Seite.

Erfolglos versuchte ich, meiner Angst Herr zu werden, was mir erst gelang, als ich endlich meinen Fuß sicher auf »Impalila Island« setzte. Durch eine kleine Lücke zwischen den in den Fluss hineinragenden Bäumen mit tief hinabhängenden Zweigen hatte unser Guide das Boot ans Ufer gelenkt. Hinter dem Blätterdach konnte ich die Zelte ausmachen, die Schwalbennestern gleich an der Böschung klebten. Erst bei genauerem Hinsehen erkannte ich die terrassenförmige Gestaltung des Geländes. Eines der Gebäude ragte auf Stelzen bis in den Fluss hinein.

Die Luft in diesem undurchdringlichen Dschungel stand geradezu und die schwüle Hitze war kaum zu ertragen. An ein Bad im nahe gelegenen Fluss war nicht zu denken, überall gab es Krokodile!

Während unserer rasanten Fahrt hatte ich bestimmt fünfzig der riesigen Echsen am Flussufer schlafend entdeckt. Erst als ich, frisch geduscht und in ein flauschiges

Badetuch gehüllt, auf meinem Bett lag, fiel die Anspannung von mir ab. Während ich auf den Fluss blickte und die sich kräuselnde Oberfläche beobachtete, wurde ich von einem tiefen, traumlosen Schlaf übermannt. Es dämmerte bereits, als mich der wunderbare Duft aus der Küche weckte.

Nach dem köstlichen Dinner setzten wir uns gemeinsam ans Ufer und staunten über den Sternenhimmel, plauderten und lachten. So unbeschwert hatte ich mich lange nicht gefühlt. Pedro machte Witze, selbst Philipp kam etwas aus sich heraus und wir tanzten sogar im Licht der Petroleumleuchten zur Musik aus einem Kofferradio. In diesem Moment war ich mir sicher: Wenn wir alle mehr Zeit singend unter den Sternen verbringen würden, wäre die Welt ein ganzes Stück mehr in Ordnung. Nach einigen Gläsern Wein verabschiedeten sich nach und nach alle, auch mir fielen fast die Augen zu.

»Gentlemen, ich geh jetzt schlafen. Danke, es war ein super Abend mit euch!«

Mit meinen Schuhen in der Hand winkte ich ihnen zu und wandte mich zum Gehen. Der Tag hatte turbulent gestartet und wunderbar geendet. Ich fühlte mich etwas beschwipst und rundum zufrieden.

»Warte, Eliza, ich bring dich.«

Pedro. Ich erkannte seine samtig weiche Stimme sofort, auch wenn er nur flüsterte. In der Dunkelheit zwischen den Bäumen hatte ich ihn gar nicht bemerkt. Dankbar ließ ich mich von ihm an die Hand nehmen und über die Stufen zu meinem Zelt begleiten. Seine Haut fühlte sich gut an, die Wärme bereitete mir ein wohliges Gefühl. Das Mondlicht ließ die Schatten der Äste tanzen und tauchte die Umgebung in ein gespenstisch schönes Licht, während wir Hand in Hand beim Zelt ankamen. Er kam noch etwas näher, sodass sich unsere Körper fast berührten.

»Danke.«

Meine Stimme war heiser und ich schluckte. Ich konnte seinen sauberen, seifigen Geruch riechen und blickte Pedro in die Augen. Als er langsam seine Hand hob, um mir eine Haarsträhne aus dem Gesicht zu streichen, bemerkte ich, wie sein Blick sich auf meine Lippen senkte. Ich öffnete leicht meinen Mund. Seine Finger strichen zärtlich über meine Wange, bevor er mein Kinn behutsam anhob und sich über mich beugte. Seine weichen Lippen legten sich auf die meinen. Ganz sanft, fast schüchtern. Ich spürte, wie seine Zunge die meine suchte. Plötzlich schien alles still zu stehen, als hätte die Welt aufgehört zu existieren.

Mein Herz schlug bis zum Hals. Wortlos nahm ich seine Hand und führte ihn ins Zelt. Er strich mit seinen Fingerspitzen über meinen Arm, erst innen, dann außen, fasste meine Schultern, küsste meinen Hals unter dem Kinn bis hinauf zum Ohr. Er drehte mich um und küsste das kleine Muttermal an meinem Nacken, bevor er vorsichtig den Reißverschluss öffnete und das Kleid zu Boden fallen ließ. Seine Hände glitten über meinen Rücken, die Hüften und Schenkel. Ich wandte mich zu ihm um, küsste ihn, er strich mit seiner Hand über meine Brüste und liebkoste sie mit seinem Mund. Als er versuchte, den BH zu öffnen, spürte ich, wie seine Hände zitterten. Ich half ihm und sah ihm direkt in die Augen.

»Es ist okay, Pedro.«

Er nickte. Während ich ihn leidenschaftlich küsste, entspannte er sich langsam. Er streichelte meine Brüste und die Brustwarzen und wiederholte es mit seiner Zunge. Meine Nippel reckten sich ihm entgegen. Ich zog ihn nah an mich heran, während ich sein Hemd aufknöpfte und meine Hand zwischen seine Beine schob, und es war deutlich, wie sehr auch er mich wollte.

»Pedro, ich hab mich schon lange nach dir gesehnt.«

»Und ich mich nach dir. Wie oft hab ich davon geträumt!«

»Ich auch.«

Er bettete mich sanft auf die Matratze. Ich sah ihm zu, wie er seine Jeans auszog, dabei ließ er mich nicht aus den Augen. Das Mondlicht, das direkt ins Zelt fiel, offenbarte eine große Narbe, die seinen muskulösen Rücken zeichnete. Nackt kniete er sich vor mich hin, streichelte und küsste die Innenseiten meiner Schenkel, während er mir langsam den Slip auszog. Er hauchte mir einen Kuss auf den Bauch, spreizte meine Schenkel und liebkoste mich dort mit seiner Zunge.

Als er in mich eindrang, bebte mein ganzer Körper.

Krokodilattacke

Inzwischen mussten Stunden vergangen sein. Von draußen drang erstes Vogelgezwitscher ins Zelt und der Nachthimmel verfärbte sich am Horizont bereits in dieses unvergleichbare Blasslila. Pedros Arm lag um meine Hüften und ich konnte seinen leisen, regelmäßigen Atem hören. Die wohlige Wärme fühlte sich wunderbar an. Wir hatten uns geliebt wie zwei Verdurstende auf der Suche nach Wasser. Ich war noch immer überwältigt von Pedros Zärtlichkeit. Als ich mich noch enger an ihn kuscheln wollte, fiel mein Blick auf den Ring an meinem Finger. Unsere Hände waren ineinander verschlungen und er wirkte wie ein Fremdkörper.

Mir war bisher nicht aufgefallen, dass ich ihn noch immer trug – meinen Ehering! Plötzlich fühlte es sich an, als würde er sich einer Fessel gleich immer enger um meinen Finger schließen. Ich wollte ihn abnehmen, nicht länger an Leo gebunden sein, um nichts in der Welt, nicht einmal durch ein schnödes Symbol wie diesen Ring. Ich spürte, wie ich mich innerlich von meinem alten Leben verabschiedete. Diese Nacht änderte alles. Von nun an würde alles gut werden!

Vorsichtig, um Pedro nicht zu wecken, löste ich mich aus seiner Umarmung. Ich stand neben dem Bett und konnte nicht anders, als ihn zu betrachten. Sein durchtrainierter Körper zeichnete sich unter dem zerwühlten Laken ab, auf seinem Gesicht lag ein Ausdruck von Zufriedenheit.

So also fühlte sich Glück an?

Ich griff nach ein paar Kleidern und schlüpfte hinein, bevor ich auf Zehenspitzen aus dem Zelt schlich. In ein paar Minuten würde ich zurück sein und Pedro mit meinen Küssen wecken. Ich konnte es kaum erwarten.

Auf meinem Weg zum Fluss begegnete ich zwei jungen einheimischen Frauen, die Körbe mit Wäsche auf ihren Köpfen trugen. Über dem Camp lag noch morgendliche Stille, außer den Vögeln und der rauschenden Strömung war nichts zu hören, doch von irgendwoher drang der Duft von frisch gebackenem Brot. Fast andächtig spazierte ich zum Ufer. In meinem Kopf hatte ich einen Plan.

Dort angekommen suchte ich mir einen schönen Platz und setzte mich auf den wuchtigen Baumstamm, der tief über das Ufer gebeugt bis in den Fluss ragte. Die Blätter seiner Äste berührten das Wasser und bewegten sich wie Federn im Wind in der Strömung. Die ersten Sonnenstrahlen ließen die Wasseroberfläche funkeln, als ob Sterne hineintauchen würden. So zufrieden und glücklich war ich schon lange nicht mehr gewesen. Alles fühlte sich so richtig an. Ich musste nur noch diese eine Sache zu Ende bringen, um mein neues Leben beginnen zu können. Vorsichtig nahm ich den Ring vom Finger, hielt ihn in die Höhe und betrachtete ihn ein letztes Mal. Dann hauchte ich einen Kuss auf den funkelnden Stein:

»Leo, ich danke dir für die guten Zeiten an deiner Seite und verzeihe dir alles, was geschehen ist.«

Mit diesen Worten nahm ich den Ring und warf ihn mit Schwung in den Fluss, wo er lautlos versank.

»Auf mein neues Leben!«

Die Erleichterung, die sich in mir ausbreitete, war unbeschreiblich. Mein Leben mit Leo war Geschichte und es war gut so. Während ich mir vorstellte, wohin die reißende Strömung den Ring, der mir zur Fessel geworden war, tragen würde, riss mich ein markerschütternder Schrei aus meinen Gedanken.

Wie von der Tarantel gestochen, sprang ich hoch und versuchte mich zu orientieren. Die Schreie kamen von der anderen Seite der Lodge. So schnell ich konnte, rannte ich die Stufen zum Haupthaus hoch, um wieder zum Fluss hinunter zu hetzen. Der direkte Weg war durch dichtes Gebüsch verstellt. Die Schreie waren auch bei den anderen nicht unbemerkt geblieben. Schon von Weitem sah ich Manfred und Harald, die fassungslos auf eine Gestalt starrten, die vor ihnen im Sand lag. Pedro kniete mit nacktem Oberkörper am Boden und rief den Anwesenden Befehle zu.

Philipp neben ihm wühlte in einer Tasche, schien verzweifelt nach etwas zu suchen. Während ich mich der Gruppe näherte, erkannte ich, wer dort am Boden lag. Es war eine jener jungen Frauen, die mir kurz zuvor begegnet waren. Die bunten Kleider waren blutgetränkt und zerrissen, das zweite Mädchen, saß weinend neben ihr. Alle sprachen hektisch durcheinander. Was war nur geschehen? Philipp bemerkte mich als Erster und rief mir zu:

»Eliza, lauf sofort zurück und hol ein paar saubere Tücher!«

Ich machte auf dem Absatz kehrt und lief zurück zum Zelt. Eilig raffte ich ein paar Handtücher und eines der unbenützten Laken zusammen. Als ich Philipp die

Tücher übergab, offenbarte sich mir erst das Ausmaß der Tragödie: Pedro versuchte mit einem T-Shirt, das er um ihren Oberarm gebunden hatte, notdürftig die Blutung zu stillen. Darunter klaffte eine riesige Wunde. Der Unterarm war fast vollständig abgetrennt und noch immer quoll Blut aus der Wunde. Sofort kniete ich mich neben Pedro:

»Was kann ich tun?«

»Gott sei Dank, da bist du ja! Wo warst du denn?«

Ohne meine Antwort abzuwarten, erteilte er mir barsch Anweisungen:

»In der Tasche muss eine *Israeli Bandage* sein, du kennst die Dinger, ja? Such sie schnell, wenn wir die Blutung nicht unter Kontrolle bringen, verlieren wir sie!«

Das Blut rauschte in meinen Ohren, während ich die Tasche durchsuchte. Schnell hatte ich das Päckchen gefunden und aufgerissen, legte die Bandage um den Oberarm des Opfers und zog sie fest. Sekunden später versiegte der Blutstrom aus den Wunden, doch die junge Frau hatte in der Zwischenzeit ihr Bewusstsein verloren.

»Hilf mir, Eliza, wir müssen sie, so gut es geht, verbinden. Steffen organisiert gerade einen Transport. Uns bleibt keine Zeit.«

Mitarbeiter der Lodge hatten inzwischen eine Trage organisiert und gemeinsam legten wir die zierliche Frau darauf. Unter Pedros Anweisungen trugen die Männer die Trage zur Anlegestelle, wo Steffen mit unserem Guide in einem der Boote wartete. Alles ging so schnell, dass ich nicht einmal mehr die Gelegenheit hatte, mich von Pedro zu verabschieden.

Ich sah gerade noch, wie er am Flussufer seinen blut-
verschmierten Oberkörper wusch und in ein T-Shirt
schlüpfte, das Philipp ihm zugeworfen hatte. Als das
Boot ablegte, warf Pedro mir einen Blick zu, den ich
nicht deuten konnte. Er sah mich an, als wäre er völlig enttäuscht. Aber weshalb nur? Wir hatten Hand in
Hand gearbeitet und nach der vergangenen Nacht war
zwischen uns doch alles geklärt. Deutete er mein Verschwinden etwa falsch?

Die allgemeine Aufregung war noch nicht vorüber,
sodass mir kaum Zeit blieb, um weiter meinen Gedanken nachzuhängen. Das Mädchen, das die verletzte Frau begleitet hatte, erzählte uns unter Tränen,
was vorgefallen war: Sie waren an der Lodge beschäftigt
und wie jeden Tag zum Fluss gegangen, um Wäsche
zu waschen. Sie machten das hier tatsächlich noch so!
Fließendes Wasser gab es auf der Insel nur zeitweise,
somit lag es nahe, dieses wertvolle Gut nicht zu ver-
schwenden. Während sie singend und lachend ihrer
Arbeit nachgegangen waren, war plötzlich ein Krokodil
aus dem Wasser geschossen. Wie aus dem Nichts hatte
es sein Opfer gefasst und versucht, es in den Fluss zu
ziehen. Nur dem beherzten Eingreifen des Mädchens
war es zu verdanken, dass die Frau überhaupt gerettet
wurde! Mit Schlägen und Tritten hatte sie das Tier dazu
gebracht, von ihrer Freundin abzulassen. Ich legte meinen Arm um die verstörte Kleine und versuchte, sie zu
beruhigen.

Wir glaubten fest daran, dass es Pedro gelingen
würde, die Frau am Leben zu erhalten, bis sie das Krankenhaus erreichten. Harald erklärte, dass sich etwa zwei

bis drei Stunden flussabwärts eine Stadt mit Krankenhaus befinden würde. Dahin wollte Pedro sie bringen
und wenn möglich gleich vor Ort operieren. Sie hatten kurz entschlossen den Wasserweg gewählt, da der
Transport bis zum Flughafen und der anschließende
Flug für die Patientin keinen Zeitgewinn gebracht hätten. Jetzt konnten wir nur noch abwarten …

Wie wir später erfuhren, spielten sich in den bangen
Stunden, in denen wir auf eine Nachricht warteten, nur
wenige Meilen von uns entfernt dramatische Szenen
ab.

Die Frau hatte wesentlich schwerere Verletzungen er-
litten, als Pedro zunächst vermutet hatte. Nachdem klar
war, dass der Arm nicht mehr zu retten war, hatte Pedro
den verbliebenen Stumpf so geformt, dass sie später
eine Prothese würde tragen können. Noch während des
Eingriffs verschlechterte sich der Zustand seiner Patientin so massiv, dass er fürchtete sie zu verlieren. Unter
unmenschlichen Bedingungen gelang es ihm schließlich, die inneren Blutungen unter Kontrolle zu bringen.
In dem kleinen, heruntergekommenen Krankenhaus
war nicht einmal ein Arzt anwesend und die Zustände
katastrophal, mit denen in Europa nicht zu vergleichen!
Hätte Pedro nicht schon auf unzähligen Auslandsein-
sätzen unter miserabelsten Bedingungen gearbeitet, die
Frau hätte nicht die geringste Chance gehabt!

Nicht ahnend, wie es Pedro und der Frau erging, saßen wir in der Lodge und warteten vergeblich auf ein
Lebenszeichen. Die Stimmung war am Boden. Mein
Versuch, die Zeit mit Lesen herumzubringen, misslang
gründlich. Die Gedanken schweiften immer wieder zu

Pedro ab. Insgeheim machte ich mir Vorwürfe, dass ich ihn nicht zum Krankenhaus begleitet hatte. Vielleicht wäre ich ihm dort nützlich gewesen.

Was mich allerdings fast noch mehr beschäftigte, war die Art, wie er mich angesehen hatte. Er wirkte enttäuscht, ja gekränkt. Lag es daran, dass ich nicht bei ihm gewesen war, als er aufwachte? Oder war die vergangene Nacht aus seiner Sicht etwa ein Fehler? Ich konnte keinen klaren Gedanken mehr fassen.

Windhoek

Ohne große Worte zu wechseln, verteilten wir heute früh unsere Sachen auf die kleinen Boote, die uns zurück zum Festland bringen sollten, zu groß war die Anspannung nach dem gestrigen Tag.

Nach einem kurzen Flug erreichten wir am frühen Nachmittag die Stadt, in die Steffen und Pedro am Vortag die Frau gebracht hatten. Harald war es erst am späten Abend gelungen, Kontakt zu ihnen aufzunehmen. Unsere Erleichterung war grenzenlos, als wir erfuhren, dass die Ärmste über den Berg war und auch unsere zwei Helden die Strapazen unbeschadet überstanden hatten.

Als wir zur Landung ansetzten, konnten wir sie sehen: Total abgekämpft, noch immer in den schmutzigen Kleidern des Vortags standen Steffen und Pedro vor dem Hangar neben der holprigen Landebahn.

Wie in jeder Kleinstadt Afrikas gab es auch hier eine kurze Schotterpiste, notdürftig beleuchtet, und einen kleinen Wellblechverschlag zum Unterstellen der Flieger. Gerade genug, um in dieser Abgeschiedenheit mit der restlichen Welt in Verbindung zu bleiben. Das Flugzeug war noch nicht richtig zum Stillstand gekommen, da liefen sie schon auf uns zu. Pedro sah völlig fertig aus, sein sonnengebräuntes Gesicht wirkte aschfahl.

Die dicken Gewitterwolken, die sich in der schwülen Luft in den Himmel türmten, verliehen der Szene zusätzlich Dramatik. Am liebsten wäre ich sofort zu

Pedro gerannt und hätte ihn in den Arm genommen, so glücklich war ich, ihn wieder zu sehen!

Wie geplant stoppten wir nur kurz, um die Männer an Bord zu nehmen und anschließend den Flug nach Windhoek fortzusetzen. Vor uns lag eine lange Etappe, die Zeit drängte und dieser Umweg war ursprünglich nicht geplant. Pedro hob nur kurz die Hand, um uns zu begrüßen.

Ich erschrak, sein Blick war fiebrig und auf seiner Stirn standen Schweißperlen. Wortlos rollte er seinen Schlafsack im Heck des Fliegers aus, verkroch sich darin und schlief augenblicklich ein. Auf dem Boden, zwischen all den Gepäckstücken!

Steffen ging es offensichtlich deutlich besser. Er nahm neben Harald im Cockpit Platz und erzählte uns die dramatischen Ereignisse der vergangenen Stunden. Kein Wunder, dass Pedro so erschöpft war. Er hatte praktisch die ganze Nacht operiert und das Leben dieser Frau gerettet. Das Personal vor Ort feierte ihn als Helden. Selbst der Flug, aufgrund des Windes äußerst ruppig, störte Pedro nicht im Geringsten, er schlief tief und fest.

Die Landschaft unter uns veränderte sich zusehends. Kontrastreicher konnte es kaum sein: Wir flogen vom Dschungel direkt in die Wüste. Namibia zeigte uns all seine Facetten.

Nach dem kurzen Tankstopp in Windhoek ging es sofort weiter zu unserem nächsten Etappenziel, einem winzigen Hotel am Rande der Wüste Namib. Dieses einsame Bauwerk wirkte auf mich bizarr. Einer kleinen Festung gleich, hineingesetzt in eine Welt aus Sand und Stein, unwirklich und schön zugleich. Eines stand fest: Ärger mit Nachbarn hatten die Besitzer nicht zu befürchten. In dieser Einöde war weit und breit kein Zeichen von Zivilisation zu erkennen. Wir hatten beim Überflug selbst die Landebahn zwischen den Dünen kaum erkannt, wäre sie nicht mit einem im Wind flatternden Fetzen gekennzeichnet gewesen.

Noch bevor ich die Gelegenheit hatte, es mir etwas gemütlich zu machen, überraschte mich Harald mit einer, wie er sagte, grandiosen Idee. Mit Helm und Handschuhen bewaffnet klopfte er an meine Zimmertür.

»Nein, nein! Vergiss es, Harald, keine Chance! Ich denke nicht mal im Traum daran, mich auf so ein bescheuertes Ding zu setzen.«

»Hab dich nicht so, Eliza. Du wirst es lieben. Das ist ein Höllenspaß, glaub mir.«

Ich wehrte mich noch immer, als ich an Haralds Arm bei der restlichen Gruppe ankam. Ausgerüstet mit Helmen saßen sie mit kindlicher Freude im Gesicht auf den Quads und strahlten mich an, sie konnten es kaum erwarten loszulegen.

Der Guide erklärte Manfred, wie er das Teil ordnungsgemäß zu bedienen hatte. Okay, wenn dieser alte, übergewichtige Mann es schaffte, mit so einem Ding durch die Wüste zu rasen, sollte ich es doch auch können. Die Gedanken in meinem Kopf rasten, ich sah mich schon mit einem gebrochenen Bein mitten in der Wüste liegen, verdurstet in der sengenden Hitze! Na gut, ganz so dramatisch würde es hoffentlich nicht werden, doch die nächste Stadt war mehr als 300 Meilen entfernt.

»Eliza, sei keine Spielverderberin! Gib dir einen Ruck und komm mit.«

Ich hatte nicht mal bemerkt, dass ich immer noch dastand und ihnen gebannt zuschaute. Alle riefen wild durcheinander, selbst den Guide hatten sie auf ihrer Seite, wie es schien. Mit einem breiten Grinsen drückte er mir einen Helm in die Hand:

»Let's go!«

Na, spitze! Bevor ich mich versah, saß ich auf einem dieser roten Feuerstühle und ließ die Erklärungen des jungen Mannes über mich ergehen. Gas, Kupplung, Bremse ... Ja, die Bremse, sie war eigentlich das einzige Teil, das mich an diesem Ding interessierte.

Die Jungs drehten mittlerweile ihre Runden auf dem Hotelareal und wirbelten Staubwolken auf, die ihresgleichen suchten. Ihr Gejohle übertönte selbst den Lärm der Motoren. Lauter große Kinder! Worauf hatte ich mich da bloß eingelassen? Also, Eliza, Augen zu und durch, wird schon schiefgehen ... Ich schickte noch ein Stoßgebet gen Himmel, bevor wir im Konvoi unserem Guide Sam folgten.

Die Schotterpiste, die vom Hotel wegführte, ging schon bald in wegloses Gelände über. Immer wieder drosselte Sam kurz das Tempo, um die Umgebung zu erklären. Meine Angst wich der Faszination, die dieses Land auf mich ausübte. Vor uns lag eine endlos scheinende Steppenlandschaft, aus der hie und da pyramidengleich riesige Steinblöcke und Sanddünen aufragten. Dürres, silbergraues Gras, das in Büscheln aus dem Sand wuchs, verlieh den roten Felsen einen faszinierenden Kontrast. Ich kam aus dem Staunen nicht mehr heraus.

Sam lenkte sein Fahrzeug scheinbar mühelos auf einen der unzähligen Hügel und wartete dort auf uns. Was bei ihm so kinderleicht aussah, entpuppte sich für uns als wahre Herausforderung. Unter etlichen Versuchen mit viel aufgewirbeltem Sand, festsitzenden Reifen und einigen Kraftausdrücken schafften wir es nach und nach alle, nach oben zu gelangen. Der Anblick, der sich uns hier bot, war jede Mühe wert. Mir verschlug es den Atem! Die Anhöhe gewährte uns einen freien Blick auf die Wüste, an deren Pforte wir uns befanden: Zahllose Dünen überzogen das Land, bildeten ein wogendes Meer aus Rottönen unterschiedlichster Intensität, große, kleine, dunkle, helle … Nicht zu beschreiben. Wir standen wortlos da und sogen staunend die Stimmung in uns auf.

Sam erklärte uns den Grund dieser ungewöhnlichen Farben. Es war kaum zu glauben, die Grundlage dieses Farbspektakels war schlicht und einfach Rost. Ja, Rost! Kaum zu glauben, doch die Luftfeuchtigkeit ließ das stark eisenhaltige Gestein korrodieren und dadurch schimmerte der Sand rot. Im Norden, von wo wir gekommen waren, erkannten wir von hier oben, dass sich im Gras eigenartige Kreisformationen befanden. Wie uns Sam erzählte, war der Grund für diese Formen umstritten. Von Termitenbauten, die nie jemand nachweisen konnte, bis hin zu Außerirdischen reichten die Theorien. Sam war ein witziger Typ, mit seinem jugendlichen Charme und dem Wissen, das er an uns weitergab, verstand er es, die ganze Gruppe in seinen Bann zu ziehen.

Mit dem Sonnenuntergang setzte kräftiger Wind ein. Ich griff nach meiner Jacke und war froh, mir schon im Hotel ein Tuch um den Kopf gebunden zu haben. Inzwischen hatte es empfindlich abgekühlt und ich war mehr als froh, genug Kleidung eingepackt zu haben. Die Männer rückten enger zusammen und versuchten sich scherzhaft an mir aufzuwärmen. Noch kurz zuvor hatten sie mich wegen meiner Daunenjacke belächelt, nun war ich an der Reihe:

»Na, Steffen, doch ein wenig frisch in der Wüste?«

»Verdammt, ist das kalt!«

Alle lachten, rückten näher zusammen und beobachteten gebannt das Naturschauspiel. Sobald der rote Ball hinter dem Horizont verschwunden war, machten wir uns auf den Rückweg.

Völlig durchgefroren hetzte ich die Treppe zu meinem Zimmer hinauf und gönnte der liebevollen Einrichtung kaum einen Blick. Erst als das heiße Wasser über meinen Rücken lief, entspannte ich mich. Ich hatte mich auf dem Retourweg wie ein Forscher am Nordpol gefühlt, mir war nicht bewusst gewesen, wie heftig die Temperaturunterschiede in der Wüste sein konnten. Wieder aufgewärmt und in meinen dicksten Pulli gehüllt, gesellte ich mich zu den anderen ins Restaurant.

Von Pedro fehlte nach wie vor jede Spur. Wie schon am Nachmittag hatte er sich durch Steffen, mit dem er sein Zimmer teilte, entschuldigen lassen: Er fühle sich nicht wohl. Langsam machte ich mir Sorgen. Schon im Flugzeug war mir sein schlechter Gesundheitszustand aufgefallen. Die Blässe, der Schweiß, selbst eine durchgearbeitete Nacht konnte ihm nicht so viel anhaben, dass er den ganzen Tag von der Bildfläche verschwand. Schließlich war es bestimmt nicht das erste Mal gewesen, dass er über Stunden im OP stand, wenn auch hier gewiss unter besonders schwierigen Umständen.

Lag es etwa an mir? Ging er mir aus dem Weg oder war er tatsächlich krank? Morgen wollte ich zu ihm, komme was wolle, ich musste einfach wissen, was los war. Er fehlte mir, so viel stand fest. Ich konnte und wollte diese Ungewissheit nicht länger ertragen. Alles in mir sehnte sich nach ihm. Ich wollte ihn berühren, ihn fühlen. Seine heißen Küsse auf der Haut spüren. Fast erschrak ich über meine Gedanken, doch ich konnte es nicht leugnen, ich wollte nur noch zu ihm.

Namib

Die Wüste lag unter einer dicken weißen Schicht. Über Nacht war der Nebel von der Küste her bis tief ins Landesinnere gedrungen. Mit ihm kam auch das heiß ersehnte Nass, das sich an jedem Halm und jedem Sandkorn festsetzte und die Pflanzen und Tiere mit Feuchtigkeit versorgte, bevor die aufgehende Sonne wieder alles in eine ungeheure Dürre verwandelte.

Seit Beginn der Reise freute ich mich auf den heutigen Tag. Schon am ersten Abend hatte mir Harald von diesem Ort erzählt und mich mit seinen Geschichten verzaubert. Ich wollte unbedingt dort hin.

Vollbepackt stand ich lange vor den anderen neben dem Jeep in der Kälte und wartete. Die verabredete Zeit war diesmal fast unmenschlich früh, doch die Morgenstunden in diesem Land machten alle Unbequemlichkeiten wett. Ich genoss die völlige Ruhe der Abgeschiedenheit, sogar wenn ich wie heute dabei zitterte wie Espenlaub. Über die Nacht waren die Temperaturen bis nahe an den Gefrierpunkt gefallen, doch ich hatte inzwischen aus meinen Fehlern gelernt und mich wie ein Eskimo eingepackt.

Langsam kam Bewegung in den Eingangsbereich und nach und nach stießen auch die restlichen Gruppenmitglieder zu mir. Unruhig blickte ich zur Tür, bis sich diese endlich noch einmal öffnete: Pedro. Gott sei Dank, er war da! Wütend und erleichtert zugleich freute ich mich, ihn zu sehen. Während der Nacht hatte ich stundenlang wach gelegen, gehofft, er würde an meine Zimmertür klopfen. Nichts dergleichen geschah. Enttäuscht war ich irgendwann doch noch eingeschlafen.

Nun ist alles gut, dachte ich mir, heute werde ich die Gelegenheit haben mit ihm zu sprechen. Betont lässig blieb ich neben Sam stehen, als Pedro vorbeiging:

»Na du, wieder fit?«, fragte ich ihn lässig.

Pedro blickte mich entgeistert an:

»Ja, ganz okay. Noch nicht wirklich fit, aber deutlich besser ... Ja.«

Augenblicklich ärgerte ich mich über mich selbst. Was sollte das jetzt? Okay, ich war sauer, aber gab es tatsächlich einen Grund dazu? Wie konnte ich mich nur so bescheuert verhalten! Na super, vermutlich hatte ich es nun endgültig vermasselt.

Reumütig und zerknirscht verkroch ich mich auf die letzte Sitzreihe und schlug eine dicke Decke um meine Hüften, die Sam mir reichte. Pedro hatte neben dem Fahrer Platz genommen und blickte kein einziges Mal zu mir. Mehr, um mich abzulenken als aus Interesse, versuchte ich mich auf die vorbeiziehende Landschaft zu konzentrieren. Immer wieder tauchten inmitten der riesigen Dünen sattgrüne Bäume auf, die, wie ich erst seit gestern wusste, von unterirdischen Flüssen am Leben erhalten wurden. Selbst Tiere gab es in dieser unwirtlichen Landschaft: Oryx-Antilopen, Strauße, ja sogar Bergzebras.

Namibia war berühmt für sein sauberes Grundwasser. An den Stellen, an denen es einen Weg an die Oberfläche fand, spendete es Leben, nährte die Artenvielfalt der Region. Trotz Sand und Hitze.

Nach endlosen Stunden und gefühlt Tausenden von Schlaglöchern erreichten wir am späten Nachmittag endlich unser Ziel. Der Tag neigte sich dem Ende und mit ihm wich die Hitze des Tages der kühlen Abendluft. Rasch wurden die Zelte aufgebaut, Feuerstellen eingerichtet, Sam und seine Männer kochten ein köstliches Mal. Pedro saß schon die ganze Zeit dicht am Feuer und wirkte abwesend. Den Tag über war er sehr wortkarg gewesen, hatte kaum an den Gesprächen teilgenommen. Er sah ein wenig besser aus als am Vortag. Auf meine Frage, ob alles in Ordnung sei, antwortete er nur knapp. Er habe sich vermutlich einen Virus eingefangen, kein Grund zur Sorge. Na, wenn er sich da mal nicht täuschte!

Ehrlich gesagt, wirkte er im Moment ziemlich angeschlagen. Blass und müde. Die Guides hatten sich inzwischen von uns verabschiedet, sie wollten noch vor Einbruch der Dunkelheit starten, um das andere Camp rechtzeitig zu erreichen. Die Fahrt dauerte mindestens zwei Stunden, jede Minute bei Tageslicht war in diesem Gelände kostbar. Morgen wollten sie uns wieder abholen, bis dahin waren wir allein, so der Plan.

Mit Dosenbier und leckeren Würstchen saßen wir gemütlich ums Lagerfeuer, bewunderten den Sternenhimmel. Harald hatte nicht übertrieben. Das glitzernde Firmament war über und über bedeckt mit Sternen. Weit und breit gab es kein künstliches Licht und so entfaltete der Nachthimmel hier seine ganze Pracht. Der Einzige, den das scheinbar unbeeindruckt ließ, war Pedro. Kaum hatten wir die Zelte aufgebaut, verzog er sich. Nicht einmal das Essen wartete er ab. Einerseits betonte er bei jedem Nachfragen, dass alles in Ordnung wäre, andererseits verzog er sich bei der erstbesten Gelegenheit. So ein Idiot!

Sollte er doch schmollen, solange er wollte. Mir war das zu blöd. Wir waren wohl eindeutig alt genug, um auch mal eine Nacht mit jemandem verbringen zu können, ohne ihn gleich zu heiraten! Oder was war sein Problem? Ich wurde nicht schlau aus diesem Mann, egal, wie sehr ich mich anstrengte. Weshalb redete er nicht mit mir? Stattdessen spielte er den Märtyrer und hockte in seinem Zelt herum. Von mir aus konnte er getrost bleiben, wo er war. Ich hatte genug von den Männern!

Am Abend saßen wir vor dem gemeinsamen Lagerfeuer, der wohl ältesten Tradition auf Safari, vielleicht sogar in Afrika: in der Nacht ums Feuer sitzen und sich Geschichten erzählen. Ich fühlte mich gleich heimelig. Das schaffte Feuer bei mir immer. Das Knacken und Ächzen des Holzes und das Flackern der Flammen ließen mich aufatmen und alles um mich herum vergessen. Ich kam nicht umhin, mir die Situation aus der Vogelperspektive vorzustellen, wie wir so saßen und in die Flammen blickten.

Das Feuer knisterte beruhigend und wärmte uns herrlich. Immer wieder wurden Getränke in die gemütliche Runde gereicht, alle erfreuten sich an dem Abend. Ich versuchte, die Gedanken an Pedro aus meinem Kopf zu verscheuchen. Schließlich war ich hier, um die Reise meines Lebens zu genießen. Wir feierten das Leben, das schöner nicht sein konnte! Nicht noch einmal würde mir ein Mann die Zeit stehlen und meine

Laune verderben. Was für ein Fehler wäre es gewesen, diese Reise in Nairobi abzubrechen! Der Alltag würde mich früh genug wieder einholen, doch jetzt war ich hier: im Herzen Afrikas!

Stunden später, ich war gerade damit beschäftigt, den Reißverschluss meines dicken Schlafsacks zuzuziehen, hörte ich aufgeregte Stimmen:

»In welchem Zelt schläft Eliza? Ich brauche sie, sofort!«

War das Steffen? Noch bevor ich mich aufsetzen konnte, wurden die Planen beim Zelteingang aufgerissen.

»Komm schnell, Eliza! Mit Pedro stimmt etwas nicht!«

Ohne ein weiteres Wort schälte ich mich aus dem Schlafsack, warf meinen Parka über und folgte Steffen. Im Schein seiner Taschenlampe sah ich Pedro zitternd auf dem Feldbett liegen, die Augen weit aufgerissen, Schweiß auf der Stirn und wirres Zeug faselnd. Er schaute mich verzweifelt an, schien allerdings nicht einmal wahrzunehmen, wer wir waren. Ich ließ mich auf die Knie sinken und hielt die Hand an seine Stirn. Er glühte! Panik stieg in mir auf. Wir waren meilenweit entfernt von jeglicher Zivilisation, ja selbst Sam würde nicht vor Morgen zurückkehren. Es gab keine Möglichkeit, jemanden zu verständigen oder Hilfe zu holen.

»Pedro! Pedro, schau mich an! Hörst du mich? Was ist los mit dir?«

»Was ist mit ihm, Eliza? Was hat er denn?«

Steffen war völlig außer sich. Angst schnürte mir die Kehle zu. Was sollte ich nur tun? Trotz all der Jahre auf der Notaufnahme verfügte ich über kaum Erfahrung im Umgang mit Tropenkrankheiten. Ich ermahnte mich, ruhig zu bleiben. Was war zu tun? Pedro hatte hohes Fieber, ohne Zweifel. Zuerst musste ich das in den Griff bekommen, denn sollte er hier in der Wildnis eine Sepsis entwickeln, wäre er verloren.

»Eliza, sag was!« Steffen starrte mich entgeistert an.

»Beruhig dich, Steffen, ich muss nachdenken. Bring mir Wasser, ich muss ihm kühle Umschläge machen. Wir müssen zuallererst das Fieber senken.«

»Alles klar: Fieber senken … Wasser!«

Steffen stürzte Hals über Kopf aus dem Zelt. Froh, einen Augenblick Ruhe zu haben, strengte ich mich an, all mein Wissen zusammenzukratzen. Zuerst musste das Fieber weg, dann die Ursache dafür.

Die Gedanken rasten in meinem Schädel. Soviel ich wusste, konnte man die meisten Tropenfieber nur symptomatisch behandeln. Das bedeutete, ich musste das Fieber in Schach halten und ihn gleichzeitig mit Flüssigkeit versorgen. Vorsichtig versuchte ich, seinen Kopf anzuheben, und hielt eine Flasche mit Wasser an seine Lippen.

»Trink, Pedro, ich bitte dich.«

Sein Blick ging durch mich hindurch und ein kleines Rinnsal lief über sein Kinn. Er konnte nicht trinken, war zu schwach.

»Bitte, Pedro, du musst!«

In meiner Verzweiflung wollte ich ihm das Wasser aufzwingen, obwohl mein Verstand mir sagte, dass es unmöglich war. In diesem Moment stürmte Steffen ins Zelt:

»Hier! Wasser!«

»Danke, Steffen. Sag mal, hast du eine Ahnung, ob Pedro seine Arzttasche mitgenommen hat?«

Der Gedanke war mir just in diesem Augenblick gekommen. Irgendwo musste das verdammte Ding sein! Pedro hatte sie bestimmt mitgenommen, pflichtbewusst wie er war. Vielleicht gab es darin Medikamente, die ich verwenden konnte.

In der Zwischenzeit tauchte ich mein Halstuch in die Wasserschüssel und befeuchtete damit vorsichtig Pedros Stirn. Sein ganzer Körper glühte. Er war inzwischen eingeschlafen, reagierte nicht einmal mehr auf das kalte Wasser in seinem Gesicht. Mir war angst und bang! Mit Steffens Hilfe zog ich Pedro den Pulli aus und befreite nun auch den Oberkörper vom Schweiß. Pedro zitterte abwechselnd unkontrolliert, gefolgt von massiven Schweißausbrüchen, während ich mit dem feuchten Tuch seine Haut zu kühlen versuchte. Unterdessen suchte Steffen verzweifelt im Licht der Taschenlampe nach Steffens Tasche.

»Da ist sie! Ich hab sie, Eliza!«

Freudestrahlend hielt er die braune Ledertasche in die Höhe. Endlich! Sofort machte ich mich daran, den Inhalt zu durchforsten.

Sehr gut! Hier war so ziemlich alles, was ich brauchte: Infusionen mit Elektrolytlösungen für den Flüssigkeitshaushalt und Paracetamol, um das Fieber zu senken. Augenblicke später fand ich auch das nötige Zubehör. Pedro hatte alles fein säuberlich verstaut: Kanülen, Medikamente und Verbandszeug. Fast wie in einem richtigen Krankenhaus. Erleichtert atmete ich auf:

»Es ist alles da, was wir brauchen, Steffen!«

»Zum Glück bist du da, Eliza. Ich wüsste nichts damit anzufangen.«

Jetzt war ich in meinem Element, funktionierte wie gewohnt. Rasch konnte ich eine geeignete Vene an seinem Handrücken finden und einen Zugang legen. Zuerst verabreichte ich Pedro ein fiebersenkendes Medikament, bevor ich ihn mit Flüssigkeit versorgte. Über einen transparenten Schlauch, der mit einem Beutel, an einer Stange an der Zeltdecke befestigt war, tropfte unablässig klare Flüssigkeit in seinen Arm.

Inzwischen fand ich einen dieser altertümlichen Blutdruckapparate in der Tasche, somit war ich für die Verhältnisse hier eigentlich gut ausgerüstet. Sein Blutdruck war bedenklich niedrig, doch damit hatte ich gerechnet. Während die Infusion lief, untersuchte ich Pedros restlichen Körper, um sicherzugehen, dass ich keine Verletzung übersah, die dieses septische Fieber verursachte.

Steffen erzählte mir unterdessen, dass Pedro schon in der Nacht, in der er die junge Frau operiert hatte, mit zu hoher Körpertemperatur gekämpft habe. Er hatte ihm irgendetwas von Denguefieber erzählt, doch Steffen hatte nicht weiter darauf geachtet, da ihn die Krokodilattacke viel zu sehr mitnahm.

Ich zermarterte mir das Gehirn, während ich immer und immer wieder Pedros Körper wusch, um ihn zu kühlen und seine Haut auf verdächtige Symptome zu kontrollieren. Glücklicherweise war ich bisher noch auf keine Petechien gestoßen, diese winzigen kleinen Hautblutungen. Sie geisterten in meinem Kopf herum, seit ich Pedro in diesem Zustand gesehen hatte. Sollte ich sie entdecken, wusste ich, dass ich ihn verlieren würde. Sie waren ein untrügliches Zeichen, dass seine Organe langsam versagten und die Sepsis immer weiter fortschritt. Dann gab es keine Rettung mehr. Zumindest nicht an diesem abgeschiedenen Ort.

Das Antibiotikum, das ich ihm verabreichte, war mehr zu meiner Beruhigung, vermutlich machte es keinen Sinn, das wusste ich selbst. Sollte ich mich allerdings täuschen und der Grund des Fiebers war ein bakterieller Infekt, würde es ihn retten. In meiner Verzweiflung konnte ich nichts außer Acht lassen. Ich wollte alles tun, was in meiner Macht stand. Für mich gab es in diesem Augenblick nichts Wichtigeres, als dass er überlebte.

Steffen hatte ich in mein Zelt geschickt, um etwas zu schlafen. Jetzt hieß es abwarten, mehr konnten wir im Augenblick nicht für Pedro tun.

Ich saß auf dem Bett und hatte seinen Kopf in meinen Schoß gelegt, wischte ihm immer wieder den Schweiß von der Stirn. Pedro war schon seit Stunden nicht mehr bei Bewusstsein. Mir blieb nichts anderes als zu warten und zu beten. Sanft küsste ich seine Stirn und redete leise mit ihm:

»Pedro, ich bitte dich, streng dich an. Ich weiß, du schaffst das!«

Inzwischen hatte ich den Eindruck, dass das Fieber etwas gesunken war, denn er atmete deutlich ruhiger und seine Haut fühlte sich nicht mehr ganz so heiß an. Jegliches Gefühl für Raum und Zeit war längst verloren, als ich plötzlich merkte, wie Pedro die Augen leicht öffnete.

»Pedro, hörst du mich? Ich bin bei dir, halt durch!«

»Eliza?« Seine Stimme klang rau, kaum zu verstehen, doch ich hatte ihn deutlich gehört. Er fragte nach mir.

»Pedro! Ja, ja ich bin hier, hier bei dir! Hörst du, ich bin bei dir? Ja? Ich liebe dich! Pedro? Ich liebe dich!«

Er war schon wieder eingeschlafen, doch um seine Lippen spielte ein Lächeln. Er hatte mich erkannt. Ich war mir sicher, er würde es schaffen! Meine Küsse, vermischt mit heißen Tränen, bedeckten sein Gesicht. Meine Gebete waren erhört worden! Völlig erschöpft sank ich in den Schlaf.

Wolvedans

Erst als ich jemanden meinen Namen rufen hörte, spürte ich, wie mir sanft über den Kopf gestreichelt wurde. Blinzelnd öffnete ich verwundert meine Augen. Wo bin ich? Was war geschehen? Im ersten Moment wusste ich nicht, was los war. Wie um alles in der Welt kam ich in dieses Zelt, die Sachen um mich waren mir fremd. Mein Kopf dröhnte, ich hatte pochende Kopfschmerzen, mein Schädel schien zu explodieren.

»Eliza?«

Jetzt erst wurde mir bewusst, wer mit mir sprach: Pedro! Ich richtete den Blick auf ihn und versuchte, mich aus meiner unbequemen Position zu befreien. Zusammengekauert auf einem kleinen Teppich lag ich halb kniend auf dem Boden neben dem Bett. Die Müdigkeit hatte mich offensichtlich übermannt, während ich neben ihm gesessen und gewartet hatte, dass er zu sich kommt. Mein Körper fühlte sich an, als wäre er die ganze Nacht malträtiert worden.

Alles tat weh, fühlte sich steif an, doch Pedros Stimme zu hören, ließ mich meine eigenen Schmerzen augenblicklich vergessen.

»Pedro, du bist wach!«, brachte ich mit belegter Stimme hervor.

Meine Zunge fühlte sich pelzig an, ich konnte kaum sprechen.

»Warst du das?«

Pedro richtete seinen Blick auf die Infusion, die provisorisch an einer der Zeltstangen befestigt über seinem Feldbett hing. Ich nickte stumm, meine Gefühle übermannten mich und ich war kaum in der Lage, die Tränen zurückzuhalten. Er lebte! Er hatte die Nacht überstanden, somit war die größte Gefahr gebannt. Bald würde Sam uns abholen und wir wären in Sicherheit.

»Eliza, du hast mir das Leben gerettet!«

»Pedro, ich bin so froh, dass es dir besser geht! Du hast geglüht vor Fieber, ich wusste nicht mehr, was ich tun sollte.«

»Du hast alles richtig gemacht, Eliza. Was soll ich sagen, ich weiß gar nicht, wie ich dir danken soll.«

Er ließ seinen Blick durchs Zimmer gleiten, über die feuchten Tücher, die neben seinem Bett verstreut auf dem Boden lagen, die Infusionen, die Medikamente … Es sah aus, wie in einem Lazarett.

»Ich muss eingeschlafen sein, tut mir leid,« erwiderte ich peinlich berührt und errötete bei dem Anblick, der sich mir bot. In der Dunkelheit hatte ich das Ausmaß dieses Chaos gar nicht bemerkt.

»Eliza, ich bitte dich, es gibt nichts, absolut nichts, wofür DU dich entschuldigen müsstest. Ganz im Gegenteil! Ich muss mich entschuldigen, ich bin ein Idiot! Vor lauter Sturheit habe ich nicht zugegeben, dass es mir schlecht geht. Du hattest nur Ärger mit mir! Ich weiß schon seit ein paar Tagen, dass ich vermutlich Denguefieber habe, und war zu stolz, um jemanden um Hilfe zu bitten. Ohne dich hätte ich das nicht überlebt! Es tut mir leid.«

Müde lächelnd saß er inzwischen am Bettrand und streichelte zärtlich meine Hand. Ich hatte mich aufgerappelt, meine steifen Glieder gelockert und mich zu Pedro gesetzt. Ich konnte es noch immer kaum fassen. Klar, er sah ziemlich fertig aus, doch ich würde im Moment vermutlich auch keinen berauschenden Anblick abgeben. Mir war alles andere gleichgültig. Für mich zählte nur, dass er lebte!

Von draußen hörte ich Stimmen und kurz darauf wurde die Zeltplane zurückgeschlagen. Steffen stand grinsend im Eingang:

»So ihr Turteltäubchen, wie war die Nacht?«

»Mensch, Steffen!«, erwiderte ich, betont empört.

Wir lachten befreit, glücklicherweise war soweit alles wieder in Ordnung!

»Du machst ja Sachen, Pedro! Mensch, Alter, was denkst du denn, für was ich einen Doc an Bord wollte? Wohl kaum, dass wir dich hier verarzten müssen! Jetzt ist aber wieder gut mit Männergrippe, ja?«

Steffen trat auf Pedro zu und klopfte ihm freundschaftlich auf die Schulter.

»Scherz beiseite, Pedro. Du hast mir einen Riesenschrecken eingejagt! Ohne Eliza wären wir völlig aufgeschmissen gewesen. Die Frau versteht ihr Handwerk, da kann sich mancher Arzt was abschauen!«

»Hör auf, Steffen, okay? Übertreib mal nicht!«, unterbrach ich seine Lobeshymnen.

Ich war beschämt und stolz zugleich. In dieser Nacht hatte ich weit jenseits meines normalen Alltags gehandelt. Mir war bewusst gewesen, dass ich Pedros einzige Chance in dieser Wildnis war. Mehr noch, ich hatte tief in meinem Herzen gespürt, wie viel mir dieser Mann bedeutete. Wie sehr ich ihn liebte.

»Wie sieht's aus, Pedro? Bist du kräftig genug, um zurückzufahren? Sam müsste in gut einer Stunde hier sein.

»Tja, meine Beine fühlen sich zwar noch an wie Pudding, doch es dürfte kein Problem sein.« Er stand langsam und leicht schwankend auf.

»Sei vorsichtig, lass dir Zeit, ich bitte dich!«, platzte es aus mir heraus.

»Keine Sorge, Eliza, es geht schon.« Pedro zwinkerte mir zu.

Sein Anblick strafte ihn Lügen und sowieso, ich nahm ihm überhaupt nichts mehr ab. Wir hatten ja erlebt, wie lange es dauerte, bis er zugab, dass es ihm schlecht ging. Kreidebleich stand er vor uns und zog mit zitternden Händen umständlich ein Shirt über seinen Kopf.

»Langsam, Indianer! Du musst nicht gleich wieder den Starken spielen!«, wies ihn nun auch Steffen zurecht.

»Ist schon gut, ihr braucht euch wirklich keine Sorgen zu machen. Es ist ganz normal, dass ich noch ein bisschen wackelig auf den Beinen bin. Die Gefahr einer Sepsis beim Denguefieber ist nach 72 Stunden gebannt. Das Schlimmste habe ich also überstanden. Was ich jetzt brauche, ist ein ordentliches Frühstück! Ich hab das Gefühl, ich könnt einen ganzen Büffel verdrücken, so knurrt mir der Magen!«

Unter schallendem Gelächter machten wir uns auf den Weg zur restlichen Gruppe, die schon ums Lagerfeuer versammelt in der Morgensonne saß und ihren Kaffee genoss.

Die letzten Stunden waren wie im Flug vergangen, alles hatte perfekt funktioniert. Sam holte uns schon kurz nach Sonnenaufgang ab, er konnte kaum fassen, was wir zu berichten hatten.

Immer wieder mussten wir Einzelheiten erzählen, worauf ein Raunen durch die ganze Runde folgte. Außer Steffen und mir hatte praktisch niemand mitbekommen, wie schlecht es Pedro ging. Um die anderen nicht zu beunruhigen, wollten wir niemanden wecken, es hätte ohnehin nichts geändert.

Inzwischen befanden wir uns auf halber Strecke zum nächsten Ziel. Immer wieder ertappte ich mich dabei, wie ich zu Pedro hinüberschielte, der seitlich vor mir Platz genommen hatte. Ohne Frage, er war noch blass und wirkte etwas müde, doch er lebte! Es ging ihm den Umständen entsprechend gut. Mein Herz tat jedes Mal einen kleinen Sprung, wenn ich sah, wie er lachte und sich mit seinem Gegenüber unterhielt. Es fühlte sich so gut an, ihn gesund und munter zu sehen! Die Ängste, die ich in der Nacht durchlitten hatte, waren fast vergessen.

Erst als wir zur Landung ansetzten, fiel mir auf, dass sich die Landschaft komplett verändert hatte. Die sanften Dünen wichen üppigem Grasland, das von wenigen, sehr eigentümlichen, Felsformationen unterbrochen wurde. Hüfthohes, blassgrünes Gras wiegte sanft im Wind und trotzte der glühenden Hitze, als wir über staubtrockene Schotterpisten das Land durchquerten.

Auf dem Pick-up vor uns lehnte Pedro lässig an der Reling der Ladefläche, Steffen und er hatten im Jeep keinen Platz mehr gehabt. Unkompliziert, wie die beiden waren, sprangen sie einfach zwischen die Gepäckstücke auf den Transporter.

Mehrmals sah Pedro zurück, und ich bildete mir ein, dass sein Lächeln mir galt! Was zwischen uns war, wie und ob es überhaupt mit uns weiterging, das stand in den Sternen. Immer wieder kreisten meine Gedanken um ihn. Ich ertappte mich nicht nur einmal dabei, wie ich mir eine gemeinsame Zukunft ausmalte und mich meinen Tagträumen hingab.

Seit heute früh hatte sich keine Gelegenheit mehr ergeben, um ungestört miteinander zu sprechen, doch ich konnte es nicht mehr leugnen: Ich sehnte mich nach Pedro, wollte endlich Zeit mit ihm verbringen. Ihn richtig kennenlernen. Meine Gedanken kreisten im Kopf wie verrückt, ich merkte nicht einmal, dass die Wagen gestoppt hatten.

»Eliza? Wie schaut's aus, willst du im Jeep übernachten?«

Harald stand grinsend neben mir. Offensichtlich sprach er schon länger mit mir, was ich gar nicht mitbekommen hatte.

»Oh, sorry, wir sind ja schon da!«

»Tja, es sieht so aus. Die Jungs sind schon vor uns los, ich musste noch abwarten, bis du aus deinen Träumen erwachst«, fügte er augenzwinkernd hinzu.

Von den anderen gab es tatsächlich weit und breit keine Spur, nur die Fahrzeuge parkten auf einem großen Schotterplatz, die Straße endete hier. Vor uns lag pure Wildnis, roter Sand mit Dornenbüschen, Gras und einem riesigen Felsen.

»Wir müssen ab jetzt zu Fuß weiter. Dein Gepäck hat einer der Fahrer schon mitgenommen, er war so freundlich. Es ist nicht mehr weit, aber ab hier gibt es selbst für Geländewagen kein Weiterkommen.«

Völlig verwundert folgte ich Harald. Wie konnte ich in wachem Zustand nur so abwesend sein?

»Hey, Harald, sorry noch mal für vorhin, ich weiß gar nicht, was los war. Ich muss wohl mit offenen Augen geschlafen haben!«

»Das kann vorkommen. Auf jeden Fall kann sich der Mann glücklich schätzen, dem deine Gedanken galten. Kleines, du hast übers ganze Gesicht gestrahlt. Es war schön, dir dabei zuzusehen. Ich kann dir nur einen Rat geben, Eliza: Folge deinem Herzen, es kennt den Weg.«

Mit diesen Worten drehte sich Harald um und setzte seinen Weg auf dem steinigen Pfad fort.

Mein Herz schlug bis zum Hals und ich spürte, wie ich errötete. Harald wusste genau, an wen ich dachte, er hatte mich durchschaut! Was würde er nur von mir denken? Noch bevor ich meine Gedanken weiterführen konnte, erreichten wir den höchsten Punkt, und überblickten eine atemberaubend schöne, endlose Landschaft. Am Fuß dieses eigentümlich anmutenden Berges entdeckte ich einige Zelte, die sich mit ihren sandfarbenen Tüchern fast unsichtbar in die Landschaft einfügten. Harald schaute mich fragend an:

»Was sagst du dazu? Ist das nicht wunderbar?«

»Harald, ich bin sprachlos. Es ist einfach traumhaft! Was ist das für ein Ort?«

»Das ist Wolwedans, meine Liebe. Ich war vor ein paar Jahren einmal hier, dieser Ort hat etwas Magisches.«

»Es ist atemberaubend schön hier!«

»Ich bin so froh, dass du dich entschieden hast, die Reise fortzusetzen. Ohne dich hätte ich es nicht geschafft, weiterzufliegen. Ich danke dir für deine Freundschaft! Das wollte ich dir längst mal sagen. Umso mehr freut es mich, dass ich an diesem für mich so besonderen Ort die Gelegenheit dazu habe.«

Mit ausgebreiteten Armen ging ich auf Harald zu und drückte ihn fest an mich:

»Danke, Harald, das bedeutet mir sehr viel. Ohne euch alle hätte ich das ganz sicher nicht geschafft. Danke!«

Mir bedeuteten die Worte dieses alten Mannes mehr, als ich erwartet hatte. Kaum merklich war zwischen uns ein zartes Freundschaftsband gewachsen. Nicht nur, dass wir ein ähnliches Schicksal teilten, nein, diese Verbindung ging tiefer. Harald hegte für mich fast väterliche Gefühle, das wurde mir zum ersten Mal bewusst. Die Wärme in seinem Blick, wenn er mich ansah, war ehrlich und wahrhaftig.

Gemeinsam spazierten wir zum Zeltlager und ich erfuhr, dass es sich hier um ein Projekt der Regierung in Namibia handelte. »Nachhaltiger Tourismus« war das neue Schlagwort. Jedes dieser Zelte konnte innerhalb von 24 Stunden ohne jegliche Auswirkungen auf die Natur entfernt werden. Keine groben Eingriffe mehr in die Umwelt, nur, um dem Gast zu gefallen. Namibia befand sich auf dem richtigen Weg. Die Mitarbeiter wurden ausgebildet, um zukünftige Projekte zu leiten. Mir fiel ein Zitat des Biologen Wilson ein, das ich vor einiger Zeit gelesen hatte:

»Die Menschheit definiert sich über das, was sie nicht zerstört hat. Nicht über das, was sie erschaffen hat.«

… Wahre Worte …

Von Weitem schon konnte ich erkennen, dass es sich die Männer bereits vor dem größten der Zelte gemütlich gemacht hatten. Einen idyllischeren Platz zu finden, war kaum möglich. Die Behausungen fügten sich in die Landschaft, als wären sie ein Teil von ihr. Hier hatte jemand ganze Arbeit geleistet! Wir wurden freundlich begrüßt, sie hatten uns schon erwartet. Pedro zwinkerte mir zu, als er mir eine Flasche Wasser in die Hand drückte:

»Schwester Eliza, schau nicht so ernst, du darfst ruhig ein bisschen lächeln, dein Patient ist ganz brav!«

Ich fühlte mich ertappt und musste lachen. Unbewusst hatte ich ihn gemustert, nach Anzeichen suchend, ob sich sein Gesundheitszustand wieder verschlechtert hatte.

»Erwischt! Das wollte ich nicht. Schön, dass du dich so schnell erholt hast. Was soll das übrigens heißen: «Schwester«, du bist hier nicht mein Oberarzt!«

»Haha, ja leider! Ich fühl mich tatsächlich schon verdammt gut, das liegt an deiner hervorragenden Pflege.«

»Nun übertreib mal nicht!«, mischte Steffen sich ein. »Wir haben eben beschlossen, dass wir noch einen kleinen Game Drive unternehmen, bevor die Sonne untergeht. Da wir gut in der Zeit liegen, sollten wir sie nutzen, hab ich mir gedacht.«

Ein zufriedenes Murmeln ging durch die Runde und bevor ich mich versah, stapfte ich wieder den Hügel empor, um gemeinsam mit den anderen zu den

Fahrzeugen zu gelangen. Die Umgebung war anders als alles, was wir bisher gesehen hatte, die Farben so unfassbar intensiv.

Während der Guide uns die Tiere und Pflanzen der Region erklärte, saß ich nur da und sog all die Eindrücke in mich auf. Die Luft war erfüllt von dem würzigen Geruch der roten Erde. Es war noch warm, obwohl die Sonne schon recht tief stand, als wir gemütlich durch die Gegend rollten.

Immer wieder querten kleine Herden von Oryx-Antilopen unseren Weg auf der Suche nach einem Wasserloch, das ihren Durst stillen würde. Strauße und Schakale folgten ihnen auf den ausgetrampelten Pfaden. Hie und da konnten wir in einem unscheinbaren Erdloch die Ohren eines lauernden Wüstenfuchses erkennen, der den Geräuschen seiner Umgebung lauschte, immer auf der Hut und vorbereitet, falls sich die Gelegenheit auf eine Beute ergeben sollte.

Auf einer kleinen Anhöhe stoppte der Fahrer plötzlich und deutete auf die unendliche Weite, die zu unseren Füßen lag:

»Herzlich willkommen in meiner traumhaften Heimat!«

Die untergehende Sonne tauchte die Szenerie in alle erdenklichen Rottöne, lindgrüne Zweige suchten sich ihren Weg durch den Sand und zeichnete ein unbeschreibliches Bild, wie es kein Maler je nachahmen könnte. Während wir uns an dem atemberaubenden Schauspiel kaum sattsehen konnten, bereiteten die zwei Männer der Lodge eine kleine Überraschung für uns vor.

Mitten in dieser Steppenlandschaft verwöhnten sie uns stilecht mit einem eisgekühlten Gin. Schon die ersten Afrikaforscher, Livingstone, Stanley und wie sie alle hießen, hatten auf dieses Getränk geschworen. Nun standen wir hier, jeder ein Glas in der Hand, und prosteten einander zu, ein bisschen wie in dem Film »Jenseits von Afrika«. Ich fühlte mich rundum wohl. Dieser Ort gab mir ein Gefühl von Ruhe und Sicherheit. Als könnte er meine Gedanken lesen, kam Pedro zu mir und hielt mir sein Glas entgegen:

»Cheers!«

Während wir miteinander anstießen, strich er mir sanft mit der Hand über den Rücken und lächelte mich an. Ein wohliger Schauer durchfuhr meinen Körper.

Inzwischen war es längst dunkel geworden und noch immer drang das polternde Lachen der Männer aus dem Zelt. Ihre ausgelassene Stimmung war ansteckend. Es gab allen Grund zu feiern, schließlich neigte sich unsere Reise langsam, aber sicher, dem Ende zu.

»Hoch die Gläser, heute wird gefeiert!«, hatte Steffen uns beim Abendessen begrüßt.

»Unser Doc weilt wieder unter den Lebenden und wir sind an einem der schönsten Orte dieser Reise angelangt!«

Pedro war deutlich anzusehen, dass ihm der ganze Rummel um seine Person zu viel war. Nur um die Stimmung nicht zu stören, machte er mit. Ich selbst hatte mich inzwischen, unbemerkt vom Rest, aus dem Zelt geschlichen und es mir auf den Stufen der Holzveranda gemütlich gemacht. Der Sternenhimmel überspannte jeden Winkel über mir wie ein riesiges Zirkuszelt. Über allem prangte das Kreuz des Südens.

Staunend saß ich im Dunkeln, versuchte, die einzelnen Sternenbilder zuzuordnen, was hier jenseits des Äquators gar nicht so einfach war. Immer wieder versuchte ich, mich an der Milchstraße zu orientieren. Durch das fehlende künstliche Licht funkelten die Sterne um die Wette, Diamanten gleich.

Plötzlich hörte ich, dass sich hinter mir etwas bewegte, und erschrak. Mir ging der Gedanke durch den Kopf, was für eine leichte Beute ich für herumstreunende Leoparden abgeben würde.

»Keine Angst, ich bin's nur,« erkannte ich Pedros Stimme.

»Hast du mich vielleicht erschreckt!«

»Tut mir leid! Ich hoffe, ich kann es hiermit wieder gut machen.«

Im Widerschein der Fackeln, die vor dem Zelt im Sand steckten, erkannte ich, dass er zwei Weingläser in den Händen trug.

»Das muss ich mir aber gut überlegen,« antwortete ich lachend. »Das grenzt ja schon fast an Bestechung.«

Ohne zu fragen, ließ Pedro sich neben mir auf den Stufen nieder und drückte mir eines der Gläser in die Hand.

»Was machst du so ganz allein hier draußen?«

»Ich bewundere den Sternenhimmel.«

Ohne zu wissen, was mich dazu anhielt, erzählte ich Pedro, wie ich als kleines Mädchen gemeinsam mit meinem Vater nachts aus dem Haus geschlichen war. Eingehüllt in Decken hatten wir uns auf die Terrasse gesetzt, mucksmäuschenstill, um meine Mutter nicht zu wecken, und oft stundenlang dagesessen. Mein Vater hatte mir dann die Sternenbilder am Winterhimmel erklärt. Wenn der Schnee glitzerte und die Sterne das einzige Licht waren, das die Nacht erhellte, hatten diese Nächte für mich etwas Märchenhaftes. Dieser Zauber erhielt sich für mich bis heute. Hier in Afrika konnte ich dieses Gefühl erstmals wieder erleben, und mit ihm auch die Erinnerungen an meinen Vater.

Pedro saß neben mir und blickte in den Himmel. In seinem Schweigen war nichts Unangenehmes, es fühlte sich gut an, gemeinsam die Nacht zu genießen. Ich wusste nicht, wie lange wir so gesessen, uns über Gott und die Welt unterhalten hatten. Die Zeit war nur so dahingeflogen, als Pedro Anstalten machte zu gehen.

»Eliza, ich wollte dir nochmals danken für alles, was du für mich getan hast.«

Seine Hand strich sacht über meine Wange und die Finger berührten mein Kinn. In der Dunkelheit konnte ich seinen Gesichtsausdruck nicht erkennen, als er sich beugte und seine Lippen auf die meinen legte. Seine Mund war leicht geöffnet und ganz kurz, nicht länger als ein Wimpernschlag, berührten sich unsere Zungen, bevor er sich wieder von mir löste. Dieser Kuss war sanft und zugleich lag eine Leidenschaft darin, die mich erschauern ließ. Ohne ein Wort drehte er sich um und war in der Dunkelheit verschwunden.

Fassungslos blieb ich zurück. Warum nur war er gegangen, nicht hier bei mir geblieben? Ich wollte ihm nachlaufen, ihn zurückholen, doch ich hatte keine Ahnung, in welchem der Zelte er untergebracht war.

Völlig durcheinander ging ich traurig zurück in mein Zelt. Die Sehnsucht nach ihm raubte mir fast den Verstand, als ich allein in meinem Bett lag. Die hauchzarten Vorhänge des Himmelbetts schaukelten im Wind und warfen sanfte Schatten an die Decke. Meine Gedanken kreisten nur um Pedro, jede Faser meines Körpers sehnte sich nach ihm, nach seinen Berührungen. Weshalb bloß war er in die Nacht verschwunden? Konnte ich mich so täuschen? Wollte er mich nicht so, wie ich ihn? Allein schon der Gedanke an ihn, ließ meine Brustwarzen versteifen und ich ertappte mich dabei, wie meine Hand über meinen Körper wanderte. Vorsichtig streichelte ich mit den Fingern über den Bauch, immer tiefer, genoss das Kribbeln und stellte mir vor, Pedro würde mich berühren.

Plötzlich spürte ich, dass jemand im Zelt war. Ein eiskalter Luftzug schreckte mich auf. Nackt, wie ich war, griff ich panisch nach dem Laken. Im Schein der Kerzen erkannte ich eine Gestalt, die sich meinem Bett näherte, das Herz schlug mir bis zum Hals. Starr vor Schreck hörte ich seine Stimme:

»Eliza.«

Er klang heiser, sein Atem ging stockend.

Ich erkannte ihn, noch bevor er das Moskitonetz zur Seite schob. Sein Gesichtsausdruck ließ keine Fragen offen. Er wollte mich, jetzt, sofort! Der Glanz in seinen Augen, das Verlangen, mit dem er mich ansah, raubte mir den Atem. Bevor ich nachdenken konnte, hatte sich Pedro über mich gebeugt. Sein Kuss versetzte mein Blut in Wallung und die Welt um mich herum verschwand. Seine Haut und der muskulöse Körper fühlten sich fantastisch an. Ich genoss jede Berührung und gemeinsam ließen wir uns auf einer Woge der Lust davontragen, als sich unsere Körper vereinten. Es war, als würde alles in uns explodieren.

Das Zwitschern der ersten Vögel ließ mich allmählich erwachen. Erst als ich die regelmäßigen Atemzüge hörte und das angenehm schwere Gewicht seines Arms spürte, der um meine Hüften lag, realisierte ich, was in der vergangenen Nacht geschehen war. Pedro schlief noch immer neben mir. Er sah umwerfend aus, wie er so da lag. Nur um ihn nicht zu wecken, unterdrückte ich meinen Wunsch, sein Gesicht mit Küssen zu bedecken. Ich fühlte mich wie im siebten Himmel.

Er lag tatsächlich neben mir, die letzte Nacht war nicht nur ein Traum gewesen. Wir hatten uns wieder und immer wieder geliebt, waren irgendwann erschöpft, eng umschlungen eingeschlafen. Nackt schlich ich mich ins Badezimmer, um zu duschen und anschließend wieder zu Pedro unter die Decke zu kriechen. Diesmal würde ich es nicht vermasseln!

Während ich aus dem Badezimmer trat, wachte er auf und blickte verdutzt durch den Raum. Als er mich entdeckte, strahlte er mich an.

»Hallo, Liebes, ich dachte schon, du hast dich wieder weggestohlen! Nochmals hätte ich dir das nicht durchgehen lassen.«

Achtlos ließ ich das flauschige Badetuch zu Boden fallen und sank in seine kräftigen Arme:

»Ich stehle mich nie mehr von dir weg. Niemals! Das verspreche ich dir!«

Ohne seine Antwort abzuwarten, küsste ich ihn leidenschaftlich und wir sanken nochmals zurück in unsere Kissen. Sein Hunger nach Liebe ließ mich kaum Atem holen.

Längst hatte ich mindestens dreimal die Snooze-Taste meines Weckers gedrückt, als ich mich sanft aus seinen Armen befreite:

»Wir sollten längst bei den anderen sein. Komm schon!«

Kichernd boxte ich ihn in die Seite, was ihn belustigt brummen ließ:

»Was willst du bei den alten Männern?«

Lachend hüpfte ich aus dem Bett und warf mir ein Shirt über.

»Komm, die warten sicher schon seit Stunden.«

»Na, na, so schlimm ist es auch wieder nicht! Okay, ich ergebe mich.«

Wie er so dalag, mit diesem umwerfenden Lächeln, den verstrubbelten Haaren und seinen unverschämt schönen Augen, kostete es mich meine ganze Selbstbeherrschung. Um nicht noch einmal zurück ins Bett zu hüpfen.

Während ich mich vor dem Spiegel zurechtmachte, trat er hinter mich und bedeckte meinen Nacken mit Küssen, schlang seinen Arm um mich:

»Ich konnte gestern Abend einfach nicht anders, ich musste noch einmal zurück zu dir. Du raubst mir den Verstand.«

»Es war einfach nur wunderbar mit dir, Pedro!«

Gemeinsam entschieden wir, die vergangene Nacht vorerst für uns zu behalten, und gesellten uns einzeln zum Rest der Truppe.

Als ich beim Gemeinschaftszelt eintraf, drückte mir Harald eine Tasse Kaffee in die Hand und grinste:

»Guten Morgen Eliza, du siehst glänzend erholt aus! Liegt wohl an der guten Luft hier draußen.«

Er hatte mich sofort durchschaut! Wie war das nur möglich? Schließlich war Pedro weit und breit nirgends zu sehen.

»Vielen Dank, wie aufmerksam von dir. Du bist halt noch ein Gentleman der alten Schule«, entgegnete ich mit einem Lächeln.

»Die Nacht war tatsächlich fantastisch!«

Fischriver

Kreischendes Quietschen von Metall auf Stein übertönte die trostlose Landschaft rings um uns. Dieses widerliche Geräusch ging mir durch Mark und Bein, dazu nichts als Hitze, Steine und giftige Pflanzen, wohin ich blickte.

»Verdammt noch mal, ich will hier raus!« Kein anderer Gedanke ging mir mehr durch den Kopf, seit diese Tour ihren Anfang genommen hatte.

»Keine Chance, ich bleibe hier nicht sitzen und warte, bis dieser beschissene Jeep abstürzt, und wir alle tot sind!«, schimpfte ich leise vor mich hin.

Schon wieder blockierte zum hundertsten Mal ein riesiger Stein unseren Weg und ich nutzte den kurzen Stopp, um aus dem Wagen zu hüpfen.

Wutentbrannt stapfte ich davon. Sollten doch die anderen denken, was sie wollten. Mir doch egal. Ich für meinen Teil würde auf jeden Fall nicht tausende Flugmeilen in einer fliegenden Seifenkiste überleben, nur um dann einen Tag vor Schluss in einen trostlosen Canyon abzustürzen und von den Geiern gefressen zu werden! Nicht mit mir!

Dabei hatte der Tag so vielversprechend begonnen. Was konnte es Schöneres geben, als in den Armen eines wunderbaren Mannes zu erwachen und gemeinsam den Sonnenaufgang über dem grandiosen »Fish River Canyon« zu bestaunen. Diese Fahrt hier herunter, kostete mich allerdings den allerletzten Nerv.

Ich hatte nicht mal mehr registriert, dass Pedro meine Hand streichelte, um mich zu beruhigen. Die Schlucht lag 400 Meter unter uns und wer je auf die Idee gekommen war, diesen schrecklichen Pfad als »Straße« zu bezeichnen, der hatte sie wohl nicht alle!

Weshalb überhaupt war Harald auf die glorreiche Idee mit diesem Ausflug gekommen? Inzwischen saßen wir schon mehr als drei Stunden in diesem Geländewagen und was hatten wir bisher gesehen? Steine, Staub und nochmals Steine – fantastisch!

Immerhin befand ich mich jetzt auf festem Boden. Ich war klatschnass geschwitzt, doch die Hitze entpuppte sich mehr und mehr als mein geringstes Problem, das meiste war purer Angstschweiß. Verdammt noch mal, worauf hatte ich mich schon wieder eingelassen? Wütend stolperte ich weiter abwärts und wischte mir die Tränen aus dem Gesicht, die mir in den Augen brannten.

»Eliza, Eliza! So warte doch!«

Erst jetzt bemerkte ich, dass jemand nach mir rief. Vor lauter Zorn war mir gar nicht aufgefallen, wie weit ich den sich langsam vorwärts tastenden Wagen hinter mir gelassen hatte. Pedro lief die steile Schotterpiste mit großen Schritten herunter. Inzwischen waren alle ausgestiegen. Welch Wunder! Harald half Manfred, der sich bekanntlich etwas schwerer tat als alle anderen. Rasch holte Pedro mich ein und schlang sofort seine Arme um mich:

»Hey, Babe, bleib stehen. Bei mir bist du in Sicherheit.«

»Pedro!«

Ich drückte mich fest an seine Brust und ließ meinen Tränen freien Lauf.

»Ja, lass es raus.«

Er wiegte mich sanft in seinen Armen und bedeckte mein staubiges Haar mit Küssen.

»Nicht doch, Pedro! Was sollen die anderen denken?«

Ich versuchte mich, wenn auch halbherzig, aus seiner kräftigen Umarmung zu befreien.

»Die sollen denken, was sie wollen! Ich bin für dich da und das darf ruhig jeder wissen.«

Mit diesen Worten umschloss er mit beiden Händen mein Gesicht und küsste meine Tränen weg. Ich ließ ihn gewähren und erwiderte seine Küsse.

»Du machst mich glücklich, Eliza, nur das zählt!«

Applaus und laute Pfiffe begleiteten uns, als wir die Umarmung lösten.

Auch die Männer hatten inzwischen die abschüssige Straße hinter sich gelassen und waren zu uns gestoßen. Sogar der Fahrer hupte und grinste. Ich wischte mir verlegen mit dem Arm übers Gesicht, um die Spuren meines hysterischen Ausbruchs zu beseitigen:

»Sorry, Jungs, aber das war eindeutig zu viel Abenteuer für meinen Geschmack! So einen beschissenen Ausflug hab ich nie erlebt!«

»Normaly on this place we have a walk«, versuchte der Fahrer schulterzuckend die Situation zu erklären.

Jetzt gab es kein Halten mehr, alle krümmten sich vor Lachen.

»Ja, genau! Spitze, das hab mich mir schon gedacht«, erwiderte ich gespielt empört.

Wie mir Harald später versicherte, wollte der Fahrer uns tatsächlich einen Gefallen tun, um der Gruppe den mühsamen Fußmarsch bei der brütenden Hitze zu ersparen.

»Tja, gut gemeint, aber sogar ich geh lieber zu Fuß«, meinte Manfred.

Den Rest der Strecke bewältigten wir ohne größere Probleme, ganz gemütlich, zu Fuß. Als wir schließlich das Ziel erreicht hatten, ließ sich unsere Enttäuschung kaum verbergen.

Vor uns lag ein brackiger Tümpel, das müde Überbleibsel eines Flusses am Ende der Trockenzeit. Einige Fischkadaver am Ufer waren die letzten Beweise, dass hier vor geraumer Zeit noch Wasser gewesen sein musste. Der beißende Aasgeruch, verströmt von den verwesenden Fischresten, verursachte bei einigen Brechreiz. Angewidert kehrten wir postwendend um und machten uns sofort auf den Rückweg zur Lodge.

Die Abendsonne verschwand hinter dem Canyon, als ich aus der Dusche trat. Pedro wartete auf der Terrasse des Bungalows mit einem Glas Champagner in der Hand. Gedankenverloren blickte er in die Weite. Noch hatte er mich nicht bemerkt und ich genoss den Moment, um ihn zu beobachten. Pedro sah blendend aus, wie er so dastand und den Canyon bewunderte.

Er trug ein schlichtes, weißes Leinenhemd, das Haar war vom Wind zerzaust, genauso, wie ich es am liebsten an ihm mochte. Als ich ihn ansah, wurde mir bewusst, dass ich mir mit diesem Mann eine gemeinsame Zukunft vorstellen konnte. Das Strahlen in seinem

Gesicht verriet mir, dass er mich inzwischen entdeckt hatte:

»Das wurde aber auch Zeit, der Champagner wird warm.«

Mit einem Grinsen reichte er mir das Glas:

»Auf die beste Reise meines Lebens!«

»Cheers!«

Nur in einen Bademantel gehüllt drängte ich mich nahe an ihn und bedankte mich mit einem leidenschaftlichen Kuss. Pedro legte seinen Arm um mich, und während ich meinen Kopf an seine Schulter lehnte, bewunderten wir die tiefen Schluchten des Canyons im letzten Licht des zu Ende gehenden Tages.

»Seit ich dich kenne, Pedro, ist alles so anders.«

»Ich hoffe mal, es gefällt dir.«

Pedro zog mich enger an sich und küsste mich liebevoll auf den Scheitel.

»Du machst mich glücklich, Pedro!«

Eine Zeit lang standen wir auf dem Balkon und genossen die Zweisamkeit, bevor es an der Zeit war, uns für das gemeinsame Abendessen in der Lodge vorzubereiten.

Schon bei unserer Ankunft hatte ich die ausgeklügelte Architektur der Anlage bewundert. Die etwa zwanzig Bungalows waren Schwalbennestern gleich an den Abgrund gebaut worden. Halbmondförmig umspannten sie das Hauptgebäude. In der Dämmerung bot die Anlage einen grotesken Anblick in dieser unendlichen Weite. Die Lichter ließen die Bungalows förmlich schweben, sie wirkten wie Teile einer Forschungsstation in dieser steinigen

Mondlandschaft. Kakteenähnliche Bäume gaben dem Bild den Rest.

Hand in Hand spazierten wir wie selbstverständlich über das Gelände, um uns zu den anderen zu gesellen. Gemeinsam wollten wir den letzten Abend vor dem Ziel unserer Reise feiern.

Lüderitz

Bei jeder noch so kleinen Bewegung fühlte sich mein Kopf an, als würde er platzen. Zuerst wusste ich nicht so recht, wo ich überhaupt war. Nur die grell ins Zimmer leuchtende Sonne, die die Felsen vor dem Fenster in dunklem Rot erstrahlen ließ und mich blendete, holte mich zurück in die Realität: Afrika, ja genau, das war es …

Der vergangene Abend war, soweit ich mich erinnern konnte, zu einer bombastischen Party ausgeartet. Die Gastgeber hatten alles gegeben. Die kulinarischen Köstlichkeiten, die sie für uns zubereitet hatten, waren nicht zu überbieten. Schon während des großartigen Essens hatten wir uns mit einer witzigen, kleinen Gruppe Australier angefreundet und zusammen eine feuchtfröhliche Nacht verbracht.

Einer der Australier hatte kurz vor Mitternacht seine alte Gitarre aus dem Zimmer geholt, ab dem Zeitpunkt gab es kein Halten mehr! Ausgelassen wurde gesungen und getanzt, sogar die Besitzer der Lodge hatten sich zu uns gesellt. Erst im Morgengrauen hatte ich mich von Pedro davon überzeugen lassen, dass es langsam an der Zeit war, zu Bett zu gehen.

Und nun hatte ich das Schlamassel! Völlig fertig zog ich mir die Bettdecke über den Kopf. Ich war noch nicht bereit dazu, mich aus dem Bett zu quälen und mich dem Tag zu stellen.

Im Moment konnte ich mir nicht einmal vorstellen, dass ich es jemals wieder schaffen würde. Nie im Leben würde ich noch mal Alkohol anrühren, schon gar keinen Gin. Gin! Allein der Gedanke daran verursachte bei mir Brechreiz. Oh Gott, wie blöd konnte man in meinem Alter überhaupt noch sein? Im Grunde wusste ich doch, dass ich kaum Alkohol vertrug. Gestern hatte ich das wohl irgendwann vergessen. Das war mir schon lange nicht mehr passiert!

»Na, du kleine Partymaus, bist du schon munter? Guten Morgen, mein Schatz.«

Mit einem schelmischen Grinsen lehnte Pedro mit einem Glas in der Hand an der Badezimmertür.

»Morgen.« Erwiderte ich zerknirscht. »Ich glaube, ich sterbe.«

Peinlich berührt, verkroch ich mich tiefer unter meine Decke. Was würde Pedro jetzt wohl über mich denken? Wir kannten uns ja noch nicht einmal richtig.

»So schlimm? Komm, trink das, es wird dir guttun.«

Inzwischen hatte sich Pedro an den Bettrand gesetzt und streichelte mir über den Rücken. Extrem langsam, um jede ruckartige Bewegung zu vermeiden, setzte ich mich vorsichtig auf und griff nach dem Glas.

»Tut mir leid, Pedro. Ich muss entsetzlich aussehen.«

»Du siehst immer bezaubernd aus.«

»Heuchler!«

Ich schaffte es, meinen Mund zu einem Grinsen zu verziehen, bevor ich mit kleinen Schlucken die bittere Flüssigkeit hinunterwürgte.

»Was ist denn das, bitte? Das schmeckt ja widerlich. Willst du mich umbringen?«

»Nein, Liebling, das ist nicht der Plan. Ich möchte, dass es dir so schnell wie möglich wieder besser geht.

Mir hilft das immer ausgezeichnet, wenn ich mich nach einer durchzechten Nacht miserabel fühle.«

Irgendwie schaffte es Pedro, mich zu einer kalten Dusche und einer Tasse schwarzen Kaffee zu überreden, nun stand ich abreisefertig neben dem Flieger. Wenigstens fühlte ich mich langsam wieder wie ein Mensch. Von meinen restlichen Mitreisenden konnte man das, ihrem Anblick nach zu schließen, nicht behaupten. Einem Häufchen Elend gleich schleppten sie sich zur Landepiste.

»Morgen, Eliza.«

Diese Nacht hatte wahrlich ihre Spuren hinterlassen. Einzig Steffen sah frisch und munter aus, das war auch gut so, denn er würde uns auf dieser letzten Etappe fliegen.

Wie mir Pedro später erzählte, hatte sich Steffen am gestrigen Abend äußerst eigenartig verhalten. Er hatte ziemlich sauer gewirkt, ständig herumgestänkert. Immer wieder hatte er unseren Gastgeber kritisiert und später wie aus heiterem Himmel Pedro beschimpft, während er mit mir tanzte. Dann war er früh mit einer der jungen Australierinnen auf sein Zimmer verschwunden. Pedro schob sein Verhalten auf das Nachlassen der Anspannung kurz vor dem Ende der Reise, gepaart mit der nicht unbeträchtlichen Menge an Alkohol, die geflossen war.

Ich jedoch ahnte den wahren Grund für sein Verhalten: Eifersucht! Doch warum nur? Schon vor geraumer Zeit hatte ich ihm in aller Deutlichkeit klar gemacht, dass mich mit ihm nicht mehr als Freundschaft verband. Ich konnte mir nicht erklären, weshalb er jetzt so reagierte. Gönnte er mir nicht, dass ich mit Pedro glücklich war? Alle anderen freuten sich mit uns. Viele hatten uns zu unserem Glück gratuliert und uns alles Gute gewünscht.

Ein Ruck, der durch die Kabine ging, riss mich aus meinen Gedanken. Der Flieger hatte abgehoben und wir schossen über die Abbruchkante des Canyons hinweg. Mein Magen machte einen kleinen Sprung und kurz wusste ich nicht, ob ich mich gleich übergeben würde. Glücklicherweise tat Pedros Medizin ihre Wirkung und ich konnte den atemberaubenden Anblick genießen. Steffen drehte einige spektakuläre Runden über den menschenleeren Abgründen, bevor wir unserem Ziel entgegensteuerten.

Bei der Zwischenlandung, die wir wie geplant zum Tankstopp nützten, überraschte uns Harald mit einem kurzen Ausflug. Ohne unser Wissen hatte er ein Treffen mit seinem Jugendfreund organisiert, der im nahe gelegenen Ort ein Lokal betrieb. Quasi zur Entschädigung für die misslungene Fahrt zum Talboden des Fish River Canyon, wie er uns versicherte.

Zwei Taxis brachten uns vom winzigen Flughafen, vorbei an einer riesigen Pinguinkolonie, in die nahe gelegene Stadt. Schon nach wenigen Fahrminuten war mir klar, an diesem Ort wäre es für mich unmöglich zu wohnen. Die Landschaft war karg und staubig, alles braun in braun, einige verlassene Ruinen säumten den Weg. Bonbonbunte Hauser bildeten den einzigen Kontrast und zugleich den Kern der Stadt.

Lüderitz hatte seine Blüte längst hinter sich. Nur einige Bauwerke blieben als stumme Zeugen vergangener

Zeiten zurück. Seit der Gründung um 1883 als erst deutsche Stadt in Namibia hatte dieser Ort viele Höhen und Tiefen erfahren. Die spektakulären Diamantfunde lagen weit zurück, inzwischen lebten die Menschen hauptsächlich vom Fischfang und den wenigen Touristen.

Unser Fahrer stoppte die Fahrt kurz an einer Kreuzung, um den Weg Richtung Shark Bay einzuschlagen. Kurze Zeit später erreichten wir eine große Lagerhalle. Der intensive Fischgeruch, der in der Luft lag, ließ keinen Zweifel am Zweck dieses Gebäudes. Zahlreiche Männer sortierten über riesigen Wasserbecken fangfrische Krustentiere, welche die Fischer erst kurz zuvor angeliefert hatten. Kaum zu erkennen, so versteckt, hatte der Besitzer direkt über der Fischhalle ein Austernlokal eingerichtet. Wir wurden schon erwartet und Harald und sein Jugendfreund begrüßten sich sichtlich gerührt. Die beiden hatten sich seit Jahrzehnten nicht mehr gesehen, wie uns Harald später erzählte. Es war rührend zu sehen, wie sehr sich die Männer freuten.

Nach einer kurzen Führung durch die Austernhallen begleitete er uns in den dritten Stock. Überall in dem urigen Lokal hingen Fischernetze, Reusen, und sogar eine altertümliche Taucherglocke entdeckte ich in einer der Ecken. Unvorstellbar, dass sich je Menschen mit solchen Ungetümen zum Meeresgrund hinabgewagt hatten. Die gesamte Einrichtung bestand aus Fischereimaterialien, alte Bojen und Planken dienten als Sitzgelegenheiten und über der Theke war ein Fischerboot befestigt. Ich verliebte mich sofort in dieses kleine Lokal! Der Blick aus dem Fenster auf das tiefblaue Meer und die endlose Küste machten das Ganze perfekt.

Nachdem sich inzwischen mein Magen etwas beruhigt hatte, traute ich mich – allerdings nur, da Pedro mich dazu überredete – eine der Austern zu probieren. Die eigenartige Konsistenz und der salzige Geschmack waren für mich zunächst etwas gewöhnungsbedürftig, doch mit einem kleinen Schluck Sauvignon Blanc schmeckten die Dinger nicht mal so schlecht. Jeder von uns probierte und Harald und Manfred entpuppten sich als wahre Austernfans.

Cape Town

Praktisch den ganzen restlichen Flug hatte ich, an Pedros Schulter gelehnt, verschlafen. Inzwischen befand sich unser kleiner Flieger, der uns über die letzten Wochen so gute Dienste geleistet hatte, im Landeanflug auf Kapstadt. Beim Anblick dieser riesigen Metropole im Licht der Abendsonne fiel mir ein Zitat ein, das ich vor Jahren einmal gelesen hatte:

»Das Leben besteht nicht aus den Momenten, in denen wir atmen. Es besteht aus den Momenten, die uns den Atem rauben!«

Kristallklares Wasser umspülte die Küste und die Gischt spritzte meterhoch gegen die Felsen, sodass es selbst aus dieser Höhe zu erkennen war. Unweit des Hafens entdeckte ich zwischen einigen Segelbooten eine Walschule, die unbeeindruckt weiterzog.

Im Stillen dankte ich Steffen dafür, dass er eine so geringe Flughöhe gewählt hatte, was dieses Erlebnis überhaupt ermöglichte. An den dicht bewaldeten Hängen des Lion's Head hatten die Bewohner prächtige Villen erbaut. Die Stadt mit den zahllosen Gebäuden, unterbrochen von etlichen, riesigen Townships, erstreckte sich bis ans Meer. Die Küstenstraße schlängelte sich knapp an den steil abfallenden Klippen entlang und schien fast ins Meer zu stürzen. Über allem thronte der gigantische Tafelberg. Pedro musste meine Begeisterung bemerkt haben, denn er drückte mich fester an sich:

»Gefällt es dir?«

»Ja, ich bin sprachlos! Es ist wunderschön!«

»Ich war schon einige Male hier, doch es geht mir jedes Mal so, wenn ich zurückkomme. Dieser Ort hat etwas Magisches für mich.«

»Magisch ist genau das richtige Wort für diesen Ort!«

»Wenn du es erlaubst, zeige ich dir die Stadt und die Umgebung. Wann ist denn dein Rückflug?«

»Samstag.«

In diesem Moment wurde mir bewusst, dass wir noch nie darüber gesprochen hatten. Die letzten Tage waren viel zu schön gewesen, um sie durch den Alltag zu verderben, der dieser Reise unweigerlich folgen würde. Wir hatten die Zeit miteinander genossen, ohne einen Gedanken an Morgen.

»Sehr gut, dann bleiben uns drei ganze Tage, da kannst du noch einiges erleben!«, meinte Pedro.

Er hatte glücklicherweise nicht bemerkt, wie sehr mich das Ende der Reise plötzlich beschäftigte. Samstag. Der Gedanke daran, dass dieses Abenteuer dann ein für alle Mal enden würde, hatte ich bislang erfolgreich verdrängt. Seit Beginn der Reise war in meinem Leben so ziemlich alles auf den Kopf gestellt worden.

Ich hatte so viel erlebt, wie ich es niemals für möglich gehalten hätte. Seit ich Pedro kannte, war alles anders. Es fühlte sich an, als hätte ich mein ganzes Leben nach ihm gesucht. Wehmut machte sich in mir breit. Wie würde es weitergehen? Gab es überhaupt eine Zukunft für uns oder war mit dem Ende der Reise auch meine wunderbare Zeit mit Pedro Geschichte? Gab es nach Afrika überhaupt noch ein WIR? Ich konnte mir ein Leben ohne ihn selbst nach dieser kurzen Zeit nicht mehr vorstellen. Pedro war für mich weit mehr als nur ein Urlaubsflirt.

Sicher, jeder von uns musste zurück in sein altes Leben, Arbeit, Freunde … Auf mich wartete die Scheidung und ich würde mich unweigerlich mit Leo auseinandersetzen müssen. All das verursachte einen Druck, der schwer auf meiner Brust lag… mich zu erdrücken drohte.

Es war klar, dass diese Reise hier enden würde, doch ich wollte nicht daran denken, wie es zu Hause ohne ihn sein würde. Wir lebten ja nicht einmal in derselben Region. Bis gerade war das alles noch so weit weg gewesen. Jetzt holte mich die Realität ein. Allein der Gedanke daran ließ mich frösteln.

»He, was ist denn los, du zitterst ja!«

»Tja, ich bin wohl noch nicht ganz fit. Liegt bestimmt daran.«

Zum Glück war Pedro viel zu sehr damit beschäftigt, den Blick über die Stadt zu genießen, sodass er nichts von meinen trübsinnigen inneren Beschäftigungen bemerkte. Er schwärmte in den höchsten Tönen von der Garden Route und schmiedete Pläne für die kommenden Tage. Gleich nach dem Eintreffen im Hotel drängte er mich zu einem kleinen Spaziergang an den Hafen. Pedro wollte mir unbedingt noch vor dem Abendessen etwas zeigen.

Fast ein wenig widerwillig stimmte ich zu. Wozu sollten wir denn überhaupt noch etwas gemeinsam unternehmen, wenn sich unsere Wege am Samstag sowieso für immer trennen? Insgeheim spielte ich inzwischen mit dem Gedanken, meinen Flug umzubuchen und schon morgen früh den Weg nach Hause anzutreten. Besser gleich, als noch drei Tage mit dem Wissen leben, ihn vermutlich nie mehr wieder zu sehen. Seit unserer Landung ließ es mich nicht mehr los und eine Traurigkeit, wie ich sie von mir gar nicht kannte, übermannte mich zusehends. Pedro gegenüber versuchte ich, mir möglichst nichts anmerken zu lassen, trotzdem blickte er mich auf einmal verstört an:

»Was ist denn nur los mit dir, Eliza? Geht es dir nicht gut? Hab ich etwas gesagt, dass dich gekränkt hat?«

»Es ist nichts.«

Pedro legte seine Hand an meine Wange und hob sanft mein Kinn, um mich gleich behutsam zu küssen.

»Es bricht mir das Herz, zu sehen, dass dich etwas belastet.«

»Es ist nichts, Pedro, wirklich.«

»Komm, ich muss dir was zeigen. Das bringt dich auf andere Gedanken.«

Mit diesen Worten nahm er mich an die Hand und führte mich vorbei an den Straßenmusikanten und dem quirligen Leben an der Hafenpromenade zu einer kleinen Brücke, die zwei Hafenbecken miteinander verband.

»Sieh nur!«

Von hier aus hatten wir freie Sicht auf die Waterfront und die dahinterliegende Stadt. Inzwischen war es schon fast dunkel und die unzähligen Lichter in den Häusern ließen die Skyline erstrahlen wie tausend winzige Sterne. Sprachlos genoss ich den spektakulären Anblick. Mitten auf der Brücke zog er mich in seine Arme und schaute mich liebevoll an:

»Ich liebe dich, Eliza!«

Mühsam unterdrückte ich die aufsteigenden Tränen. Es war alles so perfekt, er war perfekt. Warum hatte ich diesen Mann nicht schon vor langer Zeit kennengelernt? Wieso konnte ich nicht für immer bei ihm bleiben?

»Ich liebe dich auch!«

Nach einem leidenschaftlichen Kuss, der nie enden wollte, drehte sich Pedro um, riss die Arme in die Höhe und rief:

»Ich liebe diese Frau!«

Vorübergehende Passanten klatschten und lächelten uns zu, einige von ihnen gratulierten uns freudig. So impulsiv kannte ich Pedro gar nicht. Seine Zärtlichkeit und Leidenschaft überraschten mich täglich aufs Neue.

»Pedro!« Mit gespielter Entrüstung grinste ich ihn an.

»Was ist? Das dürfen alle wissen. Ich liebe dich.«

Als ob ich nur die unbedeutende Figur einer Geschichte wäre, vergingen die Stunden in Südafrika. Seit dem Moment der Landung hatte ich jedes Zeitgefühl verloren. Ich lebte nur im Augenblick und genoss die Momente an Pedros Seite. Obwohl unsere gemeinsame Zeit so begrenzt schien, gelang es mir endlich, jede einzelne Sekunde auszukosten und die Sorgen um die Zukunft weit weg zu schieben. Ich hatte für mich beschlossen, mir von nichts und niemandem auf der Welt diese kurze, glückliche Zeit verderben zu lassen.

Gleich nach dem Frühstück hatten wir uns vom ersten Teil der Gruppe verabschieden müssen, da sie ihren Heimweg antrat. Unter innigen Umarmungen und einigen Tränen verabschiedeten wir uns. Über die letzten

Wochen waren wir zu einem eingeschworenen, kleinen Grüppchen zusammengewachsen. Harald versicherte, dass er zu Hause schon bald ein Treffen organisiere, bei dem sich alle wiedersehen würden.

Er und Steffen flogen am Abend desselben Tages. Vorher verbrachten wir noch einen allerletzten Tag in der Stadt. Pedro und Harald entpuppten sich als wunderbare Reiseleiter, sie zeigten uns in der kurzen Zeit, die uns bis zum Abflug blieb, einzigartige Plätze in Kapstadt, die weit abseits der Touristenpfade lagen.

Steffen verabschiedete sich schon kurz nach Mittag, er wollte noch in den Hangar, in den er am Vortag unseren Flieger gebracht hatte, um nach dem Rechten zu sehen. Das Flugzeug würde einige Monate hierbleiben und einem Generalservice unterzogen werden, bevor es mit einem anderen Piloten die lange Heimreise antreten würde. Die Techniker hier waren bekannt für ihre fantastischen Kenntnisse in Bezug auf diesen Flugzeugtyp. Hätte ich bei Antritt der Reise auch nur im Entferntesten geahnt, dass einer der Gründe für diesen Trip eine Generalüberholung war, nichts in der Welt hätte mich dazu gebracht, einen Fuß in diesen Flieger zu setzen. Der Gedanke daran ließ mich schmunzeln. Immerhin war meine Flugangst inzwischen überwunden.

Die Glastür des Flughafengebäudes hatte sich noch nicht richtig hinter Harald geschlossen, da hob mich Pedro in die Höhe und drehte mich im Kreis:

»Endlich, endlich habe ich dich für mich allein!«

Kichernd versuchte ich, mich zu befreien.

»Mensch, Pedro, lass mich runter! Die Leute denken, wir sind verrückt! Ich bin ja keine siebzehn mehr.«

Immer wieder drehte er sich lachend im Kreis, erst kurz bevor mir völlig schwindlig wurde, ließ er mich herunter.

»Komm mit, wir fahren zum Tafelberg und sehen uns von dort den Sonnenuntergang an. Später hab ich in meinem Lieblingslokal am Hafen einen Tisch für uns reserviert.«

Wie machte er das nur? Jede Minute überraschte er mich aufs Neue. Seine charmante, unaufdringliche Art, die liebevollen Gesten brachten mein Herz zum Schmelzen. Zu lange hatte sich kein Mann mehr so um mich bemüht.

Eine steile Bergstraße führte uns zum Beginn eines Fußpfads, der sich in engen Serpentinen nach oben schraubte. Fast wie zu Hause, dachte ich, als ich Pedro keuchend folgte. Die Flora und Fauna an den Wegesrändern suchten ihresgleichen, ich war mit jedem Schritt glücklicher, nicht die Seilbahn genommen zu haben.

Blumen, die ich bislang nur aus Gärtnereien kannte, handtellergroße Schmetterlinge und dicke Hummeln begleiteten uns auf dem Weg. Die schwüle Luft und der Boden, der hier sehr humusreich war, ließen selbst in der kleinsten Ritze üppiges Grün gedeihen.

Schweißgebadet erreichten wir das flache Gipfelplateau. Mit viel Glück hatten wir einen der seltenen, wolkenfreien Tage erwischt und freie Sicht auf die Stadt zu unseren Füßen. Pedro legte mir seine Jacke um die Schultern und zog meinen Rücken an seine Brust. Eng umschlungen, ohne ein einziges Wort, standen wir minutenlang einfach da und bewunderten diese unglaubliche Aussicht. Während ich mich an Pedro lehnte und seinen Herzschlag fühlte, wünschte ich mir, ich könnte die Zeit anhalten, wenn auch nur für einen Augenblick.

Es war fast dunkel, als wir in die Gondel der Seilbahn stiegen. Alle anderen Besucher hatten sich längst auf den Heimweg gemacht, sodass wir nur mit dem Kabinenführer den Weg ins Tal antraten. Er erzählte uns von seiner Familie und dem mühsamen Leben in den Townships. Obwohl Wasser und Strom für die Bewohner gratis waren, lebten die meisten weit unter der Armutsgrenze. Mich schockierte, wie riesengroß hier die Kluft zwischen Arm und Reich war. Mit Sicherheit auch ein Grund für die hohe Kriminalität, die dieser Stadt immer wieder nachgesagt wurde.

Noch auf der Fahrt ins Hotel diskutierten Pedro und ich ausgiebig über die ungerechte Verteilung der Ressourcen dieser Erde und was dagegen unternommen werden sollte, wie viel Glück wir hatten, in einem sicheren Land wie Österreich geboren worden zu sein.

Erst der Anblick des kleinen Restaurants am Hafen lenkte mich ab. Die Lichter der Kerzen auf den Tischen spiegelten sich in dem nachtschwarzen Wasser des Atlantiks. Lichterketten verzierten das weiße Holzgeländer der winzigen Terrasse, auf der ein paar kleine Holztische mit einfachen Stühlen standen.

»Oh, Pedro, es ist bezaubernd hier!«

Der Kellner führte uns zu einem der wenigen Tische und ich sah Pedro an, wie sehr er sich freute, dass es mir hier so gut gefiel. Während wir aßen, entdeckte ich immer wieder Lichter am Horizont, vermutlich kamen sie von den riesigen Frachtschiffen auf ihrem Weg um das Kap der Guten Hoffnung.

Wir saßen gemütlich bei einem Glas Wein und redeten über Gott und die Welt, genossen die Zeit miteinander. Immer wieder bemerkte ich, wie Pedro mich ansah, wenn er sich unbeobachtet fühlte. Ich spürte Schmetterlinge in meinem Bauch. Erst als der Kellner die letzten Kerzen der Nachbartische löschte, merkten wir, wie spät es schon geworden war.

Die anderen Gäste waren längst nach Hause gegangen, als wir Arm in Arm über die fast menschenleere Hafenpromenade zurück ins Hotel schlenderten. Als ich in Pedros Armen einschlief, fühlte ich mich so zufrieden, wie lange nicht mehr.

»Eliza, was hältst du davon, wenn ich dich heute ein wenig entführe? Ich habe mir ein paar Dinge überlegt. Zuerst möchte ich noch mal mit dir zum Hafen. Wir hatten noch keine Gelegenheit, ihn bei Tageslicht zu erkunden. Außerdem macht gerade eine der bekanntesten Regatten Stopp in Cape Town.«

»Okay, ich bin bereit!«

Ausgeschlafen wie lange nicht machten wir uns auf den Weg. Pedro kannte die Hafengegend wie seine Westentasche. Er führte mich vorbei an dem gelben Leuchtturm zur Galerie der örtlichen Künstler mit ihren bunten Werken, schleppte mich in eine der kleinen Boutiquen, in der ich ein bildschönes Sommerkleid erstand. Durch seine Tätigkeit bei diversen Hilfsorganisationen hatte er immer wieder im Hafen zu tun, um die Hilfsgüter und Transporte zu koordinieren. Das war nicht zu übersehen.

Wir besichtigten das örtliche Aquarium und bewunderten mit den anderen Touristen das überdimensionale Haibecken, lauschten den Straßenmusikern und machten eines der typischen Touristenfotos unter dem berühmten Wegweiser, der in alle Himmelsrichtungen zeigt. Nachdem wir auch noch die riesigen Segelboote des »*Volvo Ocean Race*« und ihre Besatzungen bewundert hatten, war ich völlig platt.

»Pedro, ich kann nicht mehr.«

»Sorry, ich war wohl etwas übereifrig. Ich wollte dir einfach alles hier zeigen.« Mit einer ausladenden Bewegung deutete er über die Stadt und das unendliche Meer an der Hafeneinfahrt. Ich schlang meine Arme um seine Hüften und lehnte mich an seine Brust:

»Du bist der mit Abstand beste Reiseführer, doch ich spür meine Beine nicht mehr.«

Bei diesen Worten sah er mich nachdenklich an und zwinkerte mir zu:

»Ab jetzt musst du nicht mehr gehen, du kannst dich ein wenig ausruhen. Komm.«

Pedro führte mich zu einem wartenden Wagen, dessen Fahrer würde uns zum nächsten Punkt auf Pedros geheimer Sightseeing-Liste führen. Ich war gespannt, was mich erwarten würde.

Als er auf die Autobahn abzweigte, wurde ich etwas unruhig. Insgeheim hoffte ich, dass unser Ziel nicht Stellenbosch wäre. Ursprünglich hatten Leo und ich geplant, in der Region drei Tage auf einem Weingut zu verbringen. Nur aus diesem Grund war mein Flug erst für Samstag gebucht. Es widerstrebte mir innerlich, mit Pedro an diesen Ort zu fahren. Als wir den

Überkopfwegweiser Richtung Stellenbosch passierten, wechselte der Fahrer die Spur und zweigte nach Süden ab. Erleichtert ließ ich mich in den Sitz sinken.

Selbst die Müdigkeit hielt mich nicht davon ab, jeden Augenblick der Fahrt auf der Küstenstraße auszukosten. Viel Zeit blieb nicht mehr, doch wie Pedro mir inzwischen verraten hatte, wollte er ein kurzes Stück auf der berühmten Garden Route fahren. Port Elisabeth war natürlich viel zu weit, doch zumindest bis zum Kap und ein wenig weiter würden wir es wohl schaffen. Mein Flug ging erst morgen Abend, bis dahin würden wir längst zurück sein.

Die Küste mit ihren steil in die Tiefe abfallenden Klippen faszinierte mich. Weiße Schaumkronen und das Aufspritzen der Gischt bildeten einen reizvollen Kontrast zu den unterschiedlichen Blautönen des Meeres.

Eine schlichte Holztafel nur markierte den südwestlichsten Punkt Afrikas. Irgendwie bizarr. Ich hatte mir diesen Ort völlig anders vorgestellt und war sofort begeistert, es war viel schöner. Pedro nahm mich an die Hand und führte mich über den schmalen Holzsteg hinunter an den schneeweißen Sandstrand. Eine kühle Brise wehte uns entgegen und die Rufe der unzähligen Pinguine übertönte selbst die Brandung.

Die kleinen Frackträger tummelten sich völlig unbekümmert am Strand. Die Meeresluft hinterließ einen salzig angenehmen Geschmack auf meinen Lippen. Fasziniert beobachtete ich die Szenerie, als Pedro seinen Arm um mich legte und mich liebevoll an sich drückte. Dann zog er mich näher an sich und küsste mich mit einer Leidenschaft, die mir den Atem raubte. Als er sich von mir löste, sah er mich auf eine Weise an, die ich nicht deuten konnte. Ich glaubte, fast so etwas wie Wehmut darin zu erkennen.

»Eliza, ohne dich fühle ich mich nicht komplett. Mit dir bin ich mir das erste Mal absolut sicher! Ich möchte mit dir alt werden.«

Noch bevor ich realisierte, was geschah, sank er vor mir auf die Knie.

»Willst du meine Frau werden?«

Epilog

Pedro legte seinen Arm um mich und küsste meinen Nacken. Das Rauschen der Brandung unter uns wurde nur von den Schreien der kreisenden Möwen übertönt. Da mich die leichte Brise frösteln ließ, zog mich Pedro näher zu sich, während wir gebannt in den Sonnenuntergang schauten. Kap Horn, der südlichste Punkt Afrikas, das Ziel einer langen Reise. Der Anfang unseres neuen, gemeinsamen Lebens!

Seit unserer Ankunft zu Hause waren erst wenige Monate vergangen, doch es fühlte sich an, als hätte ich nie woanders hingehört. Pedro griff nach der Decke, die über einen der Stühle auf der Veranda hing, und legte sie mir um die Schultern. Obwohl es noch Sommer war, kühlte die Luft an den Abenden empfindlich ab. Fast andächtig berührte er die kleine Wölbung, die sich unter meinem Kleid abzeichnete und küsste mich mit einer Zärtlichkeit, die fast schmerzte.

»Ich hoffe, sie wird genauso schön wie du!«

»Woher weißt du, dass es ein Mädchen wird?«

»Ich spüre es.«

Während ich seine Küsse erwiderte und die Arme um seinen Hals legte, kuschelte ich mich an ihn. Ein aufregendes Wochenende ging zu Ende. Am Strand, nur wenige Schritte entfernt, flatterten die weißen Fähnchen fröhlich im Wind, die letzten Zeugen der vergangenen Tage. Alle waren sie gekommen: unsere Familien, Freunde, Verwandte, ja selbst die gesamte Mannschaft der Caravan. Nur einer hatte gefehlt: Steffen.

Er hatte nicht einmal auf unsere Einladung geant-
wortet, niemand wusste, wo er sich herumtrieb. Obwohl ich es nicht ganz verstand, ahnte ich, weshalb er
sich nicht gemeldet hatte. Steffen war in seinem Stolz
tief gekränkt, meine Zurückweisung damals in Victoria
noch immer nicht vergessen.

Das änderte nichts an der Tatsache, dass wir ein rau-
schendes Fest feierten. Pedro hatte alles organisiert, er
wollte mich überraschen. Ohne zu ahnen, was mich
erwartete, ging ich an Haralds Arm die Stufen zum
Strand hinunter.

Die Gäste erwarteten uns, außer dem Rauschen der
Wellen war nichts zu hören. Obwohl die Sonne un-
getrübt vom Himmel strahlte, ging mir ein wohliger
Schauer über den Rücken. Der Wind ließ das luftige,
weiße Kleid um meine Beine tanzen und zerzauste mir
das Haar, als ich barfuß in den Sand trat und langsam
auf Pedro zuschritt.

Sein Lächeln raubte mir den Atem und ich glaubte
sogar, eine kleine Träne zu erkennen, die er rasch weg-
blinzelte. Hand in Hand standen wir vor der versammelten Gemeinde und lauschten den Worten des Stan-
desbeamten. Berauscht von unserer Liebe hatte ich nur
Augen für Pedro.

»Eliza, nimmst du den hier anwesenden Pedro zu
deinem Mann und wirst ihn achten und ehren, in guten und in schlechten Zeiten, bis dass der Tod euch
scheidet?«

»Ja!«

»Nun frage ich auch dich, Pedro: Willst du die hier
anwesende Eliza zu deiner Frau? Wirst du sie achten

und ehren, in guten und in schlechten Zeiten und ihr die Treue halten, bis dass der Tod euch scheidet?«

»Ja, Ja, Ja!«

Als er mir den Ring an den Finger steckte, schloss sich für mich ein Kreis, ich konnte mein Glück kaum fassen. Unter dem tosenden Applaus der Gäste nahm mich Pedro in den Arm und küsste mich.

»Die Leute sagen, dass keine Liebe perfekt ist, aber sie haben dich nie getroffen, Eliza!«

Manchmal fragte ich mich, was geschehen wäre, wenn ich damals der überstürzten Reise nicht zugestimmt hätte.

Die wichtigen Dinge im Leben geschehen nie zufällig!